흔들림 없이
두려움 없이

〈현문우답〉 백성호의 이스라엘 마음순례

흔들림 없이
두려움 없이

백성호 글·사진

arte

"예수는 누구인가?" 많은 이들이 시공을 초월해 이 질문을 던져왔습니다. 이 질문은 여전히 현재 진행 중입니다. 예수는 어떤 이에게는 인생의 신비를 푸는 해답이 되고, 어떤 이에는 걸려 넘어지는 걸림돌이 됩니다. 영성의 깊이가 있는 글로 독자들에게 큰 사랑을 받고 있는 백성호 기자가 이번에는 '예수'를 주제로, 자칫 어려울 수도 있는 이야기를 쉽고 재미있게 풀어냈습니다. 이스라엘 현장에 직접 서서 시간과 공간을 뛰어넘어 예수님을 만나려고 많은 노력을 기울인 흔적이 엿보입니다.

사람은 마음의 눈을 통해 더 아름답고 맑은 세상을 보게 됩니다. 취재와 집필의 순간마다 하느님께서 백성호 기자에게 눈으로 보지 못하는 것을 마음으로 보여주셨으리라 믿습니다. 마음으로 풀어나간 이 책을 통해, 많은 이들이 삶의 고통과 시련 속에서도 예수님을 만나는 행복을 누리시기를 빕니다.

― 염수정 (추기경·천주교 서울대교구장)

제도 기독교가 몰락의 징후를 보이는 시대에 백성호는 역사적 예수가 몸소 살아낸 종지(宗旨)를 다시 살려내고, 그 종지를 따르는 이들이 어떻게 소아(小我)를 깨고 대아(大我)에 이를 수 있는가를, 으밀아밀 속삭이듯 귓속말의 언어로, 때로는 천둥처럼 통렬한 목소리로 들려준다. 성서학적 지식뿐만 아니라 다른 종교가 밝혀온 깨달음의 지혜까지 아우르는 이 책은, 제도 종교의 천박함에 실망하고 어둠 속에서 길을 잃어 방황하는 이들에게 아름다운 등명(燈明)의 지혜를 열어줄 것이다.

—고진하(시인·한살림교회 목사)

한마디로 신선한 레시피다. 굳이 종교인이 아니어도 좋다. 예수님의 말씀과 삶이 궁금한 이라면 누구나 읽어도 좋을 책! 저자 특유의 깊은 명상, 예리한 통찰, 해박한 지식이 잘 버무려져 있다. 책 속의 사진과 그림들이 생동감을 보태고 이해를 돕는다. 이 책을 읽다 보면 어느새 떠나고 싶어진다. 금방이라도 그분의 목소리를 들으러. 빛이 충만한 내면의 여행을.

—이해인(수녀·시인)

백성호는 기자의 신분증을 품고 갈릴리와 예루살렘으로 날아간다. 오직
예수를 만나고자! 그는 사실과 현장성을 중시하는 기자의 본능에 영적 상
상력을 동원하여, 성경과 2000년 기독교 역사 속을 오가며 추론하고 사진
으로 보도한다. 게다가 역사가들과 영성가를 비롯해 화가들의 수많은 작품
들을 동원한다. 이 자료를 대하는 것만으로도 독서의 기쁨과 큰 영적 풍요
를 누릴 수 있다. 그는 전도하거나 변증하려 하지 않고, 오직 예수와 성경의
진리를 캐내려 한다. 그는 예수의 이적조차 파고들어 사유함으로써 기어코
자기만의 해석을 찾아낸다. 이를 통해 오늘도 살아 계신 예수의 숨결을 느
끼게 하며, 영적 지문을 전한다. 순례의 길 위에서 그는 어느덧 기자에서 예
수를 모신 구도자로 변모한다.

—이주연 (산마루교회 목사)

저자가 약속의 땅을 순례하면서 쓴 사유를 모은 책이다. 무겁지 않으면서도 상당한 깊이가 있는 이 책은 종교의 벽을 관통하며 순례기로서 새로운 영역을 성공적으로 개척하고 있다. 그리스도교의 고유성을 희생하지 않으면서도 한국적 정서가 녹아 있고, 그리스도교와 불교 간의 다리 역할을 할 수 있는 요소들도 적절하게 잘 보여준다. 가톨릭, 개신교, 성공회, 그리스정교 등에서 신앙생활을 하는 그리스도인이건 아니건, 누구나 '쉬는 마음(休心)'으로 편안하게 책장을 넘길 수 있다.

사람은 누구나 사람답게 살기 위해서 탁월한 본보기가 필요하다. 저자가 이 책에서 소개하는 예수 그리스도는 현대 한국 사회에서 매우 필요로 하는 인성 교육에 크나큰 도움을 줄 것이다. 순수한 진리인 하느님과 하나 되어서, 신(神)을 자기 'Abba(아빠)'라고 부를 수 있을 정도로 깨달음을 얻으셨던 예수 그리스도와 아주 가까워지고 친해질 수 있기에. 이 책은 그를 위한 징검다리다.

　　　　　　　　　—서명원(프랑스 명 베르나르스네칼, 예수회 신부·서강대 종교학과 교수)

정보의 홍수인 시대다. 어디에나 정보가 넘쳐난다. 대신 깊이를 잃어버렸다. 사람들은 사물의 깊은 곳, 본질을 보지 못한다. 성경을 읽을 때도 그렇다. 눈이 깊지 않으면 문자적으로, 교리적으로만 읽게 된다. 결국 영성의 빈곤을 가져온다. 그 점에서 이 책은 사막에서 맛보는 샘물이다. 영성에 대한 목마름을 시원하게 적셔준다. 『흔들림 없이 두려움 없이』에는 재미가 있고, 감동이 있고, 실생활에 적용할 수 있는 유익함이 있다. 나는 매일매일 이 책에 담긴 주제를 한 가지씩 소가 되새김질하듯이 깊이 묵상하며 읽고 있다.

— 윤종모(성공회 주교 · 전 한국기독교상담심리학회장)

차례

모든 이들에게 건네는 예수 이야기

그 눈을 잊을 수가 없다.

프랑스 파리에서 동남쪽으로 500킬로미터 떨어진 곳이었다. 생피에르 드 샤르트뢰즈라는 작은 시골 마을. 그곳에 봉쇄 수도원이 하나 있었다. 다큐멘터리 영화 〈위대한 침묵〉의 실제 배경이 된 곳이다. 한번 들어가면 죽어서도 나오지 않는 곳. 하루 종일 침묵하는 삶. 그런 삶의 패턴을 1000년 넘게 잇고 있는 카르투시오 수도원이다. 바로 뒤에는 알프스 산맥의 줄기를 타고 험준한 산세와 거대한 암벽이 병풍처럼 펼쳐져 있었다.

나는 궁금했다. 저 안에 있는 수도자들은 대체 어떻게 사는 걸까. 바깥세상을 닫으면서까지 저들은 왜 내면의 눈을 좇는 걸까. 수도원 담장은 무척 높았다. 외부인 출입은 불가능했다. 정문은 철벽처럼 굳게 잠겨 있었다. 그때 '삐이익' 하고 문이 열렸다. 하얀 수도복을 입은 노수사였다. 고개를 돌리는 순간 그와 눈이 마주쳤다. 나는 얼음장처럼 제자리에 얼어붙었다.

맑았다. 노수사의 눈은 놀라울 정도로 맑았다. 그의 눈에서는 '그가' 보이지 않았다. 마치 투명한 '허공'과 마주 서 있는 기분이었다. 만남은 불과 3분 정도였다. 몇 가지 질문들. 나는 짧게 물었고, 그는 짧게 답했다. 그리고 문이 닫혔다. 나는 지금도 그 눈을 잊을 수가 없다.

지난 겨울휴가 때 이스라엘에 갔다. 세 번째 순례였다. 이번에는 자동차를 빌려서 혼자 운전하며 다녔다. 단체 일정에 쫓기지 않고 원하는 장소에서, 원하는 시간 동안 마음껏 머물고 싶었다. 예루살렘에서 나자렛(나사렛)으로, 다시 갈릴래아(갈릴리)로, 광야와 사해를 거쳐 다시 예루살렘으로 돌아왔다. 올리브 산과 십자가의 길을 몇 번이나 오르내리며 묵상에 잠겼다. 이유는 하나였다. '예수'를 만나고 싶었다.

예수에게 가는 길은 두 갈래다. 하나는 2000년 전 예수께서 몸소 걸었던 이스라엘의 땅이다. 그가 몸을 적셨을 갈릴래아 호수에 나도 몸을 담그고, 그가 악마를 물리치며 기도했을 광야에서 나도 눈을 감았다. 유년의 예수가 동네 친구들과 뛰어놀았을 나자렛의 골목에서 나도 뛰었고, 십자가를 짊어지고 쓰러진 장소에서 나는 바닥에 주저앉았다. 이스라엘의 산과 들, 호수와 광야에서 마주친 역사 속의 예수. 그건 분명 하나의 길이었다.

내 앞에는 또 하나의 길이 있었다. 다름 아닌 성경이다. 그 길은 깊다. 바닥이 보이지 않는다. 그 길에서 발을 떼기 위해 필요한 건 신발이 아니다. 두레박이다. 갈릴래아의 산촌에서, 골란 고원의 나무 밑에서, 동 트기 직전 어둠의 호숫가에서 나는 성경에 기록된 예수의 말씀 속으로 두레박을 던졌다. '풍덩!' '풍덩!' '풍덩!' 두레박이 떨어질 때마다 '나의 눈'이 부서졌다. 기독교 영성가 다석(多夕) 유영모는 "내 마음에 예수 그리스도를 스승님으로 받아들이는 것은 평생 심장에 칼날을 받아들이는 것이나 마찬가지다."라고 말했다. 부서짐은 종종 고통이었고, 부서진 뒤는 늘 평화였다. 그렇게 길어 올린 두레박에는 어김없이 '새 눈'이 담겨 있었다. 나는 그 눈을 통해서 예수를 만났다. 이 책은 그렇게 만난 예수에 대한 적나라한 고백이다.

고백의 방식이 다소 낯설 수도 있다. 어투가 다르기 때문이다. 흔히 쓰는 신학적 문법이나 교리적 용어도 가능한 한 배제했다. 나는 그 모두를 내려놓고 '예수'를 만나고자 했다. 프레임 안에 갇힌 예수, 나의 눈에 갇힌 예수가 아니라 성경에서 두 발로 뚜벅뚜벅 걸어 나오는 예수. 그를 만나고자 했다. 테두리가 없는 예수, 그 안에 길이 있기 때문이다.

결국 눈의 문제다. 우리의 눈에는 이끼가 끼어 있다. 그래서 예수를 보지 못한다. 그래서 성경을 뚫지 못한다. 예수의 메시지 앞에서 나를 열어야 한다. 그래서 내가 뚫려야 한다. 그래야 성경이 뚫리고, 그래야 예수가 뚫린다. 내가 뚫릴 때 예수가 내 안에 거하고, 예수가 뚫릴 때 내가 예수 안에 거한다. 그래서 예수는 말했다. "내가 너희 안에 거하듯, 너희가 내 안에 거하라." 알프스 산맥에서 마주친 노수사의 눈은 달랐다. '이끼'가 끼어 있지 않았다. 나는 이스라엘을 걸었고, 또 성경 속을 걸었다. 그건 나의 눈을 부수고, 이끼를 걷어내고, 성경 속으로 걸어 들어가 '살아 있는 예수'를 만나는 여정이었다. 이 책은 그 여정의 기록이다.

이 책은 기본적으로 예수의 생애를 따라간다. 성경 본문 인용은 가톨릭 성경을 따랐다. 다른 이유는 없다. 요즘 보편적으로 쓰는 쉬운 말로 번역돼 있어서다. 가톨릭 용어가 낯선 이들을 위해 개신교 표기 방식도 함께 담았다. 우리말 성경을 보며 답답한 대목도 더러 있었다. 그때는 그리스어 성경을 찾아보았다. 성경은 처음에 그리스어로 기록됐다. 그리스 원어의 뜻을 통해 예수의 메시지가 더욱 명료해지기도 했다. 그런 대목들도 책에 일일이 담아두었다. 이 책은 신자와 비신자를 가려 따지지 않는다. 대신 인간을 따진다. 너와 나, 그리고 우리를 따진다. 한마디로 모든 이들에게 건네는 예수 이야기다. 신을 품은 인간, 인간을 품은 신, 예수에 대한 이야기다.

1부

예수는 누구인가

예수는 왜 우리 곁에 왔는가

아버지, 하실 수만 있으시면

이 잔이 저를 비켜 가게 해주십시오.

그러나 제가 원하는 대로 하지 마시고

아버지께서 원하는 대로 하십시오.

마태오 복음서 26장 39절

ᴏᴏᴏᴏᴏᴏ

알고 싶었다. 2000년 전의 이스라엘은 어떤 곳이었을까. 보고 싶었다. 예수가 나서 자라고, '사랑'을 말하고, 끝내 십자가에 못 박혀 숨을 거둔 땅. 그리고 온 세상을 적시는 생명으로 되살아난 땅. 거기에는 어떤 바람이 불고, 어떤 나무가 자라고, 또 어떻게 생긴 달이 떠오를까. 지금도 남아 있는 예수의 유적에는 과연 그의 숨결이 박혀 있을까.

그 모두가 궁금했다. 성서의 배경이 되는 역사적 장소들과 예수가 나고 자란 동네, 예루살렘의 골목과 갈릴래아의 호숫가, 푸석푸석한 모래로 뒤덮여 있을 광야. 40일간 금식하며 예수가 목숨 걸고 자신을 지폈던 광야······. 그 어디쯤 그가 머물던 동굴이라도 있을까. 그곳으로 가서 땅이라도 밟아보고 싶었다. 그렇게 걷다 보면 어딘가 찍혀 있을 예수의 발자국 위에 나의 발이 포개지는 순간이 오지 않을까.

인천공항을 떠나 이스라엘에 도착했다. 텔아비브 공항의 입국 절차는 엄격하고 까다로웠다. 테러에 대비해 자동소총으로 무장한 군인들이 곳곳에 보였다. 이스라엘에서는 호텔 경비원들도 실탄을 소지한다고 했다. 언제 어디서 폭탄이 터질지 모르기 때문이다. 예수가 '영원한 평화'를 설한 땅이 아이러니컬하게도 지금은 '세계의 화약고'가 돼 있었다.

예수가 어린 시절을 보낸 나자렛 마을.
지금은 산뜻하고 아름다운 조그만 도시다.
2000년 전 예수는 나자렛 마을의 골목 어딘가를 뛰어다니며
어린 시절을 보냈으리라.

　버스를 타고 예루살렘으로 가는 길에 차창 밖으로 펼쳐지는 풍경은 무척 이국적이었다. 쨍한 햇볕이 내리쬐는 거친 광야, 해발 800미터가 넘는 고지와 낮은 계곡의 골짜기, 그리고 메마른 땅. 그런 가혹한 환경에서도 자라는 올리브 나무들(성서에는 '감람나무'라고 기록돼 있다). 여지없는 성서 속 풍경이었다.

　이스라엘의 광야는 죽음의 땅이다. 예수도 세례자 요한에게서 세례를 받은 뒤 죽음의 땅으로 갔다. 광야에는 '극적인 승부'가 기다리고 있었다. 상대는 로마의 병사도 유대교의 제사장도 아니었다. 예수가 마주한 상대는 '악마'였다. 악마라고 하면 흔히 머리에는 뿔이 솟아 있고, 꼬리

이스라엘의 광야는 그림 같은 지평선이 펼쳐지는
아라비아의 사막과는 달리 거칠고 메마른 땅이다.

가 삼지창처럼 갈라지고, 까칠한 붉은 털을 가진 놈으로 생각한다.

그러나 예수가 상대한 악마는 달랐다. 훨씬 더 깊은 뿌리를 가진 존재였다. 그건 나의 밖이 아니라 나의 안에 도사리고 있는 '또 다른 나'이기도 하다.

40일간 단식한 예수는 뱃가죽이 등에 붙을 지경이었으리라. 2600년 전 인도의 붓다도 그랬다. 그는 강가의 보리수 아래 앉아 처절한 고행을 했다. 오로지 좁쌀 한 톨만 먹고 하루를 버텼다. 배를 누르면 등가죽이 만져졌고, 등을 누르면 뱃가죽이 만져질 정도였다. 예수 역시 마찬가지였다. 40일간의 단식 끝에 마지막 승부를 기다리고 있었다.

악마는 예수에게 빵을 건넸다. "너는 하느님의 아들이다. 이 돌들에게 빵으로 변하라고 말하라."라고 제안했다. 강렬한 유혹이었다. "너는 빵으로 살지 않느냐. 너의 육신이 빵 없이 살 수 있느냐. 빵이 최고이지 않은가. 살고 싶다면 빵을 달라고 해라. 어서 빵이 최고라고 해라." 악마는 그렇게 다그친 셈이었다.

예수는 악마의 말을 받아쳤다. 자신이 무엇을 먹고 사는지 확고하게 말했다. "사람이 빵만으로 사는 건 아니다. 하느님의 입에서 나오는 끊임없는 말씀이 있어야 한다." 빵은 몸을 살린다. 그러면 마음을 살리는 것은 무엇일까. 또 영혼은 무엇을 먹고 살까. 예수가 말하고자 한 건 그것이었다. 진리의 근원에서 쏟아지는 이치, 삶과 세상과 우주에 대한 이치, 거기 깃든 생명력이 진정으로 자신을 살린다는 뜻이다.

이스라엘에 도착한 날은 금요일 저녁이었다. 유대인의 안식일이 시작되는 시간이다. 차창 밖에는 검은 모자에 검은 옷, 귀밑머리를 길게 기른 정통파 유대교인들이 아들을 데리고 통곡의 벽으로 향하고 있었다. 가이드의 설명이 놀라웠다. "이스라엘의 유대인 중 유대교를 믿는 사람은 30퍼센트에 불과합니다. 나머지는 종교가 없습니다. 다만 종교가 없는 사람들도 유대교의 관습과 절기 속에서 생활하고 있을 뿐이지요."

이스라엘 역시 이런 물음에서 자유롭지는 못했다. '과연 미래에도 종교가 존재할까.' 만약 존재한다면 어떤 방식으로, 어떤 호흡으로 존재하게 될까.' 각박한 삶을 헤쳐가야 하는 현대인은 종교의 격식이나 종교의 외피에는 그다지 흥미가 없다. 그들이 바라는 건 오직 하나, 자신의 일상을 자유롭게, 또 지혜롭게 풀어줄 실질적인 해결책이다. 그것이 애초에 종교가 태동한 이유이기도 하다.

예수는 이스라엘 곳곳을 누비며 관념적인 넋두리를 늘어놓지 않았다. 그의 설교는 사람의 마음을 정확하게 꿰뚫었다. 사람들의 괴로운 마음은 홀가분해졌고, 심지어 해묵은 병까지 나을 정도였다. 나는 이스라엘에서 그 메시지를 만나고 싶었다. 2000년 전 예수가 전했던 메시지, 그 안에서 꿈틀대는 생명의 알갱이들 말이다. 숙소의 창밖으로 날이 저물었다.

새벽에 잠에서 깨어 시계를 보니 오전 네 시 삼십 분이었다. '애~애~애~' 하는 소리가 크게 들렸다. 새벽 공기를 뚫고 예루살렘 전역에 퍼지는 소리는 뜻밖에도 '아잔'(무슬림들이 예배 시간을 알리기 위해 외치는 소리)이었다. 이슬람 모스크의 옥외 스피커를 통해 기도 소리가 울려 퍼졌다. 예루살렘에 사는 팔레스타인 사람들이 잠자리에서 일어나 이슬람 성지를 향해 절을 하는 시간이었다. 왠지 기분이 묘했다.

유대교와 그리스도교, 그리고 이슬람교는 하나의 뿌리에서 나온 세 그루의 나무다. 유대교는 구약만 믿고, 예수가 중심인 신약은 믿지 않는다. 유대교인에게 예수는 이단일 뿐이다. 그리스도교는 유대교 경전인 구약과 예수의 가르침을 담은 신약, 둘 다 믿는다. 이슬람교도 구약과 신약을 모두 본다. 다만 무슬림에게 예수는 메시아(구원자)가 아니다. 아브라함이나 모세와 같은 선지자 중 한 사람일 뿐이다. 그리스도교에서만 예수를 메시아로 본다. 이들 세 종교에 있어 '예수는 누구인가'라는 문제는 늘 평행선을 달리는, 민감하고 격렬한 신학적 논쟁거리다. 이렇게 세 가지 눈이 뒤섞인 곳, 그곳이 예루살렘이었다.

아침 일찍 숙소에서 나와 예수의 자취를 찾아 나섰다. 예루살렘 동편에는 야트막한 산이 하나 있다. 성경에도 등장하는 올리브 산(해발 810미터, 한국어 성경에서는 '감람산'이라고도 표기한다)이다. 올리브 산에는 옛날부터 올리브 밭과 공동묘지가 있었다. 지금도 여전했다. 오래된 묘비와 석관들이 올리브 산 여기저기에 놓여 있었다. 올리브 나무도 곳곳에 보였다.

그곳에 조그만 동산이 하나 있다. '올리브유를 짜는 곳'이라는 뜻을 지닌 겟세마니(겟세마네)다. 옛날에는 이곳에 올리브유를 짜는 방앗간이라도 있었나 보다. 십자가 처형을 당하기 전날 밤 예수는 이곳으로 왔다. 그리고 피 같은 땀을 흘리며 엎드려 기도를 했다. 그 장소가 바로 겟세마니다.

이스라엘은 사막 기후다. 낮에는 햇볕이 뜨겁고 밤에는 기온이 뚝 떨어진다. 예수가 제자들과 함께 이곳을 찾았을 때도 그런 계절이었다. 그날도 기온이 낮보다 10도 이상 떨어지는 차가운 밤이었으리라. 당시 예수는 시시각각 자신을 향해 다가오는 죽음의 그림자를 예견했다. 심지어 제자들에게 "너희도 알다시피 이틀이 지나면 파스카(유월절)인데, 그러면 사람의 아들은 사람들에게 넘겨져 십자가에 못 박힐 것이다." (마태오 복음서 26장 2절)라며 자신의 죽음을 예견하기도 했다.

마음만 먹었다면 예수는 달아날 수도 있었다. 제자들과 함께 얼마든지 사라질 수 있었다. 그러나 도망치지 않았다. 제자들과 함께 '최후의 만찬'을 마치고 예루살렘을 벗어나 겟세마니로 왔다. 이동 거리는 그리 길지 않았다. 올리브 산 언덕에서 예루살렘 성전이 빤히 보이는 거리였다. 예수는 달아나는 대신 기도를 택했다. 그건 예수의 선택이었다. 신의 뜻이 어디에 있는가를 묻고, 그 뜻과 하나로 흐르기 위한 목숨을 건 선택이었다. 그곳에서 예수는 기도를 했다.

바람이 불었다. 겟세마니 동산의 올리브 나무가 이리저리 흔들렸다. 우리도 그렇게 흔들린다. 수시로 기로에 선다. 살다 보면 각박한 일상의 전쟁터에서 도망치고 싶을 때가 한두 번이 아니다. 그런 우리에게 예수는 몸소 보여줬다. 도망가지 말라고. 마주하라고. 문제를 정면으로

응시하며 기도하라고. 묵상 속에서, 명상 속에서, 기도 속에서 답을 찾으라고. 지금도 예수는 그렇게 역설한다.

어디쯤이었을까. 예수가 무릎 꿇고 기도한 장소는. 삶과 죽음의 갈림길에서 처절하게 기도하며 피 맺힌 땀을 흘린 곳은 대체 어디였을까. 성서에는 이때 예수가 기도하자 "땀이 핏방울처럼 되어 땅에 떨어졌고"(루카 복음서 22장 44절), "너무 괴로워 죽을 지경"(마태오 복음서 26장 38절)이었다고 기록돼 있다.

예수는 왜 괴로워했을까. 어째서 "내 마음이 너무 괴로워 죽을 지경이다."라며 참담한 심정을 토해냈을까. 이유는 하나였다. 사느냐 죽느냐 하는 기로에 섰기 때문이었다. 우리는 하루에도 수차례, 수십 차례 기로에 선다. 사랑할까 미워할까. 용서할까 원망할까. 살려야 할까 죽

예수가 엎드려 기도했던 겟세마니 동산의 바위.
지금은 그 바위를 품고 교회가 세워져 있다.

여야 할까. 그때마다 예수처럼 '심히 괴로워 죽을 지경'이 된다.

겟세마니 동산을 천천히 걸었다. 예수는 얼마나 절실했을까. 얼마나 절박했으면 땀에 피가 배어 흘렀을까. 아마도 그건 눈물이 아니었을까. 심장으로 울었기에 흐른 피눈물이 아니었을까.

올리브 나무들 사이로 난 좁다란 길을 따라 걷자 교회가 하나 나왔다. '만국 교회(Church of Gethsemane, 겟세마니 동산 교회)'였다. 문을 열고 교회 안으로 들어서니 각국에서 찾아온 순례객들이 빙 둘러앉아 미사를 보고 있었다. 제단 앞에는 널찍하고 야트막한 바위가 있었다. 바로 예수가 엎드려 기도했다는 바위였다.

제단 밑 납작한 바위 둘레에는 쇠로 된 낮은 울타리가 쳐져 있었다. 하늘에서 내려오는 성령을 상징하는 비둘기 조각이 울타리 위에 앉아 있었다. 2000년 전 예수는 저 바위에 엎드렸었다. "너희는 여기 남아서 나와 함께 깨어 있어라."라고 제자들에게 신신당부한 뒤 앞으로 나아가 얼굴을 땅에 대고 엎드렸다. 그 땅이 저 바위였다. 그는 기도했다.

"아버지, 하실 수만 있다면 이 잔이 저를 비켜 가게 해주십시오."

예수는 두려웠을 것이다. 그의 목소리는 떨렸을 터이다. 육신의 생명을 벗는 일, 사랑하는 이들과 작별하는 일, 세상을 향해 우주의 이치를 전하는 걸 멈추는 일. 그 모두가 낯설고 두렵지 않았을까.

예수의 기도는 우리의 기도와 별 차이가 없었다. "이 고통이, 이 슬픔이, 이 불행이 비켜 가게 해주십시오." 그건 우리가 수시로 올리는 기도와 닮았다. 그런데 예수의 기도는 달랐다. 여기서 끝나지 않고 더 나아갔다. 그는 "그러나 제 뜻대로 마시고 아버지 뜻대로 하소서."라며 한 걸음 더 내디뎠다.

불교에서는 그것을 '백척간두진일보(百尺竿頭進一步)'라고 부른다. 백척의 장대 위에 서면 어떨까. 목숨이 위태롭다. 두렵고 떨릴 것이다. 그런데 떨어질 줄 뻔히 알면서도 한 발짝 앞으로 내딛는다.

그때 에고가 부서져 내린다. 남들이 멈추는 곳, 모두가 겁먹고 뒷걸음질 치는 곳에서 예수는 한 발 더 앞으로 내디뎠다. 곤두박질칠 줄 뻔히 알면서, 십자가에 못 박힐 줄 뻔히 알면서 말이다. 그래서 예수의 기도는 각별했다. 그렇게 '나'를 부수어버린 예수는 우주의 거대한 흐름 속으로, 신의 뜻 속으로 녹아들어갔다.

예수가 엎드려 피땀을 흘렸던 바위. 그 앞에 섰다. 낮은 울타리 앞에 쪼그려 앉아 바위에 손을 댔다. 차가웠다. 그날 밤도 차가웠으리라. 예수가 피 같은 땀을 흘리며 기도하던 그날도 차가웠을 것이다. 하늘의 별도, 바위 옆의 올리브 나무도 차가운 공기 속에서 그렇게 서 있었을 것이다.

눈을 감았다. 교회 안에는 침묵이 흘렀다. 예수가 기도하며 피 울음을 토해낼 때 제자들은 쿨쿨 잠들어 있었다. "나와 함께 깨어 있어라."라는 예수의 당부를 까맣게 잊은 채 잠에 취해 있었다. 2000년이 흐른 지금도 그렇다. 우리는 잠에 취해 있다. 그런 우리에게 예수는 말한다.

"나와 함께 깨어 있어라!"

무슨 뜻일까. 예수가 당부한 '깨어 있음'이란 어떤 의미일까. 두 눈을 뜨고, 정신을 바짝 차리고, 유혹에 빠지지 않도록 긴장 상태를 최대한 유지하는 것일까. 답은 간단하지 않다. 육신의 눈만 뜬다고 해서 '깨어

만국 교회 뜰에 서 있는 여덟 그루의 올리브 나무.
이 나무들은 보았을까.
예수가 기도하는 광경을.

있음'은 아니다. 그렇다면 깨어 있음이란 무엇일까. 그렇다. 내 안에서 흐르는 아버지의 뜻에 대해 깨어 있는 것이다.

예수는 기도를 통해 몸소 답을 보여줬다. '내 뜻'이 아니라 '아버지의 뜻'을 따르는 것이라고. 사람들은 묻는다. '아버지의 뜻'이 어디에 있는 줄 알아야 따를 게 아니냐고. 그러면서 우긴다. "내 뜻이 바로 아버지의 뜻"이라고. 그러나 예수는 정확하게 말했다. 당신의 뜻이 무너진 곳에서 신의 뜻이 드러난다고.

만국 교회 밖으로 나왔다. 교회 뜰에 아름드리 올리브 나무가 여덟 그루 서 있었다. 2000년 전 예수가 여기서 기도할 때도 올리브 나무가 서 있었다. 이 나무들은 예수가 기도했을 당시에 있었던 올리브 나무의 종자를 그대로 이어받은 나무라고 했다. 자세히 보니 뭔가 달랐다. 보통 올리브 나무보다 밑동이 수십 배는 더 굵었다.

이 나무들은 보았을까. 바위에 엎드린 예수의 모습을. 그리고 그가 토해낸 기도를 들었을까. 그때는 나무도 함께 울었을까…….

예수는 인간인가 신인가

∞∞∞∞∞

모든 것이 그분을 통하여 생겨났고

그분 없이 생겨난 것은 하나도 없다.

요한 복음서 1장 3절

++++++++++

예수는 인간인가, 신인가. 그는 사람의 아들일까, 아니면 신의 아들일까. 그 첫 단추가 궁금했다. 그래서 예수가 태어난 땅, 베들레헴으로 향했다. 거기서 예수의 뿌리를 보고 싶었다.

예루살렘에서 베들레헴은 멀지 않다. 남쪽으로 8킬로미터쯤 떨어져 있다. 지금은 팔레스타인의 도시인 베들레헴으로 가려면 검문소를 통과해야 한다. 실탄으로 무장한 이스라엘 군인과 장갑차가 검문소를 지키고 있었다.

검문소 이쪽과 저쪽의 풍경은 사뭇 달랐다. 예루살렘은 깔끔한 유럽의 도시 같았고, 팔레스타인 지역은 그에 비하면 수십 년은 낙후된 듯한 인상이었다. 마치 2016년에 살다가 순식간에 1986년쯤으로 되돌아간 느낌이었다.

팔레스타인 지역은 비포장도로도 많았다. 흙먼지를 날리며 버스가 달렸다. 차창 밖으로 팔레스타인 사람들이 보였다. 2000년 전 팔레스타인 지역에서 유대인으로 태어났던 예수도 저들과 외모가 비슷했으리라. 저들과 닮은 눈과 코, 저들과 비슷한 머리색과 피부를 가졌을 것이다. 아니면 내가 탄 버스의 기사처럼 생겼을까. 그도 아니면 검문소를 통과할 때 여권을 검사하던 유대인 군인처럼 생겼을까. 갈수록 궁금해졌다. 예수는 과연 인간일까, 아니면 신일까. 그도 아니면 둘 다일까.

예수의 출생은 파격이었다. 마리아가 처녀의 몸으로 임신했기 때문이다. 예수가 태어난 시대에 결혼이란 집안 간의 만남이었으며, 결혼 상대자도 대부분 부모가 정했다. 가문의 명예는 목숨과 바꿀 만큼 중요했다. 처녀가 혼전 임신을 하면 그 대가는 가혹했다.

성서에는 간음한 여자를 사람들이 돌로 쳐 죽이는 대목이 나온다. 혼전 임신을 했을 때도 마찬가지였다. 집안 남자들은 임신한 여자를 돌로 쳐 죽여 가문의 명예를 회복해야 한다고 여겼다. 그러니 마리아는 얼마나 당혹스러웠을까. '수태고지(受胎告知)'는 마리아에게 목숨을 걸어야 하는 '사건'이었다. 마리아 앞에 난데없이 천사가 나타나 이렇게 말했다. "두려워하지 마라, 마리아." 첫 마디가 "두려워하지 마라."였다.

단테 가브리엘 로세티의 그림 〈수태고지〉에서는 마리아가 두려워하는 모습이 여실히 보인다. 침대에 앉아 있는 마리아는 천사로부터 '수태 통보'를 듣고 벽 쪽으로 몸을 움츠린다. 천사가 건네는 백합의 꽃말은 순결과 신성(神性)이다. 마리아는 그 꽃을 선뜻 받지 못한다. 두 손은 바닥 쪽을 향하고 있다. 꽃을 받은 뒤 자신에게 몰아칠 '운명의 폭풍'을 직감적으로 본 것이다.

그림 속 마리아의 얼굴은 무척 앳되다. 그 당시에 마리아는 몇 살이었을까. 그런 운명을 감당할 만한 나이였을까. 성서에 그에 대한 기록은 없다. 마리아가 몇 살인지, 예수와 몇 살 차이인지 아무런 기록이 없다.

하지만 당시 풍습을 통해 추정해볼 수는 있다. 마리아는 요셉과 약혼한 상태로, 양가에서 결혼을 승낙하여 예식을 준비하고 있던 상황이었다. 그러니 마리아는 결혼 적령기였을 것이다. 그 당시 갈릴래아 지방

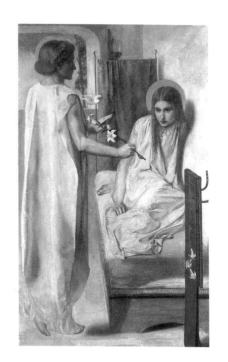

천사로부터 수태고지를
받은 마리아는 운명을
예감한 듯 두려워했으리라.
단테 가브리엘 로세티의
〈수태고지〉.

에서 여성은 첫 월경을 하는 나이가 되면 시집을 갔다고 한다. 그 나이
가 열서너 살이다.

　그때는 인간의 평균 수명이 지금보다 훨씬 짧았다. 의술도 발달하지
않았으니 출산 도중 목숨을 잃는 여성도 많았을 것이다. 여성의 출가
연령도 낮았다. 그럼에도 열서너 살이면 아직 어린 나이였을 것이다.
성령에 의해 임신이 되는 초월적 사건을 목숨을 걸고 감당하기에는 너
무 어리지 않았을까.

　천사 가브리엘은 아이의 이름까지 불러주었다. "이제 아기를 가져 아
들을 낳을 터이니, 그 이름을 예수(Jesus)라 해라." 한국말로 바꿔보면
"이제 아기를 가져 아들을 낳을 터이니, 그 이름을 철수라 해라."쯤 된

다. 당시 팔레스타인 지역에서 '예수'는 그만큼 흔한 이름이었다.

　로마 시대의 유대 역사가 플라비우스 요세푸스는 『유대 전쟁사』에서 "당시 '예수'라는 이름을 가진 사람은 수도 없이 많았다."라고 기록했다. 그러니 국어 책에 등장했던 철수나 영희처럼 유대인에게 흔하고 친숙한 이름이 바로 '예수'라는 이름이었다.

　'예수'는 '하느님은 구원이시다'라는 뜻이다. 버스 안에서 조용히 읊조려봤다. '예수 그리스도'를 '철수 그리스도'나 '영희 그리스도'로. 그렇게 한국식으로 바꾸어 불러보니 친근한 느낌이 들었다.

　버스에 함께 타고 있는 이스라엘 사람들의 말소리가 들렸다. 히브리어였다. 사실 히브리어는 고대 이스라엘의 언어다. 구약성서는 대부분 히브리어로 기록됐다. 유대 민족이 오랜 세월 바빌론의 포로로 지내면서 이민족의 문화에 동화돼, 유대인들이 사용하는 생활 언어가 바뀌었다. 그로 인해 예수 시대에는 히브리어가 일상 언어는 아니었다. 구약을 연구하는 일부 율법학자들만 익히는 문자 언어였다. 훗날 이스라엘이 건국(1948년)되면서 히브리어가 다시 유대인의 공용어가 됐다.

　그럼 예수는 어떤 언어를 사용했을까. 이스라엘 광야에서, 갈릴래아 호숫가에서, 예루살렘의 골목에서 예수가 말하고 들었던 언어는 무엇이었을까. 다름 아닌 아람어였다. 당시 유대인들은 아람어와 그리스어를 썼다. 그리스어는 외교용 언어였고, 지중해 지역에선 공용어였다. 그래서 처음에 신약성서는 그리스어로 기록됐다. 예수 시대에는 일부 식자층이 그리스어를 썼고, 대다수 평민은 아람어를 썼다.

　예수도 사람들과 이야기를 나눌 때 아람어를 썼다. '예수'라는 이름은 히브리어로 '여호수아(Yehoshuah)'이고, 아람어로는 '예수아(Yeshua)'이다. 그러니 마리아와 요셉이, 갈릴래아의 이웃들이 어린 예수를 부를 때는 "예수아! 예수아!"라고 불렀을 것이다.

버스가 베들레헴에 도착했다. 해발 770미터의 산악 지역에 있는 마을이다. 베들레헴은 '베들(집이라는 뜻)＋레헴(빵이라는 뜻)'으로, '빵 만드는 집'이란 뜻이다. 이곳은 그리스도교의 성지 중의 성지다. 가톨릭 신자들도, 개신교 신자들도, 딱히 종교가 없는 사람들도 베들레헴을 찾아온다. 크리스마스 때마다 보는 풍경인 말구유에 누인 아기 예수의 모습. 그 공간적 배경이 바로 이곳이다.

지금은 마구간이 없고, 그 대신 예수가 태어난 자리에 교회가 있다. 약 1500년 전에 세워진 '예수탄생 교회(The Church of the Nativity)'다. 325년에 지어졌다가 파괴되고 529년에 재건됐다. 529년이면 한반도에서는 고구려 안장왕이 백제 성왕과 싸웠던 때다. 예수탄생 교회는 세계에서 가장 오래된 교회 중 한 곳이다.

교회 입구가 특이했다. 성벽 아래에 난 작고 네모난 구멍이 입구이다. 입구 높이가 1.2미터 정도에 불과해 교회 안으로 들어가려면 누구나 머리를 숙여야 했다. 말을 타고 교회 안에 들어오는 걸 막기 위해 입구를 작고 낮게 만들었다고 한다.

예외는 없었다. 순례객들은 모두 머리를 숙였다. 그건 일종의 '내려놓음'이기도 했다. 자신을 내려놓은 곳, 거기야말로 신을 만나는 곳이니까.

　1500년 전에 지은 교회의 실내 양식은 매우 독특했다. 그리스 파르
테논 신전처럼 40여 개의 굵다란 기둥들이 양옆으로 줄지어 서 있었
다. 앞에는 제단이 있고, 정교회 성직자들이 미사를 드리고 있었다.

　교회 아래로 난 계단을 따라 내려가자 그곳에 예수가 태어난 '바로
그 장소'가 있었다. 2000년 전 이곳이 마구간이었을 때 예수가 태어난
장소였다. 사람들이 길게 줄을 서 있었고, 맨 앞사람은 바닥에 엎드려
뭔가 열심히 들여다보고 있었다. '뭘 보고 있는 거지?' 궁금해하며 나
도 줄을 서서 차례를 기다렸다.

　한참 뒤에 내 차례가 됐다. 그곳 바닥에 별 모양의 장식이 있었다. 그

별 한가운데 손바닥만 한, 작고 동그란 유리창이 있었다. 그 창을 통해
들여다보이는 곳이 예수가 태어난 '바로 그 장소'라고 했다. 선 채로는
보이지 않았다. 바닥에 무릎을 꿇고 엎드려 두 눈을 유리창에 바짝 갖
다 대고 안을 들여다봤다. 새까맸다. 새까만 어둠, 그뿐이었다.

  뒤에 줄 서서 기다리는 사람들이 많아 오래 볼 수도 없었다. 자리에서
일어섰다. 허탈하고 당혹스러웠다. '아무것도 보이지 않는데?' 뒤로 돌
아서는데 문득 성서 구절이 뇌리를 때렸다.

  "모든 것이 그분을 통하여 생겨났고, 그분 없이 생겨난 것은 하나도
없다."(요한 복음서 1장 3절)

  그 말씀대로였다. 저 어둠, 작은 구멍 속의 저 어둠. 그것은 태초의
어둠과 통했다. 태초의 어둠이 뭔가. 내가 나고, 당신이 나고, 세상이
나고, 이 우주가 나온 자궁이다. 천지창조의 근원이다. 거기야말로 예
수가 온 곳이다.

  불교에서는 그것을 '공(空)'이라 부른다. 텅 비어서 아무것도 없는 공
이 아니다. 모든 '색(色, 형상)'이 태어나 작용하고 돌아가는 만물의 본향
이다.

  숫자로 표현하면 '0'이다. 태초의 어둠도 '0'이다. 아무것도 없는 허
무한 '0'이 아니다. 없는 가운데 꽉 차 있기에 '진공묘유(眞空妙有)'다.

순례객들은 바닥에 엎드려 예수가 태어난 '그곳'을 들여다본다.
그들은 자리에서 일어서면서 저마다 눈을 감고 묵상에 잠겼다.

그래서 기독교 영성가 다석 유영모는 신을 부를 때도 '없이 계신 하느님'이라 불렀다. 요한 복음서(요한복음)는 말한다. "모든 것이 그분을 통하여 생겨났고, 그분 없이 생겨난 것은 하나도 없다." 아담과 이브가 그분을 통해 생겨났듯이 우리도 그분을 통해 생겨났다. 결국 우리의 몫이다. 나의 가족과 친구 속에서, 저 나무와 새 울음 속에서, 저 바람과 달 속에서 '없이 계신 하느님'을 만나는 일 말이다.

예수탄생 교회를 나오자 팔레스타인 청년이 다가와 "헤이, 브라더(Brother)!" 하며 기념품을 사라고 했다. 나는 "브라더!"라는 말이 귀에 꽂혔다. 그들은 처음 보는 낯선 남자에게도 "브라더!"라고 불렀다.

성서에는 '예수의 형제'에 대한 기록이 있다. 고향 나자렛으로 돌아온 예수를 향해 마을 사람들이 떠드는 이야기가 마르코 복음(마가복음)에 적혀 있다. "저 사람은 목수로서 마리아의 아들이며, 야고보, 요세, 유다, 시몬과 형제간이 아닌가? 그의 누이들도 우리와 함께 여기에 살고 있지 않은가?"(마르코 복음서 6장 3절)

예수는 맏이였다. 그에게 동생과 누이가 있었을까. 민감한 논쟁거리다. 현대 신학자들은 상당수 예수에게 형제가 있었다고 본다.

반론도 있다. "팔레스타인 지역에서는 형제뿐 아니라 사촌들도 다 '브라더'라고 불렀다. 성서에 등장하는 예수의 형제는 친형제가 아니라 사촌이다."라고 주장하는 전통적 시각도 강하다.

그럼 이것이 왜 논쟁의 뇌관일까. 이유가 있다. 예수가 '사람의 아들'인가, 아니면 '신의 아들'인가 하는 문제와 직결되기 때문이다. 사람의 아들이라면 아무런 문제가 없다. 결혼한 마리아와 요셉이 예수의 동생들을 낳는 것은 어찌 보면 인지상정(人之常情)이었을 테니.

그런데 신의 아들로 보면 적잖이 불편해진다. 성령으로 잉태했던 마리아의 몸에서 요셉의 자식들이 태어나기 때문이다. 게다가 예수를 신학적 용어로는 '하느님의 독생자(獨生子)'라 표현한다. '외아들'이란 뜻이다. '하느님의 외아들'에게 아버지가 다른 형제가 있다는 설정도 불편하기는 마찬가지다. 그래서 마리아가 평생 순결을 지킨 처녀라는 '평생 동정녀론'이 가톨릭에는 강하게 남아 있다.

성서에는 예수에게 네 명의 형제와 적어도 두 명의 누이가 있었다고 기록돼 있다. 당시 나자렛 고향 사람들은 예수를 '신의 아들'로 보지 않았다. 그저 '목수의 아들'로 봤다. 그들은 유대교 회당에서 예수가 풀어놓는 지혜에 놀라면서도 예수를 못마땅하게 여겼다. 그들에게 예수는 그저 이웃 여인 마리아의 아들일 뿐이었다. 그들이 아는 남동생들과 누이들의 형이자 오빠일 뿐이었다.

예수가 직접 "예언자는 어디에서나 존경받지만 고향과 친척과 집안에서만은 존경받지 못한다."(마르코 복음서 6장 4절)라고 토로할 정도였다. 유대교는 예수의 '동정녀 탄생'을 인정하지 않는다. 반면 그리스도교와 이슬람교는 예수의 '동정녀 탄생'을 받아들인다.

정작 예수 자신은 어땠을까. 그는 스스로를 무엇이라 불렀을까. 예수는 평소 자신을 지칭할 때 '메시아(구원자)'라고 하지 않았다. 대신 '인자(人子)'라고 불렀다. 글자 그대로 '사람의 아들(Son of man)'이란 뜻이다.

그런데 '인자'의 뜻은 깊다. 그 울림도 크다. 히브리어로 '인자'는 'Ben Adam(아담의 아들)'이다. 예수는 자신을 지칭하며 '사람의 아들'이 아니라 정확하게 '아담의 아들'이라고 불렀다. 예수는 왜 자신을 '아담의 아들'이라고 불렀을까.

사람들은 생각한다. 신의 외모가 인간의 외모와 똑같을 거라고. 우리처럼 눈이 있고, 코가 있고, 팔다리가 있을 거라고. 구약에는 이렇게 기록돼 있다. 신은 자신의 형상을 본떠 인간을 빚었다고. 미켈란젤로의 성화 〈천지창조〉를 봐도 하느님은 흰 머리칼을 휘날리는 할아버지의 모습이다. 인간의 형상은 신의 형상에서 따왔다. 다들 그렇게 생각한다. 과연 그럴까.

오스트리아 빈 대학에서 성서신학을 전공한 차동엽 신부는 "'형상'이라는 단어에 주목하라."라고 말한다. 성서에 기록된 '형상'이란 말은 히브리어로 '셸렘(selem)'이다.

'셸렘'은 본질 혹은 속성이 닮았을 때 쓰는 말이다. 겉모양만 붕어빵처럼 똑같이 생긴 '형상'을 말할 때는 히브리어로 '데무트(demut)'를 쓴다.

결국 성서의 메시지는 '하느님의 외모가 아니라 하느님의 속성을 본떠 인간을 지었다'는 뜻이다. 차동엽 신부는 "하느님을 의인화하고 인격화하며 '하느님은 이런 존재'라고 못 박는 건 곤란하다. 그건 초월적 존재인 하느님을 인간의 3차원적이고 편협한 생각 속에 가두는 일"이라고 말한다.

예수탄생 교회의 제단 앞으로 나아가 눈을 감았다. 예수가 온 곳은 어디일까, 또 예수가 간 곳은 어디일까. 구약 창세기의 구절을 다시 떠올렸다.

"하느님께서는 이렇게 당신의 모습으로 사람을 창조하셨다."(창세기 1장 27절)

그러니 신이 창조한 아담 안에 신의 속성이 흐른다. 예수가 자신을 가리켜 "아담의 아들"이라고 한 까닭이다. 누군가 예수에게 물었다. 하느님을 보여달라고. 그분이 어디에 있는지 알려달라고.

예수는 이렇게 답했다. "나를 보는 것이 곧 아버지(하느님)를 보는 것이다." 예수는 있는 그대로 말했다. 달리 말할 수가 없었으리라. 자신 안에 가득 찬 '하느님의 속성'이 바로 예수 자신이기 때문이다. 그게 예수의 진정한 '주인공'이기 때문이다.

버스는 덜컹거리며 베들레헴을 떠났다. 해가 떨어지고 있었다. 다시 물음이 솟았다. 예수는 인간인가, 아니면 신인가. 그랬다. 아담의 아들 예수, 그는 신을 품은 인간이었다. 동시에 인간을 품은 신이었다.

2000년 세월을 훌쩍 뛰어넘어 예수가 우리에게 묻는다.

당신은 누구의 아들인가. 당신의 주인공은 누구인가.

우리도 그렇게 흔들린다. 수시로 기로에 선다.
살다 보면 각박한 일상의 전쟁터에서 도망치고 싶을 때가 한두 번이 아니다.
그런 우리에게 예수는 몸소 보여줬다.

도망가지 말라고.
마주하라고.
문제를 정면으로 응시하며 기도하라고.
묵상 속에서, 명상 속에서, 기도 속에서 답을 찾으라고.

지금도 예수는 그렇게 역설한다.

어떤 예수를 믿고 싶은가

○○○○○○○

말씀이 사람이 되시어

우리 가운데 사셨다.

요한 복음서 1장 14절

늘 물음표다. 예수는 어떻게 물을 포도주로 바꾸었을까. 그건 역사적 사실일까, 아니면 메시지를 전하기 위한 비유일까. 신약성서에서 예수가 첫 이적을 행한 마을은 카나(가나)이다. 갈릴래아에서 카나까지는 자동차로 불과 20분 거리다. 그리 멀지 않다. 갈릴래아 호숫가인 티베리아에서 77번 도로를 타고 서쪽으로 갔다. 77번 도로는 널찍했다. 차들이 쌩쌩 달리고 있었다. 갈릴래아 호수 주변의 산 위로 올라갔을 때 펼쳐지는 고원 풍경이 장관이었다. 갈릴래아 하면 호수만 떠올랐는데 그게 아니었다. 갈릴래아 일대는 고원 지대가 펼쳐지는 거대한 산촌이기도 했다.

20분가량 달리자 카나가 보였다. 먼저 눈에 띄는 건 높다란 모스크(이슬람 사원)의 탑이었다. 도시 진입로에는 카나임을 알리는 허름한 아치가 세워져 있었다. 'WELCOME TO KANA(카나에 오신 것을 환영합니다)'라는 영어 표기 다음에는 이슬람 문자로, 그다음에는 유대인들이 쓰는 히브리 문자로 표기되어 있었다. 여기서 알 수 있듯이 카나에는 그리스도교인과 이슬람교인, 그리고 유대교인이 함께 살고 있었다.

차를 도로변에 세우고 '혼인잔치 교회(The Cana Wedding Church)'로 향했다. 몇 번이나 헤맨 끝에 골목을 돌아 교회를 찾았다. 예수는 이곳에서 물을 포도주로 바꾸는 첫 이적을 보였다. 요한 복음서에 따르면

이곳에서 결혼식이 열렸다. 예수의 어머니 마리아도 왔다. 예수는 제자
들과 함께 참석했다. 마리아도 알고 예수도 아는 인물. 예수의 친척쯤
되는 이의 결혼식이었을까. 성서에는 결혼식 주인공에 대한 자세한 기
록은 없다.

복음서에는 사흘째 되는 날 혼인 잔치가 있었다고 기록되어 있다. 요
일은 따로 기록돼 있지 않다. 그래도 유대인들은 무슨 요일인지 알고
있었다. 유대인의 안식일은 토요일로, 그날이 한 주가 끝나는 날이다.
그리고 일요일부터 새로운 주가 시작된다. 그러므로 사흘째 되는 날은
화요일을 가리킨다. 카나의 혼인 잔치는 화요일에 열렸다. 그래서인지
카나의 유대인들은 지금도 결혼식은 화요일을 선호한다.

교회 앞에서 만난 유대인은 "결혼식 자체가 행운의 날이에요. 게다가
예수님의 이적까지 나타났기 때문에 카나 사람들은 화요일에 치르는
결혼식을 '더블 럭(Double Luck, 두 배의 행운)'이라 부르지요. 요즘 젊은
이들도 결혼식 날짜를 화요일로 잡는 걸 더 좋아합니다."라고 설명해
주었다. 한국으로 치면 일종의 길일인 셈이다. 이사할 때 손 없는 날을
잡는 것처럼 말이다.

골목을 따라 걷다 보니 담벼락에 요한 복음서 구절이 새겨져 있었다.
"On the third day, there was a marriage at Cana in Galilee(사흘

째 되는 날, 갈릴래아 카나에서 혼인 잔치가 있었는데……)."(요한 복음서 2장 1절)

잠시 후 교회가 나타났다. 예수는 여기서 물을 포도주로 바꾸었다.

당시 혼인 잔치가 열리고 있는데 도중에 포도주가 떨어졌다. 유대 사회에서 하객들에게 포도주를 대접하는 건 혼주로서 중요한 일이었다. 마리아가 예수에게 포도주가 떨어졌다고 말했다. 예수 앞에는 유대인들이 정결례(식사 전 손을 씻는 일)에 쓰는 물독 여섯 개가 있었다. 예수는 일꾼들에게 "물독에 물을 채워라."라고 말했다. 일꾼들은 물독마다 물을 가득 채웠다. 예수는 "그것을 퍼서 과방장(혼인 잔치 등 축제를 주관하는 사람)에게 날라다 주어라."라고 했다. 과방장은 물로 만든 포도주를 맛봤다. 그러고는 신랑을 불러 말했다. "누구든지 먼저 좋은 포도주를

혼인잔치 교회로 가는 골목의 담벼락에
요한 복음서의 구절이 새겨져 있다.
세계 각지에서 온 순례객들이 교회로 향하고 있다.

내놓고, 손님들이 취하면 그보다 못한 것을 내놓는데, 지금까지 좋은 포도주를 남겨두셨군요."(요한 복음서 2장 6~10절)

예수의 포도주 이적은 논쟁이 되어왔다. "상식적으로 생각해봐라. 멀쩡한 물이 포도주가 되는 게 가능한가? 아무리 하느님의 아들이라 해도 그건 자연의 이치를 거스르는 일이 아닌가?" "성서의 이적 일화는 예수 후대에 추가된 이야기다. 예수가 메시아임을 드러내기 위해 가공한 이야기다. 역사적 사실과는 무관하다." 이에 대해 그리스도교 신자들은 거세게 반박한다. "그렇기 때문에 신의 아들이다. 자연의 흐름을 뛰어넘는 초자연적인 힘을 보여주었으니 신의 아들이다. 그래서 물이 포도주가 됐다. 그분이 진짜 하느님의 아들이라는 징표다. 거기에 의문을 제기하는 것 자체가 당신 안에 믿음이 없다는 이야기다." 논쟁은 끝이 없다. 양쪽은 평행선을 달린다.

혼인잔치 교회의 뜰에 섰다. 성서 속 일화는 늘 우리에게 메시지를 던진다. 물을 포도주로 바꾼 일화에 담긴 메시지는 뭘까. 그 이야기를 통해 예수는 우리에게 무엇을 건네려 한 걸까.

예수 당시 유대인들에게는 '하늘나라 사람'에 대한 그림이 있었다. '천국의 사람들은 이러이러할 것'이라는 나름의 추측이었다. 유대인들은 유대교 신앙과 전통 속에서 그런 추측을 하고 있었다. 유대인들이 예수에게 계속해서 이적을 보여달라거나 기적을 행해보라고 요구했던 데에도 이러한 종교적 배경이 깔려 있다. 그들은 이적을 통해 '천국 사람'을 확인하고자 했다. 구약에는 신의 이름을 통해 이루어지는 숱한 이적들이 등장하기 때문이다. 지금도 그렇지만 예수 당시에도 유대인은 구약을 믿는 민족이었다.

사실 물을 다른 것으로 바꾼 사람은 예수가 처음이 아니었다. 구약의 모세가 먼저 보여주었다. 모세는 양을 치다가 호렙 산에 올라갔고, 거기서 불붙은 떨기나무와 함께 신의 음성을 들었다. "이제 나는 내 백성을 구해 젖과 꿀이 흐르는 비옥한 땅 가나안으로 인도할 것이다. 너는 파라오에게 가서 내 백성을 이집트에서 데리고 나와라. 너는 이스라엘 백성에게 가서 '스스로 있는 분이 나를 보내셨다'고 말해라." 당시 유대인들은 이집트에서 노예로 살고 있었다. 모세는 걱정이 됐다. '가서 이 말을 전한다 한들 그들이 믿을까. 신의 음성을 들었다는 걸 사람들이 순순히 믿을까.'

모세의 걱정을 읽은 하느님이 세 가지 대책을 내놓았다. 그중 하나가 나일 강의 강물이었다. "사람들이 네 말을 믿지 않으면 나일 강에 가서 강물을 떠라. 그리고 땅에 부어라. 그럼 그 물이 피로 바뀔 것이다." 이집트로 돌아간 모세는 자신이 겪은 일을 말했다. 유대인들은 믿지 않았다. 모세가 나일 강의 물을 떠서 땅에 붓자 피로 변했고, 그 광경을 보고서야 유대인들은 모세의 말을 믿었다. 이집트의 왕 파라오도 모세의 말을 믿지 않았다. 결국 이집트의 모든 강과 운하, 나무 그릇과 돌 항아리에 있는 물까지도 피로 변했다. 구약에는 그렇게 기록돼 있다.

모세는 강물을 피로 바꾸었고, 예수는 물을 포도주로 바꾸었다. 구약의 유대인들은 모세의 이적을 하느님의 징표로 여겼다. 그들은 이적을 철석같이 믿었다. 그럼 예수 당시에는 어땠을까. 갈릴래아의 호수에서,

파라오를 찾아간 모세와
아론이 나일 강에
지팡이를 담그자
강물이 피로 변했다.
제임스 티소의 〈모세와 아론〉.

산 위에서, 예루살렘에서 예수의 메시지를 듣던 유대인들도 마찬가지
였다. 그들도 '하느님의 징표'에 대한 강렬한 열망이 있었다. 그들에게
구약은 절대 척도였으니 말이다. 오죽하면 사도 바울로(바울)도 그리스
인들은 지혜를 요구하고, 유대인들은 징표를 요구한다고 했을까.

혼인잔치 교회 안으로 들어가보았다. 교회 내부가 넓지는 않았다. 정
면 벽에 그림이 한 점 걸려 있었다. 예수가 물을 포도주로 바꾸는 모습
이었다. 예수 앞에는 물 항아리 여섯 개가 나란히 놓여 있고 일꾼들은
우물에서 물을 길어 항아리에 붓고 있다. 예수는 고개를 숙인 채 항아
리 위로 손을 든다. 마치 "물아! 포도주로 바뀌어라." 하고 명령하듯이

말이다. 그런 예수 곁에서 마리아가 지긋이 쳐다보고 있다. 항아리 옆에 놓인 컵에는 붉은 포도주가 반쯤 담겨 있다. 항아리의 물이 무엇으로 변할지 암시하고 있다.

교회에는 지하로 내려가는 계단이 있었다. 계단을 따라 내려갔더니 오래된 유물들이 있었다. 예수 당대에 썼던 돌 항아리도 전시돼 있었다. 큼지막한 돌에 커다란 구멍을 파서 항아리로 쓰는 식이었다. 그 밖에도 1세기경의 유물들이 여럿 보관돼 있었다.

계단을 내려가며 생각했다. 예수는 왜 이 땅에 왔을까. 이유는 하나다. 우리로 하여금 그리스도와 하나가 되게 하기 위함이다. 그 외에 다른 이유는 없다. 그렇다면 궁금했다. 예수가 물 항아리 여섯 개가 아니

*교회 안에는 물을 포도주로 바꾸는
예수의 일화를 담은 그림이 걸려 있다.
그림 오른편에 보이는 우물도 교회에 남아 있다.*

라 육백 개, 육천 개에 담긴 물을 포도주로 바꾼다 한들 무슨 의미가 있을까. 그 일이 오늘을 살아가는 우리와는 어떤 상관이 있을까. 당시 유대인들처럼 예수가 정말 하느님의 아들이라는 걸 확신하게 될까. 아니면 거기에는 "예수님은 물을 포도주로도 바꾸었는데, 우리의 인생인들 더 좋게 바꾸어주지 않을까." 하는 기복적 심리가 깔려 있는 걸까. 왜 우리는 물을 포도주로 바꾼 예수의 이적에 매달리고 싶은 걸까.

교회 안에는 사도 요한의 동상이 있었다. 카나 혼인 잔치 일화가 신약성서 중 유일하게 요한 복음서에만 등장하기 때문이다. 그 앞에서 눈을 감았다. 예수의 첫 이적, 그에 담긴 메시지는 과연 뭘까. 나와 예수 사이의 간격. 그걸 잇는 징검다리는 뭘까.

이적의 첫 단추는 '물'이다. 나일 강의 강물도 물이고, 카나 혼인 잔치에서 항아리를 채운 것도 물이었다. 아무런 색깔도 없고, 냄새도 없고, 맛도 없는 그냥 물이었다. 그 물이 피로 변하고 포도주로 변했다. 무색, 무미, 무취의 물이 어떻게 붉디붉은 액체로 변했을까. 요한의 동상 아래에는 '에반겔리스트(EVANGELIST)'라고 새겨져 있었다. '복음서 저자'라는 뜻이다. 나는 요한 복음서의 첫 장을 펼쳤다.

"모든 것이 그분을 통하여 생겨났고, 그분 없이 생겨난 것은 하나도

없다."(요한 복음서 1장 3절)

"말씀이 사람이 되시어 우리 가운데 사셨다."(요한 복음서 1장 14절)

붉은 피도, 붉은 포도주도 '물'을 통해 생겨났다. 그럼 물은 무엇을 상징하는 걸까. 요한 복음서에서 "모든 것이 그분을 통하여 생겨났고, 그분 없이 생겨난 것은 하나도 없다."라고 말한 것처럼 피와 포도주도 마찬가지다. '그분'을 통해 생겨났다. 그분을 통해 무색(無色)이 유색(有色)으로, 눈에 보이지 않는 것이 눈에 보이는 것으로 바뀐다. 아무런 맛이 없던 것이 맛을 가진 것으로, 냄새가 없던 것이 냄새가 있는 것으로 변한다.

예수 역시 그렇게 이 땅에 왔다. 물이 포도주가 되듯이. '없이 계신 하느님'이 눈에 보이는 몸을 입고 왔다. 말씀이 육신이 되는 일이다. 불교에서는 그것을 네 글자로 표현한다. '공즉시색(空卽是色)'이다. 눈에 보이지 않는 '공(空)'은 만물의 바탕이다. 공간적 개념이 아니다. 시공간을 초월한 우주의 근원을 뜻한다. 그게 눈에 보이는 '옷'을 입으면 '색(色)'이 된다. 그래서 '공'이 '색'이 된다. 그게 '공즉시색'이다.

그러면 물음이 올라온다. 우리에게 나일 강의 강물은 무엇일까. 붉은 피는 또 무엇일까. 우리도 물을 포도주로 바꿀 수 있을까. 그건 예수에게만 가능한 일일까. 그렇다면 요한은 왜 굳이 이 일화를 성서에 넣었을까. 단지 예수의 이적을 보여주기 위해서였을까.

교회 뜰에는 우물이 하나 있었다. 혼인 잔치 때 그 우물에서 물을 길어 돌 항아리에 부었다고 한다. 나는 우물 앞에 서서 눈을 감았다. 내 안의 우물, 우리 안의 우물은 어디일까. 두레박을 떨어뜨리면 첨벙하고 떨어지는, 그곳은 어디일까.

신은 인간을 지을 때 신의 속성을 불어넣었다. 그러므로 우리 안에는 나일 강이 흐르고 있다. 무색, 무미, 무취의 물이 흐른다. 그게 신의 속성이며, 그게 내 안의 우물이다. 우리는 날마다 그 우물에 두레박을 떨어뜨린다. 그리고 물을 길어 올린다. 우물 밖으로 나오는 순간 그 물은 바뀐다. 때로는 피가 되고, 때로는 포도주가 되고, 때로는 숭늉이 되고, 때로는 커피가 된다. 그게 뭘까. 우리가 날마다 쓰는 '마음'이다. 때로는 기쁜 마음, 때로는 슬픈 마음, 때로는 화나는 마음, 때로는 아픈 마음이 된다. 그 모든 마음이 '내 안의 우물'이 없다면 생겨날 수가 없다.

요한 복음서는 말한다. "모든 것이 그분을 통하여 생겨났고, 그분 없이 생겨난 것은 하나도 없다." 나일 강의 강물이 없다면 붉은 피도 없다. 우물물이 없다면 포도주도 없다. 물이 있기에 커피도 있고, 숭늉도 있고, 주스도 있다. 마음도 마찬가지다. '내 안의 우물(신의 속성)'이 있기에 우리가 마음을 길어 올린다. 희로애락의 온갖 마음이 거기서 창조된다.

그럼 물이 포도주로 바뀌는 것만 신비일까. 내 안에서 길어 올린 두레박의 물이 온갖 마음으로 바뀌는 것도 신비다. 예수가 보여준 첫 이적은 우물에서 길어 올린 마음을 어떻게 쓸지를 보여준다. 카나에서는 혼인 잔치 도중에 포도주가 떨어졌다. 하객들은 아쉬워하고 혼주는 난감한 상황이었으리라. 그때 예수는 물로 포도주를 만들었다. 사람들이 가장 필요로 했던 것, 그것을 만들었다. 나는 거기서 '예수의 마음 사용 설명서'를 읽는다.

'네 안에 신의 속성이 있다. 하느님이 천지를 창조한 것처럼 너는 온갖 마음을 창조할 수 있다. 마치 물을 포도주로 바꾸듯이 말이다. 필요한 때, 필요한 장소에서, 필요한 이에게, 필요한 마음을 창조해서 써라." 이게 예수가 전하는 '마음 사용 설명서'의 골자다. 구약성서 창세기에는 천지를 창조한 뒤 "하느님께서 보시니 좋았다."(창세기 1장 25절)라고 기록돼 있다. 우리는 어떨까. 마음을 창조해서 쓴 뒤에 "보기에 좋았다." 라고 말할 수 있을까. 그렇게 마음을 쓰고 있을까. 행여 포도주가 필요한 곳에서 커피를 만들고 있는 건 아닐까. 올리브유가 필요한 이에게 주스를 건네고 있는 건 아닐까. 마음의 우물에서 그렇게 엉뚱하게 두레박질을 하고 있는 건 아닐까.

교회에서 나오자 맞은편에 조그만 기념품 가게가 있었다. 그곳에 눈에 띄는 물건이 하나 있었다. 흙으로 빚은 물 항아리였다. 그런데 항아리에 손잡이가 여러 개 있었다. 거기에는 이유가 있었다. 유대인들은 식사를 하기 전에 손을 씻어야 한다. 부정한 손으로 음식을 먹어선 안 되기 때문이다. 먼저 오른손으로 항아리의 손잡이를 잡고 물을 부어 왼손을 씻는다. 그럼 왼손이 깨끗해진다. 그다음에 오른손을 씻으려면 왼손으로 손잡이를 잡아야 한다. 그런데 씻지 않은 오른손으로 잡았던 손잡이를 깨끗해진 왼손으로 잡으면 곤란하다. 그래서 손잡이가 여러 개다. 예수 당시의 유대인들도 그렇게 정결례를 지켰다. 물 항아리에 달린 손잡이만 봐도 유대인들이 율법을 얼마나 중시했는지를 실감할 수 있었다.

요한 복음서에는 물을 포도주로 바꾸는 첫 이적을 본 뒤 제자들이 예

혼인잔치 교회의 지붕에 십자가가 보인다.
그 아래 마리아와 천사의 동상이 있다.

수를 믿었다고 기록돼 있다. 그러니 제자들도 예수 안에 무엇이 흐르는지 '예수의 주인공'을 전혀 모르는 상태였다. 이적을 보고서야 예수를 믿게 되었으니 말이다. 그 전에는 긴가민가하지 않았을까. 그렇다면 그들은 '이적을 행하는 예수'를 믿은 걸까, 아니면 '신의 속성을 품은 예수'를 믿은 걸까.

이 물음은 당시 사도들만 겨냥한 게 아니다. 2000년을 뛰어넘어 현대를 살아가는 우리에게도 똑같은 화살로 날아와 꽂힌다. 내가 믿고 싶은 예수는 이적을 행하는 예수인가, 아니면 신의 속성을 품은 예수인가. 우리는 어느 통로를 통해서 그리스도와 하나가 되는 걸까. 이적을 통해서일까, 아니면 신의 속성을 통해서일까.

예수는 왜 하느님을 '아빠'라 불렀을까

하늘에 계신 저희 아버지

아버지의 이름을 거룩히 드러내시며

아버지의 나라가 오게 하시며

아버지의 뜻이 하늘에서와 같이

땅에서도 이루어지게 하소서.

마태오 복음서 6장 9~10절

예루살렘의 올리브 산 정상에는 '주기도
문 교회(The Church of the Pater Noster)'가 있다. 교회 뜰에는 나무들이
우거져 있고, 가지에 앉은 새들이 지저귀고 있었다. 지저귐을 뚫고 정
적이 흘렀다. 2000년 전 예수는 이곳에서 기도를 했다. 하늘을 향해 기
도를 하고, 제자들에게도 기도하는 법을 일러주었다. 그게 '주님의 기
도(주기도문)'이다. 제자들을 위해 따로 만든 기도문이 아니라 예수가 직
접 올리던 기도문 그대로이다. 그러니 '주님의 기도'에는 '예수의 눈'이
담겨 있다. 우리는 '주님의 기도'를 통해 '예수의 눈'을 만나고, 다시 그
눈을 통해 '하늘의 눈'을 만난다.

예수는 왜 기도를 강조했을까. 마태오 복음서(마태복음)에는 예수가
기도하는 위선자들을 꾸짖는 대목이 나온다.

"너희는 기도할 때에 위선자들처럼 해서는 안 된다. 그들은 사람들에
게 드러내 보이려고 회당과 한길 모퉁이에 서서 기도하기를 좋아한
다."(마태오 복음서 6장 5절)

당시에는 그런 사람들이 꽤 있었다. 더구나 바리사이들은 하루에도
몇 차례씩 기도를 올렸다. 길을 가다가도 정해진 시간만 되면 멈춰 서
서 기도를 했다. 그때는 왕이 인사를 건네도 소용없었다. 기도가 우선
이었다. 기도를 마친 다음에야 왕에게 절을 했다. 유대교에 정통한 유

대인이자 개신교 신학자인 알프레드 에더스하임은 저서 『유대인 스케치』(복 있는 사람, 2016)에서 "바리새인들이 기도를 할 때에는 심지어 뱀이 발목을 타고 올라와도 내버려두어야 했다."면서 "하루에 100번의 축복기도를 올리면 탁월한 신앙심을 보이는 표준으로 여겨졌다."라고 말했다.

그러니 예수가 '기도하는 위선자'라고 공격한 이들은 바리사이(바리새인)들이 아니었을까. 당시 바리사이들은 기도는 길면 길수록 좋다고 여겼다. 에더스하임은 "(바리사이들은) 기도가 길면 반드시 하늘에 전달되고, 풍성한 기도는 수명을 늘려준다고 생각했다. 거룩한 이름으로 축복기도를 마칠 때마다 그 횟수만큼 특별한 종교적 공로가 쌓인다고 믿었다."라고 설명했다.

어쩌면 우리도 바리사이를 닮아가고 있는지 모른다. 특히 기도를 잘 하느냐, 못하느냐를 따질 때 말이다. 그 기준은 유창함이다. 매끄러운 말솜씨로 막힘없이 기도할 때 우리는 기도를 참 잘한다고 말한다. 그리 고 '긴 기도'를 '긴 축복'과 동일시하기도 한다. 바리사이들도 그랬다. 기도의 격식과 양을 중시했다.

우리나라 개신교 교회에서는 '40일 특별 새벽기도', '100일 특별 새 벽기도'를 종종 한다. 하루도 빠지지 않고 출석 도장을 받고 나면 왠지 뿌듯해진다. 무언가 특별한 종교적 공로가 쌓이는 느낌을 받는다. 일부 교회에서는 단 하루도 결석하지 않은 이들에게 개근상으로 성서를 주 기도 한다. 표지에 '40일 특별 새벽기도'라는 문구가 찍혀 있는 성서 다. 일종의 훈장인 셈이다. 우리는 그런 성서의 표지를 남들에게 자랑 하고 싶었던 적은 없을까. 다른 사람 눈에 띄도록 표지를 바깥으로 하 여 들고 다닌 적은 없을까. 남들이 들으라고 큰 소리로 "아멘!"이나 "할렐루야!"를 외친 적은 없을까. 그런 행동이 회당과 한길 모퉁이에 서서 기도하는 바리사이들과 뭐가 다를까.

예수의 기도는 달랐다. 오히려 그런 이들을 "위선자"라고 불렀다. 그 들의 기도는 마음을 뿌듯하게 한다. 그런 뿌듯함은 늘 문제가 된다. 그걸 먹고서 에고가 자라기 때문이다. 예수의 기도는 방향이 달랐다. '나'를 키우는 기도가 아니었다. 기도를 통해 '나'가 작아지고 작아져서 결국은 그리스도 안으로 사라지는 기도였다. 예수는 그런 이들을 "마음이 가난한 사람들"이라 불렀고, "하늘나라가 그들의 것이다."라고 덧붙였다.

그럼 의문이 생긴다. '살다 보면 뿌듯함이 생길 수도 있지, 어떻게 그런 생각을 아예 안 할 수가 있나.' 맞는 말이다. 뿌듯함은 얼마든지 생길 수 있다. 대신 그때그때 '포맷'해야 한다. 마음에 뿌리를 내려 에고를 키우는 거름이 되기 전에 말이다. 그러면 어떻게 해야 포맷을 할 수 있을까. 하느님을 향해 영광을 돌리면 된다. 모든 것이 그분을 통해 생겨났으므로. 그게 '신을 향한 위탁'이다. 그때 포맷이 이루어진다.

자선을 베풀 때도 마찬가지다. 예수는 "오른손이 하는 일을 왼손이 모르게 하여라. 그렇게 하여 네 자선을 숨겨두어라. 그러면 숨은 일도 보시는 네 아버지께서 너에게 갚아주실 것이다."(마태오 복음서 6장 3~4절)라고 했다. 오른손도 나의 손이고 왼손도 나의 손이다. 어떻게 한쪽 손이 하는 일을 다른 쪽 손이 모를 수가 있을까. 여기에는 대체 무슨 뜻이 담겨 있을까.

이 구절을 문자적으로 해석하는 수도자들도 꽤 있다. 그래서 언론 인

터뷰도 하지 않고 바깥에 이름을 알리지도 않는다. 그들은 그렇게 함으로써 '오른손이 하는 일을 왼손이 모르게' 한다고 생각한다. 그건 예수의 메시지를 소극적으로 해석한 게 아닐까. 오히려 문자주의적 해석이 아닐까. 핵심은 '세상에 알리느냐, 마느냐'가 아니라 '내 마음에 남느냐, 남지 않느냐'이다. 세상 사람들이 다 몰라도 내 마음에 뿌듯함이 남으면 어찌하나. 그 뿌듯함이 뿌리를 내리면 어찌하나. 그걸 먹고 에고가 자라면 또 어찌하나.

　"오른손이 하는 일을 왼손이 모르게 하여라."라고 할 때의 왼손은 '내 마음'이다. 내 마음이 몰라야 한다. 기억하지 말라는 이야기가 아니다. 기억에 달라붙어 있는 뿌듯함을 털어내라는 말이다. 예수는 "그렇게 하여 네 자선을 숨겨두어라."라고 했다. 자선은 어떻게 숨겨둘 수 있을까. 내 마음이 그것을 틀어쥐고 있지 않을 때 자선이 숨는다. '뿌듯함'이 포맷될 때 비로소 자선을 숨겨두게 된다.

기도도 똑같다. 예수는 이렇게 말했다. "너는 기도할 때 골방에 들어가 문을 닫은 다음, 숨어 계신 네 아버지께 기도하여라. 그러면 숨은 일도 보시는 네 아버지께서 너에게 갚아주실 것이다."(마태오 복음서 6장 6절)

예수는 왜 골방으로 들어가라고 했을까. 그리고 왜 문까지 닫으라고 했을까. 왜 그냥 '아버지께'가 아니라 '숨어 계신 아버지께' 기도하라고 했을까. 바리사이들은 '회당'이나 '광장'에서 기도했고, 예수는 '골방'에서 기도하라고 했다. 회당이나 광장은 바깥이다. 바리사이의 기도는 바깥을 향한다. 예수의 기도는 다르다. 골방을 향한다. 그러면 그 골방은 어디일까. 그렇다. 나의 내면이다. 내 안을 향해 깊이, 더 깊이 닻을 내리라는 뜻이다. 그럼 "문을 닫으라."라는 말은 무슨 뜻일까. 바깥을 봉쇄하라는 말이다. 기도의 방향은 내면을 향해야 하니 말이다. 그게 예수가 설한 기도다.

그러면 아버지는 어디에 숨어 계실까. 내 안이다. 우리 모두의 내면에 하느님이 창조했던 '아담의 속성', 다시 말해 '신의 속성'이 숨어 있다. 예수는 그곳을 향해 기도의 닻을 내리라고 했다. 기도가 바깥을 향하면 흩어지고 만다. 내면을 향할 때 기도가 모아진다. 그래서 예수는 골방의 문까지 닫으라고 했다. 그럴 때 우리의 기도가 '숨어 계신 아버지'를 향하기 때문이다. 그래야 통하기 때문이다.

주기도문 교회의 벽에는 '주님의 기도'가 새겨져 있었다. 한두 편이 아니었다. 100가지가 넘는 언어로 '주님의 기도'가 적혀 있었다. 돌판의 개수도 그만큼 많았다. 한국어로 된 기도문을 찾아보았다. 한참 걸려 회랑 안쪽에서 찾을 수 있었다. 뜻밖에도 두 개였다. 하나는 가톨릭의 기도문이고, 다른 하나는 개신교의 기도문이었다.

그 앞에 서서 눈을 감았다. 어느 종교에나 기도가 있고 신자들은 기도를 한다. 기도란 무엇일까. '바람'이다. 무엇을 바라는 걸까. 하나 되기를 바라는 일이다. 무엇과 무엇의 하나 됨일까. 땅과 하늘의 하나 됨이다. 이를 통해 나와 하늘이 하나가 되기 때문이다. 그래서 예수는 말했다. "내가 너희 안에 거하듯이, 너희가 내 안에 거하라." 그런 하나 됨이다.

주기도문 교회에는 매우 특별한 공간이 있다. 2000년 전 예수가 몸소 기도한 곳이다. 그곳은 번듯한 건물이 아니었다. 반지하 동굴로 들어가는 작은 입구를 지나 안으로 들어가보니 천장도 바닥도 벽도 돌이었다. 그런 바위굴이었다. 태양이 작열하는 이스라엘 땅에서 그런 굴에 들어가면 순식간에 서늘해진다. 햇볕을 피하기에는 안성맞춤이었다. 예수와 제자들도 이 공간에 머물렀다.

바위굴 안쪽에 눈에 띄는 공간이 있었다. 그곳은 철문으로 막아 출입을 제한하고 있었다. 그 안쪽이 바로 예수가 기도를 한 장소였다. 아주 작은 방만 한 크기였다. 예수는 거기서 '주님의 기도'를 가르쳤다.

"하늘에 계신 저희 아버지
아버지의 이름을 거룩히 드러내시며

2000년 전 예수가 기도 드린 공간이다.
이곳이 주기도문 교회의 심장에 해당하는 장소다.
좁다란 바닥 저 어디쯤에서 예수는 두 손을 모아 기도했다고 한다.
그리고 몸소 읊던 기도문을 제자들에게도 일러주었다.

아버지의 나라가 오게 하시며

아버지의 뜻이 하늘에서와 같이

땅에서도 이루어지게 하소서……."

(마태오 복음서 6장 9~10절)

예수는 히브리어가 아니라 아람어를 썼다. 당시 아람어는 유대인의 공용어였다. '주님의 기도'에서 예수는 아버지를 부를 때 아람어로 "압바(abba)"라고 불렀다. 유대의 어린아이가 아버지를 부를 때 쓰는 말이다. 우리말 "아빠"와 발음이 매우 유사하다. 예수는 기도할 때 하느님을 "아빠"라고 불렀던 것이다.

우리는 어떨까. 하느님을 "아빠"가 아니라 "아버지"라고 부른다. 기도문에도 "하늘에 계신 저희 아버지"라고 돼 있다. "거룩하신 하느님을 어떻게 '아빠'라고 부를 수 있나. 그 호칭은 하느님의 아들이신 예수님만 부를 수 있다. 우리는 예수님에게 입양된 양자이므로 우리는 하느님을 '아빠'라고 부를 수 없고 그렇게 불러서도 안 된다." 이렇게 주장하는 목회자도 많고, 이렇게 생각하는 사람도 많다.

예수가 기도 드린 바위굴에서 눈을 감았다. 예수는 왜 하느님을 "아빠"라고 불렀을까. 친근하기 때문이다. 친근한 게 뭔가. 가까운 거다. 예수와 하느님은 왜 가까웠을까. 예수의 내면이 '신의 속성'과 하나이기 때문이다. 그렇게 예수 안에는 '하느님'이 있었다. 그러니 가까울 수밖에 없고 친할 수밖에 없다. 그러므로 절로 이렇게 부르게 된다. "아빠!"

우리는 다르다. 여전히 하느님을 "아버지"라고 부른다. 그건 거리감

예수는 아람어를 썼고, 설교를 할 때도 아람어로 했다.
왼쪽은 아람어로 된 '주님의 기도'이고,
오른쪽은 히브리어로 된 '주님의 기도'이다.
유대의 고대 언어인 히브리어는 중간에 소멸 위기를 거쳐
근대에 이스라엘 국가가 생기면서 국어로 되살아났다.

때문이 아닐까. 나와 아버지 사이에는 늘 '거리'가 있다. 그래서 "아빠"
라는 말이 선뜻 나오지 않는다. 하늘에 계신 아버지는 엄격하고 거룩한
분이며 우리가 기도를 올려야 하는 대상이다. 내가 감히 "아빠"라고 부
를 수 있는 대상이 아니다.

 그렇게 거룩한 하느님을 향해 예수는 "아빠"라고 불렀다. 굉장한 파
격이었다. 실제 유대인들이 예수를 죽인 것도 그런 이유에서였다. 첫째
로 안식일을 어겼고, 둘째로 하느님을 자신의 아버지라고 불러서였다.
그리함으로써 자신을 하느님과 대등하게 만들었기 때문이다.(요한 복음
서 5장 18절) 그런데 예수는 제자들에게 기도를 가르칠 때 자신의 기도
문을 그대로 전했다. 아람어로 "압바"라 부른 '주님의 기도'를 그대로
일러주었다. 만약 '압바'라는 호칭이 예수에게만 허락된 것이라면 제자
들에게는 달리 가르쳤으리라.

 예수의 눈에 하느님은 자신에게도 '압바'이고 제자들에게도 '압바'였
다. 다시 말해 우리 모두에게 '압바'이다. 인간을 지을 때 하느님이 '신
의 속성'을 불어 넣었기 때문이다. '없이 계신 하느님의 DNA'가 우리
안에도 흐르기 때문이다. 그러니 하느님은 모든 이에게 '압바'이다.

 예수는 이렇게 기도했다. "아버지(압바)의 이름이 드러나고, 아버지

ARAMEEN   HÉBREU

TEXTES ÉTABLIS   J. STARCKY – P. GRELOT
PAR LES RR.PP.   J. CARMIGNAC – É. PUECH
                 M.J. STÈVE

HOC FECIT A. MASSIERA ANNO MCMLXXXV

(압바)의 나라가 오고, 아버지(압바)의 뜻이 이루어지소서." 그러기 위해 골방에 들어가 문을 닫고 기도하라고 했다. 자신의 내면을 향해서 말이다. 그곳으로 아버지의 이름이 드러나기 때문이다. 예수는 말했다. "아버지의 뜻이 하늘에서와 같이 땅에서도 이루어지게 하소서." 하늘이 어디일까. 하느님 나라다. 땅은 어디일까. 나의 나라, 나의 내면이다. 하늘이 땅이 되는 일. 예수는 그 일을 위해 이 땅에 왔다.

산상설교에서도 예수는 말했다. "마음이 가난한 사람들! 하늘나라가 그들의 것이다."(마태오 복음서 5장 3절) 가난한 마음이란 집착이 없는 마음이다. 뿌듯함이 없는 마음, 틀어쥔 게 없는 마음이다. 그런 마음일 때 하느님 나라가 온다. 그 마음의 속성과 하느님 나라의 속성이 통하기 때문이다. 물은 물과 하나가 된다. 기름과 물은 하나가 되지 않는다. 마찬가지다. 하늘나라의 속성과 나의 속성이 통해야 한다. 그래야 땅이 하늘이 된다. 예수의 기도처럼 아버지의 뜻이 하늘에서와 같이 땅에서도 이루어진다. 예수의 기도는 계속된다.

"오늘 저희에게 일용할 양식을 주시고……."
(마태오 복음서 6장 11절)

여기서 '예수의 눈'이 드러난다. 우리는 하루 세끼를 먹는다. 예수는 그 세끼의 출처를 '하느님'이라 말한다. 왜 그랬을까. '모든 것이 그분을 통하여 생겨남'을 알기 때문이다. 그걸 알면 달라진다. 일상 속의 소소한 일들을 통해서도 아버지의 뜻을 읽게 된다. 그 뜻에 나를 맡기면 내 마음은 더 가난해진다. 가난해진 만큼 하늘이 땅으로 내려오는 법이다.

"저희에게 잘못한 이를 저희도 용서하였듯이
저희 잘못을 용서하시고
저희를 유혹에 빠지지 않게 하시고
저희를 악에서 구하소서."
(마태오 복음서 6장 12~13절)

예수는 하늘이 땅이 되는 방법을 구체적으로 설했다. 그 첫 단추는 우리에게 잘못한 이를 우리가 용서하는 일이다. 그리고 난 다음에야 '하느님의 용서'가 움직인다. 여기에는 용서의 이치가 담겨 있다. 용서란 내 마음에 남아 있는 앙금을 털어내는 일이다. 일종의 포맷이다. 앙금을 다 털어낼 때 우리는 텅 빈 마음이 된다. 하느님 나라에는 앙금이 없다. 그러니 내게 앙금이 없어야 하느님 나라가 올 수 있다. 내게 앙금이 남아 있으면 하느님 나라가 오지 못한다. 내가 스스로 통로를 막고 있기 때문이다.

'주님의 기도'를 일러주고서 예수는 이렇게 말했다. "너희가 다른 사람의 허물을 용서하면, 하늘의 너희 아버지께서도 너희를 용서하실 것이다. 그러나 너희가 다른 사람들을 용서하지 않으면, 아버지께서도 너희의 허물을 용서하지 않으실 것이다."(마태오 복음서 6장 14~15절)

주기도문 교회를 거닐었다. 인도의 산스크리트어로 된 '주님의 기도도 있었다. 산스크리트어는 불교의 언어다. 아랍어로 된 '주님의 기도도 있었다. 이슬람의 언어다. 히브리어로 된 '주님의 기도도 있었다. 유대교의 언어다. 언어가 다르고 언어에 깔린 종교적 배경이 달라도 메시지는 통했다. 하늘이 땅이 되고, 땅이 하늘이 되는 길. 이는 모든 종교의 염원이다.

어디선가 노랫소리가 들려왔다. 그곳으로 가보았다. 예수가 제자들에게 '주님의 기도'를 일러준 곳이었다. 바위굴 안에 스무 명쯤 되는 외국인들이 있었다. 이탈리아에서 온 순례객들이었다. 그들의 노래가 바

주기도문 교회의 벽에는
세계 각국의 언어로 '주님의 기도'가 적혀 있다.
그 앞에 서서 눈을 감으면
그 모든 언어를 관통하는 하나의 메시지가 흐른다.

위굴 안에서 울렸다.

예수는 알았을까. 10년이면 강산이 변한다. 강산이 200번이나 바뀐 뒤에도 하늘이 땅이 되고 땅이 하늘이 되는 기도가 이곳에서 울려 퍼지리라는 것을 말이다.

순례객들은 눈을 감고 있었다. 예수가 기도한 곳에서 부르는 예수의 기도. 그 기도가 바위에 부딪혔다. 천장에도 울리고, 바닥에도 울리고, 순례객들의 심장에도 울렸다.

"저희에게 잘못한 이를 저희도 용서하였듯이
저희 잘못을 용서하시고……."

그렇게 '용서의 메아리'는 울리고, 또 울렸다.

어느 종교에나 기도가 있고 신자들은 기도를 한다.
기도란 무엇일까. '바람'이다.
무엇을 바라는 걸까. 하나 되기를 바라는 일이다.
무엇과 무엇의 하나 됨일까.
땅과 하늘의 하나 됨이다.
이를 통해 나와 하늘이 하나가 되기 때문이다.

그래서 예수는 말했다.
"내가 너희 안에 거하듯이, 너희가 내 안에 거하라."

예수에게 아내가 있었을까

○○○○○○○

나는 길이요 진리요 생명이다.

나를 통하지 않고서는 아무도 아버지께 갈 수 없다.

요한 복음서 14장 6절

ㅇㅇㅇㅇㅇㅇㅇ

예수에게 아내가 있었을까.

터지면 엄청난 폭풍이 몰아치는 일종의 뇌관이다. 그리스도교를 떠받치는 기둥이 무너질 거라고 우려하는 이들도 있다. 신의 아들이 인간과 결혼하고 또 자식까지 두었다면 말이다. 기존의 신학 체계가 흔들릴수도 있다. 비단 최근에 불거진 논쟁거리는 아니다. 그리스도교 역사에는 예수의 출생에 대한 해묵은 논쟁이 있다.

2세기 인물인 희랍철학자 켈수스는 자신의 반기독교 저서 『참된 가르침』(178년경)에서 "예수는 로마 군인 판테라와 마리아의 사생아"라고 주장했다. "예수는 어느 유대인 마을에서 가난한 시골 여자로부터 태어났다. 목수인 남편은 그 여자를 데리고 고향을 떠나 한동안 떠돌다가 불명예스럽게 아이를 낳았다. 사생아였다. 그리고 이집트로 건너갔다. 가난했기 때문에 거기서 하인 생활을 했다." 3세기의 그리스도교 신학자 오리겐은 켈수스의 주장을 비판했다. 『켈수스에 반하여』를 통해 그의 주장을 조목조목 반박했다. 이처럼 초대교회 때는 예수의 출생을 둘러싼 공방이 있었다.

2006년에도 댄 브라운의 소설 『다빈치 코드』가 세계적인 베스트셀러가 되면서 논란이 있었다. 이번에는 '예수의 아내'가 도마 위에 올랐다. 예수에게 아내도 있고 자식도 있다는 설정이었다. 이 소설이 영화로도

제작되자 기독교계는 개봉을 반대하며 거세게 반발했다.

2012년 9월에도 뇌관이 등장했다. 미국 하버드 대학교 신학대학원 캐런 킹 교수가 파피루스 조각 하나를 공개했다. 손바닥보다 작은 크기의 파피루스에는 콥트어가 적혀 있었다. 고대 이집트 언어 계열인 콥트어는 3세기경부터 그리스도교 신도들에 의해 널리 쓰였다. 16세기까지도 이집트 콥트 교회 신도들은 콥트어를 일상어로 사용했다. 콥트어는 이집트의 고대 상형문자를 푸는 데도 중요한 열쇠가 된다. 17세기에 들어서면서부터는 아랍어에 밀려 거의 사어(死語)가 됐다.

그 파피루스에는 앞면에 8줄, 뒷면에 6줄로 콥트어가 기록되어 있었
다. 뒷면의 글자는 너덜너덜해져서 해독이 불가능했지만, 앞면에는
'마리아'라는 이름이 등장한다. 문제가 된 대목은 두 곳이다. "예수가
그들에게…… 나의 아내……라고 말했다." "그녀는 내 제자가 될 수
있을 것이다. 마리아는 그럴 만하다." 단어들 사이의 '…' 부분은 글자
가 지워져 해독할 수 없다. 그래도 '예수'가 등장하고, '마리아'라는 여
성이 등장하고, 예수가 말한 것으로 보이는 '나의 아내'가 등장한다. 또
"그녀는 내 제자가 될 수 있을 것이다. 마리아는 그럴 만하다."라는 구
절이 있었다. 큰 파장이 일었다. 전 세계 언론이 달려들어 일명 '예수의
아내 복음서'를 일제히 보도했다.

예수의 제자 무리에는 12사도가 있다. 그렇다고 남자들만 예수를 따
랐던 건 아니었다. 여자들도 있었다. 그중에는 막달라 출신 여성도 한
명 있었다. 그녀의 이름은 '마리아'였다. 2000년 전 이스라엘에서 마리
아는 상당히 흔한 이름이었다. 신약성서에도 여러 명의 마리아가 등장
한다. 사람들은 그녀를 '마리아 막달레나(막달라의 여자 마리아)'라고 불
렀다. 나자렛 출신의 예수를 '나자렛 예수'라고 불렀던 것처럼 말이다.
예수의 아내에 대한 의혹이 제기될 때마다 등장하는 상대 여성이 바로

마리아 막달레나다. 성서에는 그녀의 출신과 배경에 대한 정보가 거의 없다.

2000년 전 갈릴래아 호수의 서쪽 해안에 마을이 하나 있었다. 그 마을의 이름이 '막달라(Magdala)'였다. 『탈무드』에서는 이 지역을 '막달라 누나이야(Magdala Nunayya)'라고 불렀다. 막달라의 그리스어 지명은 '다리크아에(Tarichaea)'로 생선 제염소라는 뜻이다. 당시 막달라에는 어부들이 잡은 생선을 절이는 커다란 제염소가 있었을 터이다. 막달라는 갈릴래아 어업의 중심이 되는 어촌이었다. 지금은 갈릴래아 호 서쪽 편에 그런 마을은 없다. 막달라는 호텔과 리조트가 들어서 있는 티베리아에서 그리 멀지 않았다. 지금은 그 자리에 갈대와 풀들만 무성하다.

예수 당시 이스라엘은 남성 중심의 철저한 가부장제 사회였다. 결혼하지 않은 여성은 전적으로 아버지의 뜻을 따라야 했다. 또 결혼한 후에는 남편의 뜻을 좇아야 했다. 미혼 여성은 혼자서 밖으로 다닐 수도 없었다. 가족이나 친척 등 신변을 보호하는 이가 있어야만 집 밖으로 나갈 수 있었다. 미혼 여성이 임신이라도 하면 가문의 명예를 훼손했다며 '명예 회복'을 위해 가족이 돌로 때려죽이는 시대였으니 말이다.

유대교 회당에서도 그랬다. 예수 당시 랍비는 회당에서 '모세5경'을 읽어주었다. 여성들은 랍비가 되는 공부를 할 수가 없었다. 남자와 여자는 좌석이 분리돼 있었고, 여성이 남성을 가르치는 건 상상도 할 수 없는 시대였다. 지금도 예루살렘 '통곡의 벽'에는 남성과 여성의 기도 공간이 분리돼 있다. 그러니 2000년 전에는 오죽했을까.

그럼에도 미혼인 마리아 막달레나는 자유롭게 예수의 행적을 좇은

갈릴래아 호수의 서쪽에 예수 당시에 있었던
막달라라는 마을의 흔적은 지금 남아 있지 않다.

것으로 보인다. 파피루스 조각에는 "그녀는 나의 제자가 될 수 있을 것이다. 마리아는 그럴 만하다."라고 적혀 있다. 사도들이 먼저 이렇게 물었을 터이다. "마리아는 여자입니다. 여자도 주님의 제자가 될 수 있습니까? 여자도 사도가 될 수 있습니까? 사도가 돼서 다른 사람을 가르칠 수 있습니까?" 그렇게 물었을 터이다. 파피루스의 글은 이 물음에 대한 답으로 보인다. 예수는 "된다."라고 했다.

캐런 킹 교수가 제시한 파피루스 문구를 반박하는 신학자들도 많다. 그들은 "당시 '예수'는 흔한 이름이었다. 파피루스에 등장하는 예수가 우리가 생각하는 신약성서 속의 예수라는 결정적 증거는 없다. 유대교 어느 랍비의 이름일 수도 있고, 그의 아내 이름이 마리아일 가능성도 배제할 수 없다."라고 지적한다.

그러면 신약성서에 '마리아'는 어떻게 기록돼 있을까. 루카 복음서(누가복음)에 '마리아 막달레나'라는 이름이 등장한다. 예수가 여러 마을을 다니며 메시지를 전할 때 12사도가 함께 다녔고, 그때 여자들 몇 명도 함께했다고 돼 있다. "악령과 병에 시달리다 낫게 된 몇몇 여자도 그들과 함께 있었는데, 일곱 마귀가 떨어져나간 막달레나라고 하는 마리아, 헤로데의 집사 쿠자스의 아내 요안나, 수산나였다."(루카 복음서 8장 2~3절)

마리아 막달레나가 제자 그룹에서 차지하는 비중은 어느 정도였을까. 예루살렘의 골고타(골고다) 언덕에서 예수가 십자가형을 당할 때 제자들은 현장에 없었다. 사도 요한만이 자리를 지켰고 다들 도망쳤다. 베드로는 예수를 세 번이나 부인한 뒤에 달아났다. 그때 마리아 막달레나는 골고타 언덕에 있었다. 거기서 예수의 최후를 끝까지 지켜봤다. 그뿐만이 아니다. 예수가 죽은 뒤 무덤을 처음 찾아간 세 여성(마리아 막달레나, 요안나, 야고보의 어머니 마리아) 중 하나였다. 예수의 부활을 확인하고 사도들에게 알린 것도 그녀였다. 그러니 제자 무리에서도 마리아 막달레나는 주요 인물이 아니었을까.

인류학자인 미국 캘리포니아 샌타바버라 필딩 대학원 장 피에르 이즈부츠 교수는 『예수의 발자취(In the Footsteps of Jesus)』에서, 사도들 가운데 마리아 막달레나의 비중이 작지 않았다고 지적한다. 로마의 콘스탄티누스 황제가 4복음서를 정경(正經)으로 택할 때 영지주의(靈知主義) 문헌들은 괄호 밖으로 밀려났다. 외경이나 위경으로 분류되는 영지주의 문헌에도 마리아가 등장한다. 필립보 복음서(빌립보서)에는 12사도가 예수에게 따지는 대목이 나온다. 제자들이 "어째서 우리 모두보

다 저 여자를 더 사랑하십니까?"라고 묻자 예수는 "저 여자만큼 너희를 사랑하지 않을 리 있느냐?"라고 답한다. 2세기 초에 작성된 영지주의 문헌 『마리아 복음서』에는 마리아가 예수의 메시지를 깊이 이해하고 있었음을 암시하는 대목이 있다. 베드로는 마리아에게 이렇게 묻는다. "당신은 알지만 우리는 모르는 당신이 기억하는 구세주의 말을 이야기해달라."

소설 『다빈치 코드』는 여기서 한발 더 나아갔다. 예수와 마리아 막달레나가 결혼해 아이까지 있었다고 설정했다. 비록 소설이지만 예수에게 아내가 있었고 자식이 있었다는 설정은 큰 논쟁거리가 됐다. 이 소설은 2006년 당시에 세계적으로 4300만 부 이상 팔렸다. 나는 그때 『다빈치 코드』에 등장하는 주요 현장들을 직접 찾아갈 기회가 있었다. 프랑스 관광청과 영국 관광청이 '다빈치 루트'를 조성해 관광 코스로 개발해놓은 참이었다.

역사와 신화, 사실과 허구, 신과 인간 사이에 흐르는 물살을 거슬러 시원(始原)을 찾아가는 독특한 경험이었다. 현장에서 만난 '다빈치 코드'는 신약성서와는 매우 달랐다. 프랑스 파리의 생 쉴피스 성당 측은 "이교도 사원이 있던 터에 성당을 세웠다."라는 소설 대목 때문에 무척 화가 나 있었다. 생 쉴피스 성당에서 20분쯤 걸으면 루브르 박물관이 나온다. 입구의 거대한 유리 피라미드의 유리창 수가 소설에는 666개로 나온다. 악마의 숫자다. 실제로는 673개이다.

여전히 수수께끼로 남는 대목도 있었다. 프랑스인 가이드 소피는 1891년에 있었던 실화를 하나 들려주었다. "프랑스 남부 랑그독루시옹 지방에는 예수 당시 세 명의 마리아가 배를 타고 건너왔다는 이야기가 전해오고 있어요."

소설에서는 세 명의 마리아를 성모 마리아, 마리아 막달레나, 예수의 딸 마리아로 봤다. 소피는 이렇게 말했다. "실제 랑그독루시옹 성당의 신부가 오래된 서류를 발견했어요. 신부는 그걸 들고 파리의 생 쉴피스 성당을 찾아갔지요. 서류를 전한 신부는 막대한 돈을 받았다고 해요.

그런데 서류의 내용과 소재는 아무도 몰라요. 다만 예수와 마리아 막달레나의 관계에 대한 서류라는 이야기만 전해질 뿐이죠. 프랑스에선 현재 이 서류에 대한 책과 논문이 200편 이상 출판돼 있어요."

서류를 들고 생 쉴피스 성당을 찾아온 신부의 실제 이름은 '소니에르'였다. 소설에서는 루브르 박물관 관장의 이름이 소니에르이다. 영국에서는 템플기사단이 1185년에 세운 런던의 템플 교회, 링컨 성당, 실제로 성배가 묻혔다는 전설이 내려오는 스코틀랜드의 로슬린 성당 등을 찾아갔다. 이처럼 소설과 현장 사이에는 크고 작은 틈이 있었다.

캐런 킹 교수의 파피루스 조각을 두고도 찬반 의견이 쏟아졌다. 첫 발표 이후 하버드 대학교와 매사추세츠 공대(MIT), 컬럼비아 대학교의 고문서 전문가들이 달라붙었다. 탄소 연대 측정 등을 거쳐 2년 뒤 이들은 "659년에서 859년 사이에 쓰인 것으로 보인다."라며 과학적으로 진품임을 발표했다. 곧이어 거센 반박이 나왔다. 영국 케임브리지 대학에서 출간하는 성서학 권위지 《신약학(New Testament Studies)》에는 "파피루스는 오래됐지만 잉크는 그렇지 않다. 고대 잉크 성분을 함유한 위조품이다."라고 주장하는 여섯 편의 논문과 사설이 실렸다. "위조로 판명 난 적이 있는 요한 복음서 조각과 필체가 똑같다. 이 파피루스도 위조다."라는 주장도 덧붙여졌다. 한쪽에선 "위조로 결론 났다."라고 말하고, 반대쪽에선 "아직 끝나지 않았다."라고 맞선다.

사람들은 따진다. 예수는 신의 아들인가, 아니면 사람의 아들인가. 예수는 젊은 혈기의 남성이 아니었나. 그에게도 여자가 있었을까. 예수는 백 퍼센트 인간이자 백 퍼센트 신이라고 하지 않나. 인간이라면 이성에 대한 감정이 없을 수가 있을까. 어쩌면 결혼도 하지 않았을까. '예수의 아내'는 아예 존재할 수 없는가. 아내가 있었다면 자식도 있었겠지. 아들일까, 딸일까. 그럼 자식은 어떻게 봐야 하나. 그는 인간일까, 아니면 신일까. 그럼 그리스도교 신학은 괜찮은 걸까. 신학 체계가 무너지는 건 아닐까. 아예 처음부터 다시 써야 하는 건 아닐까.

'예수의 출생', '예수의 아내', '예수의 자식'. 그리스도교에서 불경하게 여기는 말이다. 그만큼 폭발력도 크고, 선정적으로 흐를 위험성도 다분하다. 나는 궁금했다. 왜 우리는 예수의 출생과 아내와 자식에 지대한 관심을 갖는 걸까. 왜 자꾸 눈길을 두고, 왜 그런 말에 불쾌해하는 걸까. 그건 우리가 예수의 '겉모습'만 알기 때문이 아닐까. 켈수스의 공격도 그렇고, 『다빈치 코드』의 설정도 그렇고, 파피루스 조각에 등장하는 '예수의 아내'도 그렇다. 하나같이 예수의 겉모습을 겨냥한다.

그럼 우리가 믿는 예수는 누구일까. 예수를 믿는다고 할 때 우리는 예수의 무엇을 믿는 걸까. 총각 예수일까, 아니면 유부남 예수일까. 무자식 예수일까, 아니면 유자식 예수일까. 예수의 제자들도 몰랐다. 십자가에서 예수가 숨을 거두는 순간까지도 12사도는 '예수의 주인공'을 몰랐다. 우리도 마찬가지 아닐까. 2000년이란 세월이 흐른 지금도 우리는 예수의 겉모습만 붙들고 있는 건 아닐까.

필립보(빌립)가 예수에게 물었다. "주님, 저희가 아버지를 뵙게 해주십시오." 예수는 이렇게 답했다. "필립보야, 내가 이토록 오랫동안 너희와 함께 지냈는데도, 너는 나를 모른다는 말이냐?" 2000년 전의 필

엘 그레코의 〈회개하는 마리아 막달레나〉.

립보는 알고 있었을 터이다. 지금 우리가 궁금해하는 것들을. 예수에게
아내가 있는지, 예수에게 자식이 있는지, 마리아 막달레나는 예수와 어
떤 관계인지 말이다. 필립보는 모두 알고 있었을 것이다. 그런데도 예
수는 말했다. "너는 나를 모른다는 말이냐?"

　예수의 출생, 예수의 아내, 예수의 자식을 안다고 해서 예수를 아는

걸까. 또 이를 모른다고 해서 예수를 모르는 걸까. 만약 그 모두를 안다 하더라도 예수는 똑같은 물음을 던지지 않을까. 우리의 눈을 똑바로 쳐 다보며 이렇게 말하지 않을까. "너는 나를 모른다는 말이냐?" 필립보 의 물음에 예수는 이어서 답했다. "나를 본 사람은 아버지를 뵌 것이다. 그런데 너는 어찌하여 '저희가 아버지를 뵙게 해주십시오' 하느냐?" (요한 복음서 14장 9절)

예수가 말한 '나'는 뭘까. 왜 '나'를 본 사람은 아버지를 본 것이라고 했을까. 예수가 말한 '나'는 겉모습이 아니다. 총각 예수도 유부남 예수 도 아니다. 육신은 그릇일 뿐이다. '예수의 주인공'을 담는 일종의 그릇 이다. 예수가 말한 '나'는 그런 껍질이 아니다. 그러니 예수를 보려면 그릇만 봐선 안 된다. 그릇 안을 봐야 한다.

그 안에 무엇이 담겨 있을까. 이 물음에 예수가 직접 답했다. "나를 본 사람은 아버지를 뵌 것이다." 그러니 그릇 안에 아버지가 담겨 있다. 그 아버지의 속성이 신의 속성이다. 예수는 다시 말한다. "내가 아버지 안에 있고 아버지께서 내 안에 계시다고 한 말을 믿어라."(요한 복음서 14장 11절) 내 안에 '신의 속성'이 있고, '신의 속성' 안에 내가 있다. 그 말을 믿어라. 그 말이 진실이니. 예수는 그렇게 말했다.

그러니 예수가 총각이든 유부남이든 상관없지 않을까. 우리가 거해 야 할 곳은 '예수의 겉모습'이 아니라 '예수의 주인공'이기 때문이다. '예수의 형상'이 아니라 '예수의 본질'이니 말이다. 예수는 말했다. "나 는 길이요 진리요 생명이다. 나를 통하지 않고서는 아무도 아버지께 갈 수 없다."(요한 복음서 14장 6절) 그렇다. 예수의 겉모습을 통해서는 아무도 아버지께 갈 수 없다. 예수의 주인공을 통할 때 비로소 아버지께 갈 수 있다. 거기에 길이 있고, 진리가 있고, 생명이 있다. 예수는 그렇게 역설하고, 또 역설했다.

그래도 우리는 따진다. 2000년 전에도 그랬고 지금도 그렇다. 예수에게 아내가 있었을까. 그녀의 이름이 마리아 막달레나였을까. 그렇게 묻고, 그렇게 따진다. 그런 우리를 향해 예수는 다시 말한다.

"너는 아직도 나를 모르느냐?"

예수는 좌파일까 우파일까

나는 알파이며 오메가이고,

처음이며 마지막이고,

시작이며 마침이다.

요한 묵시록 22장 13절

++++++++

예수 당시 이스라엘은 로마의 식민지였다. 로마 제국에 세금을 내야 했고, 로마의 황제가 새겨진 동전을 써야 했다. 그들을 지배하던 로마 제국은 다신교를 믿는 나라였다. 태양을 숭배하고 동물을 숭배하던 민족이었다. 늑대 젖을 먹고 자란 이가 세웠다는 나라가 로마였다. 당시 로마에는 곳곳에 늑대 젖을 먹는 쌍둥이 형제 레무스와 로물루스의 조각상이 있었다. 유일신을 믿던 유대 민족은 극도의 모멸감을 느끼지 않았을까. 구약의 모세 시절, 유대인들은 이집트에서 노예 생활을 했다. 이집트인들은 태양신을 믿었다. 유대인의 눈에 태양신은 우상에 불과했다. 그러니 로마의 지배를 받던 유대인들은 이집트에서 노예로 살아야 했던 암흑 시대를 떠올리지 않았을까. 유대인들은 독립을 꿈꾸었다. 모세가 이집트를 탈출했듯이 로마의 지배로부터 벗어나고자 했다.

당시 팔레스타인 지역에는 유대의 독립을 꿈꾸는 세력이 있었다. 로마 제국에 맞서 무력으로 독립을 쟁취해야 한다는 이들이었다. 바로 '열심당(熱心黨)'이다. 예수가 활동하던 주 무대였던 갈릴래아 일대가 열심당의 근거지였다. 그 지역 사람들은 전통적으로 반골 기질이 강했다. 예수 주위에도, 예수의 설교를 듣는 이들 중에도 열심당원들이 꽤 있었다. 실제 예수의 제자 중 시몬도 열심당원이었다. 예수를 배신한 가롯 유다 역시 열심당원으로 보인다. 그들은 수시로 예수에게 말하지 않았을까. 하느님의 아들이라면 왜 유대 민족을 식민지 처지에서 해방시키지 않느냐고. 어째서 이대로 두고 보기만 하느냐고 따지지 않았을까.

 그런 유대인들에게 무력 투쟁은 일종의 시대적 요청이었다. 당시 유대인들은 '다윗의 자손 중에서 유대 민족을 구원할 메시아가 나타날 것'이라는 강한 종교적 믿음을 품고 있었다. 예수의 아버지 요셉은 다윗의 자손이었다. 아이의 이름을 '예수'라고 지었을 때도 요셉 주위의 사람들은 "당신의 조상 중에는 '예수'라는 이름을 가진 사람이 없지 않은가?"라고 되물었다. 만약 이름을 '다윗'(영어로 '데이비드')이라고 지었다면 아무도 그렇게 묻지 않았을 터이다. 다윗이 태어난 곳은 베들레헴이었다. 다윗의 후손들은 주로 베들레헴 지역에 모여 살고 있었다. 일종의 집성촌이다. 예수의 출산을 위해 요셉이 마리아와 함께 베들레헴을 찾은 것도 다윗의 후손인 요셉이 베들레헴 출신이기 때문이었다.

 마태오 복음서의 첫 구절은 이를 강하게 의식한다. "다윗의 자손이시며 아브라함의 자손이신 예수 그리스도의 족보. 아브라함은 이삭을 낳고, 이삭은 야곱을 낳았으며……"(마태오 복음서 1장 1절) 마태오는 예수가 다윗의 자손임을 복음서의 첫 장 첫 구절부터 못 박았다. 당시 유대인의 상식을 겨냥해 예수는 다윗의 자손이자 메시아임을 강조한 셈이다.

　그러니 예수 당시에는 어땠을까. 유대인들은 신의 아들이라는 그가 로마의 압제로부터 해방시켜주길 기대했을 터이다. 예수가 그런 지도자이자 선봉장, 그런 혁명가가 되기를 바랐을 것이다. 2000년이 지난 지금도 그렇다. 어떤 이는 예수를 '인간 해방을 위한 혁명가'로 보고, 또 어떤 이는 예수를 '인간 영혼에 대한 구원자'로 본다. 어느 쪽 눈에 무게를 싣느냐에 따라 그리스도교 안에서도 좌파와 우파로 나뉜다.

　호숫가의 언덕을 올랐다. 도로를 따라 조금만 올라가면 '팔복 교회(The Church of the Beatitudes)'가 있다. 예수가 산상설교를 설했다고 전하는 곳에 세운 교회다. 그곳에는 각국에서 온 순례객들이 여기저기서 묵상에 잠겨 있었다.

　'아! 이곳이었구나. 이렇게 생긴 언덕, 이렇게 생긴 나무들, 이렇게 생긴 풀들을 배경으로 산상설교를 설하셨구나. '행복하여라! 마음이 가난한 사람들'이란 예수의 노래가 이렇게 생긴 언덕에서 울려 퍼졌구나!' 팔복 교회는 주위 분위기가 매우 평안했다.

그곳에서 가만히 눈을 감았다. 정작 예수 자신은 어땠을까. 그가 이곳에서 산상설교를 설할 때 후대에 이런 논란이 일어날 것을 예상했을까. '예수의 눈'이 왼쪽과 오른쪽으로 쪼개지리라고 생각했을까.

마태오 복음서와 루카 복음서의 산상설교는 다르다. "행복하여라, 마음이 가난한 사람들!"(마태오 복음서)과 "행복하여라, 가난한 사람들!"(루카 복음서)에는 차이가 있다. 루카 복음서는 '마음이 가난한 사람들'이 아니라 그냥 '가난한 사람들'을 겨냥한다. 루카 복음서에는 또 "지금 굶주리는 사람들! 너희는 배부르게 될 것이다.", "지금 우는 사람들! 너희는 웃게 될 것이다."라고 기록돼 있다.

이어서 '불행한 사람들'도 지적한다. "불행하여라, 너희 부유한 사람들! 너희는 이미 위로를 받았다." "불행하여라, 너희 지금 배부른 사람들! 너희는 굶주리게 될 것이다." "불행하여라, 지금 웃는 사람들! 너희는 슬퍼하며 울게 될 것이다." 부유하고, 배부르고, 웃는 이들은 결핍이 없다. 그래서 '눈'을 자기 안으로 돌리지 않는다. 예수는 그 점을 지적했다.

차이는 또 있다. 마태오 복음서는 산에서, 루카 복음서는 평지에서 설한 내용을 담았다. 그래서 '산상설교'와 '평지설교'라 불린다. 이에 대한 해석을 놓고 그리스도교 내부는 좌파와 우파로 갈린다.

좌파 진영은 "예수님은 '가난한 사람들'을 강조했다. 그건 물질적 가난을 의미한다. 사회적 빈자와 약자를 위한 말씀이다. 예수님은 '인간 해방'을 위해 싸운 분이며, 그들을 위해 싸우는 게 예수님의 뜻을 따르는 것이다."라고 주장한다. 해방신학자들도 그렇게 본다. 우파인 복음주의 진영은 다르다. "예수님은 '영적인 가난'을 말했다. 사회적 문제와는 큰 상관이 없다. 오직 영적인 가난을 추구하는 게 예수님의 뜻을 따르는 것이다."라고 풀이한다. 좌파는 '사회 구원'에, 우파는 '개인 구원'에 방점을 찍는다. 둘은 그렇게 갈라선다.

　예수의 뜻은 무엇이었을까. 두 복음서에 기록된 예수의 메시지는 정말로 이토록 다를까. 진보 진영에서 평생을 바치고 있는 목사님에게 터놓고 물어본 적이 있다. "일을 하다 보면 지치지 않으십니까? 계속해서 비판의 목소리를 높이다 보면 에너지가 고갈되지 않나요?" 나는 그분이 반박하고 부인하리라 예상했다. 뜻밖에도 그는 조용히 고개를 끄덕였다. "맞아요. 솔직히 그렇습니다. 일을 할 때에는 열심히 하지만 돌아서면 지칩니다. 갈수록 에너지가 빠져나가는 느낌이지요. 그건 사실입니다." 왜 그럴까. 내면의 샘터를 놓쳤기 때문이다. 사회적 모순을 지적하느라 눈이 바깥을 쫓아가는 사이에 영성의 샘터에서 펌프질하는 것을 잊어버린 탓이다.
　그러면 우파인 복음주의 진영은 어떨까. 그들은 주로 영적인 문제를 강조한다. 사회적 발언에는 무관심하다. 그런데 궁금해진다. 그렇게 영적으로 가난하고 또 가난해진 다음에는 어쩔 건가. 그렇게 그리스도와 하나가 된 다음에는 어쩔 건가. 그렇게 안으로 들숨만 들이마신 다음에

팔복 교회의 천장에는 팔각으로 된 벽마다
산상설교의 메시지가 적혀 있다.
빛이 들어오면 팔복의 메시지가 더욱 도드라진다.

는 어쩔 건가. 거기서 멈추면 죽고 말 것이다. 그 '무한한 고요' 속에서 사라지고 말 것이다. 살려면 다시 숨을 내쉬어야 한다. "파아!" 하고 날숨을 내뱉어야 한다. 그래야 살 수 있다.

예수의 영성도 마찬가지다. 안으로 들이마신 다음에는 바깥으로 내쉬어야 한다. 일상을 향해, 현실을 향해, 사회를 향해 내쉬어야 한다. 가난한 마음을 찾고, 그 마음으로 하루를 살고, 다시 가난한 마음을 찾고, 그 마음으로 우리 사회에서 사는 거다. 가난한 마음을 찾는 게 '들숨'이고, 그 마음으로 하루를 사는 게 '날숨'이다. 그게 그리스도교의 영성이자 사회적 실천이다. 우리는 그런 행위를 '수도(修道)'라고 부른다. 그 와중에 '에고의 눈'이 '예수의 눈'을 점점 닮아간다.

그러니 루카 복음서와 마태오 복음서의 메시지는 둘로 갈라진 게 아니다. 둘로 해석하는 건 쪼개고 나누고 편 가르는 데 익숙한 '나의 눈' 때문이다. 인간의 눈, 에고의 눈 말이다. '예수의 눈'에서는 그렇게 쪼개질 수가 없다. 들숨과 날숨은 두 가지 숨이 아니다. 그저 하나의 숨이다. 개인의 영성과 사회적 실천도 마찬가지다. 둘이 아니다. 그럼에도 진보와 보수를 고집하는 이들은 스스로 '반쪽'임을 자처한다. 예수는 '반쪽'이 아니라 온전한 '하나'였다.

예수는 이렇게 말했다. "나는 알파이며 오메가이고, 처음이며 마지막이고, 시작이며 마침이다."(요한 묵시록 22장 13절)

이 말은 '부분'이 아니라 '전체'라는 뜻이다. 왼쪽이나 오른쪽이 아니라 '왼쪽이면서 동시에 오른쪽'이고, '시작이면서 동시에 끝'이며, 좌파와 우파를 모두 품는다는 뜻이다. 그게 뭘까. 바로 '거대한 중도(中道)'

다. 그게 예수의 정체성이다. 다름 아닌 신의 속성이다. 예수의 칼집에
는 좌파의 칼도 있고 우파의 칼도 있다. 필요한 곳에서 필요한 칼을 꺼
낼 뿐이다. 이것이 '예수의 지혜'다. 그래서 전능(全能)이다. 어느 한쪽
의 칼만 쓰는 건 전능이 아니다.

　팔복 교회 안은 고요했다. 제단의 십자가 앞에는 오래된 악보가 하나
펼쳐져 있었다. 중세 때 사용했던 악보였다. 음표가 독특했다. 음표의
머리는 있는데 꼬리는 없었다. 예수의 산상설교에 음을 단 악보였다.
'팔복(Beatitudes)'이 하나씩 시작될 때마다 라틴어로 대문자 'B'를 달
아놓았다. 예수의 산상설교는 그 자체가 노래였다. 우리의 고집을 허물
고, 잘남을 허물고, 착각을 허물면서 잦아드는 음표들. 그 음표 안에 깃
든 온유한 폭풍. 그게 산상설교다. 여덟 개의 'B'로 가득한 악보가 여덟
개의 'B'로 가득한 삶을 노래한다.
　교회 안의 빈자리에 앉았다. 예닐곱 명의 순례객들이 띄엄띄엄 앉아
묵상을 하고 있었다. 가방에서 성서를 꺼냈다.
　"행복하여라, 슬퍼하는 사람들! 그들은 위로를 받을 것이다."(마태오
복음서 5장 4절)
　산상설교는 처음부터 끝까지 하느님 마음을 노래한다. 하느님 나라
를 가득 채우는 신의 속성을 노래한다. 그 속성이 우리에게 행복을 준

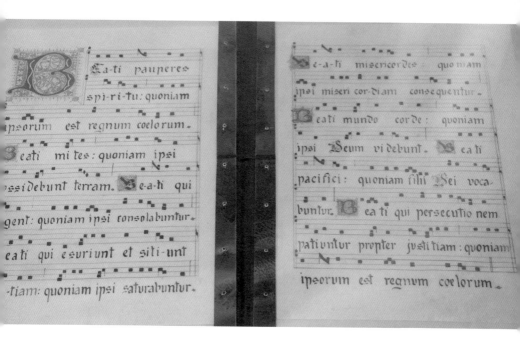

다. 예수는 그 속에 깃드는 여덟 가지 방법을 일러준다. 인간은 삶의 희로애락(喜怒哀樂)에서 벗어날 수 없다. 제아무리 백만장자라 해도, 제아무리 절대 권력자라 해도 이를 피할 수는 없다. 막상 마주하면 감당하기 벅찬 일, 그것이 바로 '애(哀)', 슬픔이다.

예수는 달리 말한다. 슬퍼하는 사람들, '애'를 품은 사람들. 그들이 행복할 거라고 말한다. 슬픔은 늘 '상실'을 전제로 한다. 무언가를 잃어버릴 때, 무언가를 놓쳤을 때, 누군가와 이별할 때 슬픔이 밀려온다. 슬픔의 바닥에는 상실의 강이 흐른다. 예수는 그런 '상실감'을 소중히 여겼다. 왜 그랬을까. 무언가를 잃어버릴 때 우리의 무릎이 꺾이기 때문이다. 그렇게 무릎이 꺾일 때 우리 안에 구멍이 뚫린다. 슬픔의 구멍, 상실의 구멍이다.

위로는 어디를 통해서 올까. 그 구멍을 통해 온다. 신의 속성은 인간과 세상과 우주에 대한 '평형수'이다. 내가 무릎을 꿇을 때, 나의 고집이 무릎을 꿇을 때, 나의 에고가 무릎을 꿇을 때 뚫리는 구멍을 타고 '평형수'가 밀려온다. 그게 위로다. 하느님 나라에서 밀려오는 근원적인 위로다. 자신의 무릎을 꺾은 이에게는 위로가 찾아온다. 에고를 뻣뻣이 세운 채 스스로 무릎을 꺾지 않은 이에게는 위로가 찾아가지 않는다. 그의 내면에 슬픔의 구멍, 상실의 구멍이 뚫리지 않기 때문이다. 그래서 예수는 말했다. "슬퍼하는 사람들! 그들이 위로를 받을 것이다."

스페인에서 온 순례객들이 교회 안으로 들어왔다. 스무 명쯤 되는 그들은 좁은 교회 안에 빙 둘러서서 노래를 불렀다. 교회 천장을 타고서 소리가 울렸다. 가사를 알 수는 없었지만 느낄 수는 있었다. 그 음표들 속에서 산상설교의 메시지를 묵상했다.

"행복하여라, 온유한 사람들! 그들은 땅을 차지할 것이다."(마태오 복음서 5장 5절)

온유하지 않은 이들은 누구일까. 고집이 센 사람들이다. 이번에 예수는 '고집'을 겨냥한다. 고집이 뭘까. 내가 세운 '잣대의 성벽'이다. 사람들은 내 땅을 지키기 위해 성벽을 쌓는다. 그 성벽이 자신을 적으로부터 지켜줄 거라 믿는다. 그래서 아군에게는 성문을 열고, 적군에게는 성문을 닫는다. 그래야 내 땅이 지켜지니까.

'예수의 눈'으로 보면 다르다. 그건 성벽이 아니라 감옥이다. 신의 속성은 이 우주에 가득하다. 이를 외면한 채 스스로 자신을 가두는 감옥이다. 산상설교의 메시지는 이처럼 역설적이고 파격적이고 혁명적이다.

8년간 멀리 수행의 길을 떠났던 젊은 수행자가 돌아왔다. 중국의 장경(章敬) 선사가 물었다. "그동안 자네는 무엇을 했는가?" 젊은 수행자는 대답 대신 꼬챙이를 하나 집어 들고 땅에다 커다란 동그라미를 그렸다. 장경 선사가 말했다. "그래, 그뿐인가. 다른 것은 또 없는가." 그 말을 듣고 수행자는 발로 동그라미를 지워버렸다. 그러고는 합장한 뒤 돌아서서 가버렸다.

이 선문답 일화에는 어떤 메시지가 담겨 있을까. 장경 선사가 물었다. "그동안 수행을 해서 무엇을 깨쳤는가." 젊은 수행자는 동그라미를 그렸다. 깨달음은 눈에 보이지도, 손에 잡히지도 않으니 딱히 건넬 수가 없다. 그래서 그는 동그라미를 그렸다. 제자의 공부가 미심쩍었던 장경 선사가 되물었다. "그것뿐인가." 더 정확한 걸 보여달라는 말이었다. 이에 젊은 수행자는 동그라미를 지워버렸다. 왜 그랬을까. 바로 그 순간 '진짜 동그라미'가 드러나기 때문이다. 그게 뭘까. 꽃이 피고 새가 울고 비가 내리는 이 세상이다. 이 우주다. 젊은 수행자는 '자신의 동그라미'를 지우면서 이 우주를 다 품는 '테두리 없는 동그라미'를 드러냈다. 나의 땅, 나의 고집, 나의 성벽을 허물 때 비로소 예수의 땅이 드러나듯이 말이다.

예수는 말했다. "행복하여라, 의로움에 주리고 목마른 사람들! 그들은 흡족해질 것이다."(마태오 복음서 5장 6절)

예수가 말한 의로움이란 뭘까. 언뜻 생각하면 로마 시대 원형경기장에서 사자의 밥이 되면서도 자신의 신앙을 포기하지 않았던 이들, 선교

를 하다 목숨을 잃은 초대교회의 사도들, 지금도 오지로 가서 그리스도를 전하는 선교사들. 그들이 바로 의로움에 주린 이들이 아닐까 하는 생각도 든다. 그런데 예수가 말한 의로움은 약간 달랐다. 목숨을 걸어야 하는, 대단하고 위태로운 행위를 가리킨 건 아니었다.

'의로움'은 히브리어로 '체다카(tzedakah)'이다. '어떤 기준에 부합되다'라는 뜻이다. 예수는 무엇에 부합될 때 의롭다고 했을까. 또 무엇에 목마를 때 의롭다고 했을까. 물음이 올라왔다. 내 안에서 자연스레 싹트는 물음. 그걸 따라가면 된다. 그게 숨 쉬는 묵상이다. '우리의 삶이, 우리의 마음이 무엇에 부합될 때 진정한 만족감을 얻을까?' 답은 하나였다. 산상설교의 팔복을 관통하며 예수가 강조하는 단 한 가지. 다름 아닌 '신의 속성'이다. 그것과 부합될 때 비로소 우리는 흡족해진다. 다른 모든 것은 결국 사라지는 것이기 때문이다.

　그러니 누가 의로운 사람일까. 하느님의 마음, 신의 속성을 갈구하고 목말라하는 사람이다. 그에 부합하는 사람들, 예수는 그들을 향해 "의로운 사람들!"이라 불렀다. 그러니 거창하게 목숨을 걸고 말고 하는 문제가 아니다. 내 안의 고집을 하나 꺾을 때, 내 안의 집착을 하나 내려놓을 때 나는 '의로운 사람'이 된다. 예수는 그런 우리를 향해 이렇게 말했다.

　"행복하여라. 하느님의 마음에 주리고, 신의 속성에 목마른 사람들! 그들은 '흡족함'을 얻을 것이다."

팔복 교회 주위로 풍요로운 자연이 펼쳐져 있다.
예수는 이런 풍경 속에서 산상설교를 설했다.

2부

예수의 행복론

예수가 말한 '가난한 마음'이란

○○○○○○○

행복하여라,

마음이 가난한 사람들!

하늘나라가 그들의 것이다.

마태오 복음서 5장 3절

++++++++

인도의 마하트마 간디는 힌두교 신자였다. 그럼에도 그는 성서를 깊이 읽었다. 간디는 "예수께서 설한 '산상설교'는 종교 중의 종교다. 모든 종교의 다이아몬드다."라고 표현했다.

신약성서에는 두 개의 기둥이 있다. 하나가 '산상설교'이고, 또 하나는 '주기도문(주님의 기도)'이다. 그럼 왜 산상설교가 모든 종교의 다이아몬드가 되고, 신약성서를 떠받치는 기둥이 되는 걸까. 마음과 비움, 그리고 하느님 나라에 얽힌 삼각함수를 풀어내고 있기 때문이다. 산상설교는 한마디로 하느님 나라의 문턱을 넘어가는 이정표이다.

갈릴래아 호수는 해 뜰 녘과 해 질 녘에는 더욱 아름답다. 호숫가에서는 새들이 끊임없이 지저귄다. 철새들이 줄지어 호수를 가르기도 한다. 호수는 산으로 둘러싸여 있다. 어찌 보면 높은 언덕 같기도 하고, 어찌 보면 낮은 산 같기도 하다. 호수 북동쪽으로는 저 멀리 헤르몬 산이 보인다. 겨울과 봄에는 정상의 세 봉우리가 흰 눈으로 덮여 있다. 갈릴래아 호수에서 보면 마치 만년설 같다. 이스라엘 젊은이들은 거기서 스키를 즐긴다. 헤르몬 산의 높이는 무려 2814미터. 백두산(2744미터)보다 조금 더 높다. 헤르몬 산에서 물이 흘러내려와 갈릴래아 호수를 만들고, 호수의 물은 다시 흘러가 요르단 강이 된다. 그 강이 광야에 이르러 사해가 된다.

갈릴래아에 머물 때 예수는 수시로 산에 올랐다. 산 위에 올라가면 호수가 한눈에 들어온다. 호수 서쪽의 티베리아, 동쪽의 게라사, 북쪽의 카파르나움(가버나움)과 타브가도 한눈에 보인다.

예수는 산에 올라 고요한 곳으로 갔다. 그곳에서 홀로 기도를 한 뒤 내려오곤 했다. 갈릴래아 일대를 돌면서 예수는 몸이 아픈 이, 마음이 아픈 이들을 치유했다. 소문은 순식간에 퍼져나갔다. 남쪽의 예루살렘은 물론 유다 지역과 데카폴리스, 강 건너 요르단에서도 사람들이 찾아왔다.

사람이 너무 많아지자 예수는 산으로 올라갔다. 당시에는 마이크도 없고 스피커도 없었다. 예수는 어떻게 그 많은 군중이 들을 수 있도록 메시지를 전했을까. 크게 고함이라도 질렀을까. 아니면 종이를 말아 확성기를 만들기라도 했을까.

현지에서 만난 유대인이 내게 흥미로운 설명을 해주었다.

"이스라엘은 햇볕이 뜨거워요. 낮에는 땅의 온도가 갈릴래아 호수의 수온보다 높아집니다. 그러니 바람이 호수에서 산 쪽으로 불지요. 아래에서 위로 부는 거죠. 밤에는 정반대가 됩니다. 땅의 온도가 호수의 수온보다 더 떨어져서 밤에는 산에서 호수 쪽으로 바람이 불어요."

마침 낮이었고 바람이 호수에서 산으로 불고 있었다. 나는 실험을 해봤다. 저만치 아래에 서 있는 사람에게 평소 목소리로 이야기를 해보라고 했다. 신기하게도 목소리가 그리 크지 않음에도 불구하고 바람을 타고 위쪽까지 선명하게 들렸다. 마치 그리스 로마 시대의 원형극장에서 스피커 없이 소리가 울리는 것처럼 말이다.

코시모 로셀리의 〈산상설교와 나병 환자의 치유〉.

　예수는 이런 원리를 이용하지 않았을까. 만약 그랬다면 언덕 저 아래 어디쯤에 예수가 서 있었으리라. 사람들은 산 위에 옹기종기 모여 앉아서 예수를 내려다봤겠지. 귀를 쫑긋 세우면서 말이다. 그렇게 예수는 자신의 음성을 바람에 실어서 띄워 보냈을 터이다. '산상설교(山上設敎, Sermon on the Mount)'라 불리는 이른바 '예수의 행복론'을.

　당시 유대인들은 모세가 하늘로부터 받은 율법을 철통같이 지켜야 한다고 믿었다. 그래야 구원받을 수 있다고 여겼다. 그들은 문자 하나하나에 집착하고 율법을 따지며, 거기에 행복이 있다고 믿었다. 그들에게 '예수의 행복론'은 상식 밖이었다. 그야말로 파격이자 혁명이었다. 예수는 율법에 대한 그 모든 문자주의와 형식주의를 허물고 살아서 꿈틀대는 '실질적인 행복론'을 사람들에게 내밀었다. 그 첫 마디는 다음과 같았다.

"행복하여라, 마음이 가난한 사람들! 하늘나라가 그들의 것이다."(마태오 복음서 5장 3절)

무슨 뜻일까. 요즘 사람들도 그 말씀에 고개를 갸우뚱한다. 그러니 2000년 전에는 오죽했을까. 사람들은 따진다. "마음은 부자여야 하는 것 아닌가. 실제로 가진 게 없더라도 마음만이라도 부자여야 푸근할 텐데. 예수님은 어째서 마음이 가난해야 한다고 했을까. 그래야 행복하다고, 하늘나라까지 그들의 것이라고 했을까. 도통 알 수 없는 말이군." 이렇게 푸념한다.

예수가 말한 '가난한 마음'이란 대체 뭘까. 그리스어 성서에서 '마음'

에 해당하는 단어는 '프뉴마(pneuma, 영어로 spirit)'이고, '가난'은 '프토
코스(ptochos)'이다. '마음이 가난한 사람들'은 그리스어로 '프토코이 투
프뉴마티(ptochoi to pneumati)'이다. '영적으로 가난한 사람들'을 뜻한다.

이 대목에서 사람들은 다시 따진다. "아니, 더 헷갈린다. 영적으로 가
난한 게 대체 뭔가. 영적으로 부유할 때 하늘나라에 더 가까워지는 게
아닌가. 영적인 가난이라니 너무 추상적이어서 손에 잡히지 않는다."

바람이 불어왔다. 부드러웠다. 그 바람을 안고서 눈을 감았다. 예수
가 말한 가난에는 이유가 있다. 가난하고 가난해져서 결국 무언가를 드
러내기 위한 가난이다. 아무런 방향성도 없이 한없이 궁핍해지라고 말
한 것이 아니다. 가난에 가난을 더하고, 그 가난에 다시 가난을 더해서
예수가 궁극적으로 드러내고자 한 건 대체 무엇이었을까.

"Blessed are the poor in spirit, for theirs is the Kingdom of
heaven(행복하여라, 마음이 가난한 사람들! 하늘나라가 그들의 것이다)."

예수는 "마음을 가난하게 하라."라고 했다. 마음의 창고를 비우라는
말이다. 우리의 창고는 늘 무언가로 가득 차 있기 때문이다.

창고를 채우고 있는 것, 그건 바로 '집착(attatchment)'이다. 접착제처
럼 끈적이면서 내 마음의 창고를 채우고 있는 것은 다름 아닌 집착이다.

집착할 때 마음의 창고가 가득 찬다. 집착을 비울 때면 창고도 빈다.
그 이치를 꿰뚫은 예수가 말했다. "마음을 가난하게 하라!" 불교에서

는 이를 "마음을 내려놓으라."라고 표현한다.

그리스도교는 하느님 나라의 문턱을 넘는다. 불교는 불국토(佛國土, 부처님 나라)의 문턱을 넘는다. 그 문턱을 넘어가는 첫 번째 징검다리가 서로 닮았다. '마음의 창고를 비워라.'

갈릴래아 주변에서 일어난 일이다. 권력과 재력을 모두 갖춘 사람이 예수에게 물었다. "제가 무엇을 해야 영원한 생명을 받을 수 있습니까?"(루카 복음서 18장 18절)

예수는 "간음하지 말고, 살인하지 말고, 도둑질하지 말고, 거짓 증언을 해서는 안 된다. 아버지와 어머니를 공경하라."라며 구약의 십계명을 일러주었다. 그러자 권력가는 "그건 제가 어려서부터 다 지켜왔습니다."라고 대꾸했다.

권력가는 자기 안의 집착을 보지 못했다. 예수는 그에게 말했다.

"너에게 아직 모자란 것이 하나 있다. 가진 것을 다 팔아 가난한 이들에게 나누어 주어라. 그러면 네가 하늘에서 보물을 차지하게 될 것이다. 그리고 와서 나를 따라라."(루카 복음서 18장 22절)

이 말을 듣자 비로소 그 사람은 낙담했다. 그는 굉장한 부자였기 때문이다. 이어서 예수는 말했다.

"재물을 많이 가진 자들이 하느님 나라에 들어가기는 참으로 어렵다! 부자가 하느님 나라에 들어가는 것보다 낙타가 바늘귀로 들어가는 것이 더 쉽다."(루카 복음서 18장 24~25절)

삼성의 창업주 고(故) 이병철 회장도 같은 물음을 던진 적이 있다. 타

팔복 교회 주위의 나무와 풀, 그리고 꽃들을 둘러보면
예수가 산상설교를 설하던 당시의 풍경이 눈앞에 그려진다.
그 풍경이 무척 정겹다.

계하기 한 달 전에 가톨릭의 고(故) 박희봉 신부에게 건넨 종교적 내용의 질문지에 "성경에 부자가 천국에 가는 것을 약대(낙타)가 바늘구멍에 들어가는 것에 비유했는데, 부자는 악인이란 말인가?"라는 질문이 담겨 있다. 예수가 말한 '부자'의 속뜻은 무엇일까. 정말로 재산이 많은 사람은 하느님 나라에 가기가 어려울까.

사람들은 오해한다. 예수의 메시지를 글자 그대로 해석한다. 예수는 왜 권력가에게 "가진 것을 다 팔아 가난한 이들에게 나누어 주어라."라고 했을까.

이유가 있다. 계명을 지키고 율법을 지킨다는 뿌듯함으로 바깥만 바라보는 그의 눈을 자기 안으로 돌리기 위해서다. 눈을 돌려 마음의 창고를 보게 하기 위해서다. 그래서 모든 것을 던지라고 했다.

다시 말해 "마음의 창고를 다 비우라."라고 했다. 마음 창고에 대한 '전면적 포맷'을 요구한 것이다. 모든 바탕을 하얗게 바꾸면 그 위의 까만 점들이 드러나게 마련이다. 자신만만하던 권력가는 그제야 절망한다. 자신이 틀어쥐고 있던 집착이 비로소 보였기 때문이다. 모든 걸 던지라는 말 앞에서 '도저히 던질 수 없는 것'이 드러났기 때문이다.

이것이 바로 예수가 설한 '가난한 마음'이다. 가령 마음의 창고를 비운 백만장자와 돈에 대한 집착으로 가득한 걸인 중에 누가 하느님 나라에 더 가까울까. 누가 더 가난한 마음을 가졌을까. 가진 게 많다고 반드시 집착이 많은 건 아니다. 또 가진 게 없다고 꼭 집착이 없는 것도 아니다. 예수가 제시한 잣대는 '재산의 총액'이 아니라 '집착의 총액'이었다.

그래도 사람들은 따진다. "어떤 목표를 세워서 추구할 때는 집착이 있어야 하지 않나. 그 집착 때문에 에너지가 생기고 추진력이 생기는 게 아닌가. 어떻게 집착도 없이 이 무한 경쟁 사회를 살아갈 수 있을까." 하고 묻는다.

과연 그럴까. 중국 땅에 선불교의 꽃을 활짝 피운 육조 혜능(慧能) 대사는 『금강경』의 "마땅히 머무는 바 없이 마음을 내라(應無所住 而生其心)."라는 이치를 강조했다. 머무는 바 없이 마음을 내라는 건 집착 없이 마음을 내라는 뜻이다. 그런데 이 구절 앞에 '마땅히(應)'라는 단어가 붙는다. 왜일까. 너무도 마땅한 우주의 이치이기 때문이다.

정상급 골프 선수들의 단골 어록이 있다.

"힘을 빼라. 어깨에 힘을 빼고, 팔에 힘을 빼고, 손에 힘을 빼라."

이 모두에 힘을 빼려면 어떻게 해야 할까. 그렇다. 마음에 힘을 빼면 된다. 욕심 때문에, 집착 때문에 힘이 들어가기 때문이다. 그런데 뭔가 이상하다. 욕심을 갖고 집착을 품어야 더 멋진 샷이 나오는 게 아닐까. 그래야 목표를 달성할 수 있지 않을까.

왜 프로들은 거꾸로 힘을 빼라고 하는 걸까. 이유는 간단하다. 힘을 주면 비거리와 정확도가 떨어지기 때문이다. 집착이 강할수록 몸이 굳고 샷이 망가진다.

『장자』의 '외편'에 나오는 일화가 있다. 사람들이 활쏘기 내기를 했다. 질그릇을 걸고 내기를 하자 과녁을 제대로 맞혔다. 이번에는 값이 더 나가는 띠쇠를 걸었다. 그랬더니 명중률이 좀 떨어졌다. 마지막에는 황금을 걸었다. 그러자 화살은 아예 과녁을 빗나갔다. 왜 그랬을까. 집착 때문이다. 머무는 바 없이 활시위를 당기지 않았기 때문이다.

만약 혜능 대사가 "머물지도 말고, 마음도 내지 마라."라고 했다면 어땠을까. 그렇다면 사람들의 우려가 맞다. 마음을 내지 않으면 아무 일도 할 수 없다. 요즘도 '수행＝고요한 상태만 유지하는 것'이라고 오해하는 이들이 있다. 그렇게 스윙을 하지 않으면 어찌 될까. 고요함 속에만 머물면 어찌 될까. 일상의 삶을 꾸려갈 수가 없다.

예수가 마음의 창고를 비우라고 한 건 텅 빈 고요 속에만 머물라는 이야기가 아니다. 고요를 품은 채 지혜로운 스윙을 하라는 말이다. 그래서 혜능 대사도 "마음을 내지 마라."가 아니라 "마음을 내라."라고 했다. 머무는 바 없이 마음을 내라고 했다. 자신의 삶 속에서, 구체적인 상황 속에서 가난한 마음으로 적극적인 스윙을 하라고 일갈했다.

예수가 사람들에게 '양자택일'을 일깨운 적이 있다.

"아무도 두 주인을 섬길 수 없다. 한쪽은 미워하고 다른 쪽은 사랑하며, 한쪽은 떠받들고 다른 쪽은 업신여기게 된다. 너희는 하느님과 재물을 함께 섬길 수 없다."(마태오 복음서 6장 24절)

예수는 똑 부러지게 말했다. "하느님과 재물을 함께 섬길 수 없다." 사람들은 헷갈린다. 그럼 하느님을 섬기는 이는 재산을 모아서는 안 되는 걸까. 경제활동을 해서도 안 되는 걸까. 재물을 소유하는 건 어디까지 용인되는 걸까.

여기에도 '가난한 마음'의 코드가 숨어 있다. 예수가 동시에 섬길 수 없다고 지적한 두 가지는 하느님과 재물이다. 다시 말해 '비움'과 '집착'이다. 우리는 비움과 집착을 동시에 취할 수 없다. 비움을 붙들면 집착을 놓아야 하고, 집착을 붙들면 비움을 놓아야 한다. 둘 다 취할 수는 없다. 하나가 사라져야 다른 하나가 드러나기 때문이다. 그래서 양자택일의 문제다.

예수는 그저 소박하게 살라고, 마음을 가난하게 하라고 하지 않았다. 거기에는 각별한 이유가 있다. 마음이 가난해질 때 비로소 '없이 계신 하느님'이 드러나기 때문이다. 그러니 마음의 창고를 비워야 하느님 나라와 통하게 된다. '가난한 마음'이 곧 '하느님 마음'이기 때문이다. 그게 바로 '신의 속성'이다. 아무런 집착도 달라붙지 않는 자리, 거기가 바로 '하느님 나라'이다. 그래서 예수는 말했다. "마음이 가난한 사람들, 하늘나라가 그들의 것이다!"

해가 하늘 높이 올랐다. 이스라엘은 겨울에 비가 많이 내린다. 그래서인지 갈릴래아 호수 주변도 초록이 무성했다. 수년 전 여름에 왔을 때보다 더욱 푸르렀다. 햇볕은 따사로웠다. 한국으로 치면 봄볕이었다. 주위에는 온갖 꽃들이 피어 있었다.

특히 노랗게 무리 지어 하늘거리는 겨자 꽃이 참 예뻤다. 2000년 전에도 저런 들꽃들이 있었겠지. 예수가 '가난한 마음'을 설하며 사람들이 거머쥔 집착을 겨냥할 때도 주위에 겨자 꽃이 만발해 있었겠지.

예수는 이렇게 말했다. "내가 진실로 너희에게 말한다. 누구든지 하느님의 나라 때문에 집이나 아내, 형제나 부모나 자녀를 버린 사람은, 현세에서 여러 곱절로 되받을 것이고 내세에서는 영원한 생명을 받을 것이다."(루카 복음서 18장 29~30절)

사람들은 이 구절도 종종 오해하여 무작정 버려야 한다고 생각한다. 예수를 따르려면 집도 버리고 부모도 버리고, 처자식도 팽개치고 따라 나서야 한다고 풀이한다. 그 대가로 천국에서 상을 받는다고 여긴다. 이 때문일까. 중동의 이슬람 땅에 가서 목숨 걸고 선교하는 이들은 이 구절을 어떻게 해석했을까.

　예수가 겨눈 건 그런 식의 '맹목적인 충성'이 아니었다. 예수는 원수를 사랑하라고 했다. 그런 예수가 하물며 가족을 사랑하지 말라고 했을까. 예수가 겨누었던 것은 '가족에 대한 사랑'이 아니라 '가족에 대한 집착'이다. 그러면 왜 집이나 아내, 형제나 부모나 자녀를 버리라고 했을까. 그들에 대한 집착이 하느님 나라를 가리기 때문이다. 그런 집착을 안고서는 진정으로 예수를 따를 수 없기 때문이다. 그래서 버리라고 한 것이다. '가족에 대한 사랑'을 버리라고 한 게 아니라 '가족에 대한 집착'을 버리라는 말이다. 그런 뒤에 자신을 따르라고 했다.

　사람들은 묻는다. "어떻게 집착 없는 사랑이 가능한가. 집착이 있어야 사랑도 있는 것 아닌가." 그건 '작은 사랑'이다. 다시 말해 사랑의 가면을 쓴 욕망이다. 예수는 큰 사랑을 말한다. 우리는 종종 '사랑'이라는 이름으로 자신이 집착하는 바를 자식에게 강요한다. 주위를 둘러보면 쉽게 알 수 있다. 그 결과는 대개 좋지 않다. 자식을 지혜롭게 키우는 이들은 다르다. 그들은 집착하지 않고 그저 사랑으로 지켜본다. 그게 '집착 없는 사랑'이다. 혜능 대사가 말한 '머무는 바 없이 마음을 내는' 사랑이다. 예수가 말한 '가난한 마음'이 바로 그것이다.

　구약에서 하느님이 아브라함에게 자식을 바치라고 요구한 것도 같은 맥락이다. 아브라함은 말년에 아들을 얻었다. 그러니 얼마나 애지중지했을 것이며 그 집착이 오죽했을까. 그런데 집착이 하느님 나라를 가리기라도 했을까.

하느님은 아브라함의 '아킬레스건'을 찔렀다. 아들을 희생 제물로 바치라고 한 것이다. 아브라함은 얼마나 황당했을까. 어린 양이 아닌 어린 자식을 번제에 바치라니 말이다. 번민에 번민을 거듭하던 아브라함은 결국 아들을 향해 칼을 빼 든다. 그때 신의 음성이 들린다. 집착이 끊어지는 순간이기 때문이다. 집착이 소멸할 때 신의 음성이 들리고, 집착이 무너질 때 하느님 나라가 드러난다. 그래서 예수는 자꾸만 강조한다. "행복하여라, 마음이 가난한 사람들! 하늘나라가 그들의 것이다."

산상설교에서 예수가 설한 행복은 깊다. 로또에 당첨됐을 때 덩달아 따라오는 얕은 행복 같은 것이 아니다. 그런 식의 '사라지는 행복'이 아니다. "행복하여라, 마음이 가난한 사람들!"에서 '행복'은 그리스어로 '마카리오이(makarioi)'다. 잠시 작용하고 사라지는 행복과는 차원이 다른 행복이다.

'마카리오이'는 신의 속성을 공유할 때 피어나는 행복이기 때문이다. 다시 말해 하느님의 마음에서 우러나는 행복이다. 하느님의 마음, 그 속성 자체가 '마카리오이'이다. 그러니 예수의 행복론은 요즘 우리 사회 여기저기서 붙여대는 '일회용 행복 반창고'와는 차원이 다르다.

팔복 교회의 입구 위에는 칼 하인리히 블로흐의 그림 〈산상설교〉가 걸려 있다.

그림 속 예수의 가르침을 듣는 사람들의 표정이 제각각이다. 바위 앞의 남자는 두 손을 모은 채 마음을 연다. 그는 예수의 얼굴을 뚫어져라 쳐다보며 설교에 집중한다.

그의 왼편에 앉은 여인은 깍지 낀 손을 이마에 댄 채 눈을 감았다. 예수의 메시지가 이미 그녀의 가슴을 찔렀기 때문이다.

가장 맑은 얼굴로 예수의 메시지를 듣는 이는 여인 뒤에 선 어린아이다. 반면 바위 뒤편의 나이 지긋한 남자는 팔짱을 낀 채 예수를 노려본

예수를 쳐다보는 사람들의 눈빛이 제각각이다.
예수를 바라보는 우리의 눈이 다 다르듯이.
칼 하인리히 블로흐의 〈산상설교〉.

다. 유대의 율법과 너무나 다른 산상설교가 아무래도 마음에 들지 않는
듯 보인다.

여인의 눈은 내면을 향하고, 그의 눈은 바깥을 향한다. 2000년 전에
도 그랬고 지금도 그렇다. 누구의 눈은 안을 향하고, 누구의 눈은 밖을
향한다. 예수가 우리에게 묻는다.

"너의 눈은 어디를 향하는가?"

교회 안으로 들어가 빈 의자에 앉았다. 교회의 천장은 팔각형이었다.
여덟 개의 면마다 팔복의 메시지가 하나씩 적혀 있었다. 그 메시지들을
하나씩 안고서 눈을 감았다. 산상설교의 두 번째 메시지가 울렸다.

"행복하여라, 슬퍼하는 사람들! 그들은 위로를 받을 것이다." (마태오
복음서 5장 4절)

무언가를 잃어버릴 때, 무언가를 놓쳤을 때,
누군가와 이별할 때 슬픔이 밀려온다.
슬픔의 바닥에는 상실의 강이 흐른다.
예수는 그런 '상실감'을 소중히 여겼다.

왜 그랬을까. 무언가를 잃어버릴 때 우리의 무릎이 꺾이기 때문이다.
그렇게 무릎이 꺾일 때 우리 안에 구멍이 뚫린다.
슬픔의 구멍, 상실의 구멍이다.

예수가 원수를 사랑하라고 한 이유

○○○○○○○

하늘의 너희 아버지께서 완전하신 것처럼

너희도 완전한 사람이 되어야 한다.

마태오 복음서 5장 48절

'눈에 눈, 이에는 이.'

고대 바빌로니아 왕국의 함무라비 왕이 선포했던 함무라비 법전(기원전 1792~1750년)의 핵심이다. 법전에 기록된 내용은 더 구체적이다. "다른 사람의 눈을 멀게 하면 자신의 눈알도 빼야 한다. 다른 사람의 뼈를 부러뜨리면 자신의 뼈도 부러뜨려야 한다. 부모를 구타한 자식은 손목을 자른다. 구멍을 통해 남의 집에 들어가 도둑질한 자는 그 구멍 앞에서 사형에 처한다."

근동(近東, 메소포타미아를 포함한 서아시아 일대) 지역에서는 오랜 세월 동안 바빌로니아 왕국의 '눈에는 눈, 이에는 이'가 통용됐다. 바빌로니아가 멸망한 뒤에도 그랬다. 예수도 설교에서 "'눈은 눈으로, 이는 이로' 하고 이르신 말씀을 너희는 들었다."(마태오 복음서 5장 38절)라고 언급했다. 당시 유대 사회에도 '동해(同害, 똑같은 해를 가함)의 복수법'으로 불리던 이 같은 정서가 녹아 있었음을 보여준다.

플라비우스 요세푸스의 유대 역사서를 보면 예수 당시 갈릴래아 호수 주위에도 여러 성(城)들이 있었다. 같은 유대인이지만 이들은 경쟁 관계로, 때로는 칼과 창을 들고 서로 싸우기도 했다. 그 와중에 목숨을 잃기도 하고 신체 일부를 잃기도 했다. 그러니 원수가 오죽 많았을까. 나의 부모를 죽인 이도 원수고, 형제를 죽인 이도 원수다. 남편이나 처

자식을 죽인 이도 철천지원수다. 그런 원수를 향해 2000년 전의 유대인들은 '눈에는 눈, 이에는 이'로 되갚아야 한다고 생각했을 터이다.

예수는 달리 말했다. "너희는 원수를 사랑하여라. 그리고 너희를 박해하는 자들을 위하여 기도하여라. 그래야 너희가 하늘에 계신 너희 아버지의 자녀가 될 수 있다."(마태오 복음서 5장 44절)

이 말을 들은 유대인들의 표정이 어땠을까. 황당해하지 않았을까. 복수를 해도 속이 풀릴까 말까 한데 말이다. 예수는 "원수를 잊어버려라."가 아니라 오히려 "원수를 사랑하여라."라고 말했다.

예수 출생 전부터 이스라엘은 로마의 식민지였다. 기원전 63년 로마의 폼페이우스 장군이 예루살렘으로 쳐들어왔다. 높다란 바위 언덕에 위치한 예루살렘 성벽은 탄탄했다. 유대인들은 항전을 택했다. 폼페이우스는 안식일까지 기다렸다. 율법에 따라 유대인들은 안식일에 일을 하지 않는다. 물론 군사 행동도 하지 않는다. 폼페이우스는 그 점을 노렸다. 안식일에 그는 성을 공격할 공성 병기를 위해 높은 토담을 쌓았다. 이를 바탕으로 예루살렘 성에서 가장 높은 성탑을 무너뜨렸다. 탑과 함께 성벽이 무너졌고, 벽이 갈라진 틈으로 로마 병사들이 물밀듯이 들어왔다. 예루살렘은 결국 함락됐다. 당시 2만 명이 넘는 유대인들이 로마군에 의해 목숨을 잃었다.

　유대인들에게 로마 제국은 원수였다. 자신들의 거룩한 종교 행위를 전쟁의 아킬레스건으로 활용했으니 로마에 대한 증오심이 오죽했을까. 전쟁에서 패한 뒤 유대인들은 로마에 많은 곡식을 바쳐야 했다. 생활은 갈수록 궁핍해졌다. 일제 강점기 때 한반도에서 생산된 쌀이 일본으로 보내지고, 숱한 착취와 수탈이 이루어진 것과 같은 맥락이다. 우리는 지금도 2차 대전 당시 일본의 제국주의를 원수로 여긴다. 당시 유대인들이 로마에 품었을 감정도 짐작할 수 있다.

　갈릴래아 언덕에서 예수는 "원수를 사랑하여라."라고 말했다. 청중은 모두들 각자의 원수를 떠올렸을 터이다. 누구에게는 로마의 군대이고, 누구에게는 자신의 이웃이고, 또 누구에게는 가족 중 한 사람이었을 것이다. 그런 '원수들'을 향해 예수는 파격적인 행동을 제안했다. "원수를 사랑하여라. 너희를 박해하는 자를 위해 기도하라. 그래야 아버지의 자녀가 될 수 있다." 뒤집어 말하면 어떻게 될까. 그렇게 하지

갈릴래아 호숫가의 언덕.
이 어디쯤에서 예수는 원수에 대한 사랑을 설했다.

않으면 아버지의 자녀가 될 수 없다는 이야기다.

아버지의 자녀란 뭘까. 아버지를 닮은 이들이다. '신의 속성'을 공유하는 사람들이다. 그러니 "원수를 사랑하여라."라는 예수의 메시지에는 길이 담겨 있다. 아버지의 자녀가 되는 길이다. 어쩌면 우리는 그 길을 너무 쉽게 생각하는 건 아닐까. 주일을 지키고 십일조만 하면 그 길을 간다고 생각하는 건 아닐까. 이는 율법만 지키면서 그 길을 간다고 생각했던 예수 당시 유대인들의 착각과 뭐가 다른가. 예수는 그 점을 정확하게 지적했다. "원수를 사랑하고, 너를 박해하는 자를 위해 기도하라. 그래야 아버지의 자녀가 될 수 있다."

아버지의 자녀가 되는 길은 생각할수록 아득하다. 역사 속의 대단한 성인에게나 가능한 일이 아닐까. 원수를 사랑한 이도 있었다. 산돌(山乭) 손양원(1902~1950) 목사는 1948년 좌익과 우익이 충돌한 여수·순천 사건 때 두 아들을 잃었다. 낮에는 군경이, 밤에는 좌익이 세상을 지배하던 시절이었다. 순천사범학교와 순천중학교에 재학 중이던 두 아들이 좌익 학생에 의해 학살당했다. 손양원 목사는 자신의 아들을 죽인 원수를 살리기 위해 직접 구명 운동에 나섰다. 급기야 그 원수를 자신의 양자로 삼았다. 아들에게 못다 준 사랑을, 아들을 죽인 '아들'에게 건넸다.

"원수를 사랑하라. 너를 박해하는 자를 위해 기도하라."라는 예수의 가르침을 손양원 목사는 몸소 따랐다. 손양원 목사의 이야기에 충격과 감동을 동시에 받으면서 되묻게 된다. "그건 성자들에게나 가능한 일이 아닐까. 하루에도 수십 번씩 지지고 볶는 우리에게는 불가능한 일이 아닌가. 원수를 사랑하고, 그를 위해 기도하는 일이 정말 가능한가."

갈릴래아 호수에 해가 뜨면 물 위에만 볕이 떨어지는 게 아니다. 산 위에도, 나무 위에도, 구름 위에도 햇볕은 차별 없이 떨어진다.

사람들은 부담을 크게 느낀다. 목표치가 너무 높기 때문이다. "원수를 사랑하라."라는 메시지는 마치 만년설이 쌓인 수천 미터 높이의 거친 산봉우리에 꽂힌 깃발처럼 아득하다. 예수는 "그곳에 가서 깃발을 뽑아라."라고 하는데, 우리는 발도 떼지 못하는 형편이다.

왜 그럴까. 첫 단추를 꿰지 않았기 때문이다. 우리는 '원수를 사랑하라'라는 두 번째 단추만 안다. 정작 '왜 원수를 사랑해야 하는가?'라는 첫 단추는 알지 못한다. 물은 적이 없기 때문이다. 그렇게 물은 적도 없고, 거기에 답한 적도 없다. 성서를 관통하는 예수의 메시지에는 이치가 담겨 있다. 그 이치가 생략될 때 예수의 가르침은 그저 따라야 할 명령이 되고 만다. 그때는 복음도 짐이 된다. 유대인들의 어깨를 짓눌렀던 '율법의 짐'처럼 말이다.

예수는 왜 "원수를 사랑하여라."라고 했을까. 답은 멀리 있지 않다. 성서에는 "원수를 사랑하여라." 다음 구절에 그 이유가 나와 있다.

"그분(하느님)께서는 악인에게나 선인에게나 당신의 해가 떠오르게 하시고, 의로운 이에게나 불의한 이에게나 비를 내려주신다. 그러므로 하늘의 너희 아버지께서 완전하신 것처럼 너희도 완전한 사람이 되어야 한다."(마태오 복음서 5장 45절, 48절)

그렇다. 예수가 찍은 방점은 '완전함'이다. 하늘의 아버지가 완전하니 너희도 완전해라. 그것이 예수의 바람이다. 그렇게 되기를 바라며

예수는 "원수를 사랑하여라."라고 했다. 이제 우리의 첫 단추가 보인다. 원수를 사랑하는 것이 첫 단추가 아니라 '완전해지는 것'이 첫 단추다. 하늘에 계신 아버지처럼, 그 아버지의 속성처럼 말이다.

그러면 예수가 말한 완전함이란 뭘까. "아버지의 완전함을 닮으라."라고 할 때 '완전함'이란 뭘까. 이에 대한 답도 예수의 말 속에 이미 담겨 있다. '악인에게도, 선인에게도 해가 떠오르게 하시는 하느님'이다. 예수는 이를 '완전함'이라 했다.

이제야 보인다. 예수가 굳이 "원수를 사랑하여라."라고 말한 이유 말이다. 우리는 '절반의 그릇'이다. 내가 생각하는 선(善)만 담고, 내가 생각하는 악(惡)은 쏟아버리는 그릇이다. 하느님은 다르다. '절반의 그릇'이 아니다. 악인에게나 선인에게나 똑같이 빛을 비추는 그릇이다.

그러니 '절반의 그릇'이 하느님의 자녀가 될 수 있을까. 그래서 예수는 "원수를 사랑하여라."라고 말했다. 그릇을 키우라는 말이다. 그리하여 '완전한 그릇'이 되라는 말이다.

그리스어 성서를 찾아봤다. '완전함'이라는 단어가 뭘까. '완전함'의 정확한 의미는 무엇일까. 그리스어로 '텔레이오이(teleioi)'이다. 거기에는 '완전한(perfect)'이라는 의미도 있지만, '완숙한, 성숙한(mature)'이라는 뜻도 있다. 그러니 쪼개진 절반의 그릇이 아니라 통째로 하나인 그릇이 될 때, 그럴 때 우리는 성숙해진다.

삶에서도 그렇고 사회에서도 그렇다. 좌파와 우파, 보수와 진보. 사람들은 이 같은 문제들을 양자택일의 문제로 여긴다. 그때부터 스스로 '절반의 그릇'이 되고 만다. 우리 앞에는 숱한 문제들이 있다. 때로는 우파의 열쇠가 통하고, 때로는 좌파의 열쇠가 통한다. 그러면 우리 사회가 가진 열쇠는 과연 몇 개일까. 꾸러미 속의 열쇠를 지혜롭게 꺼내 좌우를 넘나들며 쓰고 있을까.

예수는 좌파에게 말한다. "우파를 사랑하라." 우파에게도 말한다. "좌파를 사랑하라." 원수라 여겼던 상대가 나를 완전하게 만들기 때문이다. 원수로 인해 나의 그릇이 커지기 때문이다. 그럴 때 우리 사회의 그릇도 커진다. 좌파와 우파, 모두를 품는 성숙한 그릇이 되게 한다. 그게 예수가 설한 '텔레이오이'이다.

'큰 그릇'에 대한 메시지는 불교에도 있다. 중국의 혜능 대사는 늦은 나이에 출가해 정식 승려가 되기도 전에 행자(수련생) 신분으로 깨달음을 얻었다. 스승인 홍인 대사는 그가 시기를 받을까 봐 걱정했다. 달마로부터 내려오는 깨달음의 징표인 가사(袈裟, 승려가 장삼 위에 걸치는 옷)와 발우(절에서 쓰는 공양 그릇)를 전하며 멀리 도망가라고 했다. 혜능은 밤을 틈 타 남쪽으로 달아났다.

뒤늦게 이를 안 다른 수행자들은 분노했다. 아직 정식 승려도 되지 못한 행자 따위가 스승의 법맥을 잇는다는 사실을 받아들일 수가 없었다. 그들은 혜능의 뒤를 쫓아가 가사와 발우를 빼앗으려 했다. 하지만 다들 지쳐서 중간에 돌아가고 말았다. 그런데 장수 출신인 혜명이라는 스님만이 대유령이라는 큰 고개까지 혜능을 쫓아왔다.

혜능은 가사와 발우를 바위 위에 놓았다. 혜명이 그것을 들어 올리려 했지만 바위에 달라붙어 꿈쩍도 하지 않았다. 혜명은 이렇게 말했다. "제가 온 것은 불법(佛法)을 구하기 위함이지 가사를 빼앗기 위함이 아닙니다. 제발 행자께서는 제게 불법을 보여주시오."

그 말을 듣고 혜능이 답했다. "선(善)도 생각하지 않고, 악(惡)도 생각하지 않아야 한다. 바로 그때 어떤 것이 당신의 본래면목(本來面目, 본성 또는 자성)인가."

이는 예수의 말과 맥이 통한다. 악인에게도 비를 내리고 선인에게도 비를 내릴 때 우리는 선악을 떠나게 된다. 이 말을 듣고서 혜명은 크게 깨우쳤다. 그는 감격의 눈물을 흘리며 혜능에게 큰절을 올렸다. "방금 하신 비밀스러운 말과 뜻 이외에 다른 가르침은 없습니까?" 그러자 혜능이 답했다. "내가 그대에게 말한 것은 비밀이 아니다. 그대가 돌이켜 자신을 비추어보면(返照) 비밀은 바로 그대에게 있다."

'불사선악(不思善惡)'이라는 제목으로 유명한 선문답이다. 중국 송나

그리스 코린토의 초대교회 유적에서 만난 십자가 조각상의 파편.
좌와 우, 아래와 위가 한곳에서 만나는 것이 십자가다.
상하좌우가 십자가 위에서는 하나가 된다.

라 때 선서(禪書)인『무문관(無門關)』23칙에 나오는 일화다.

"선도 생각하지 말고, 악도 생각하지 마라." 아무리 애써도 쉽지 않다. 사람이 어떻게 생각을 하지 않고 살 수가 있나. 생각을 하다 보면 선한 생각도 튀어나오고 악한 생각도 튀어나오게 마련이다. 그런데 생각을 하지 말라니, 그게 어찌 가능할까. 어찌해야 불사선악을 실현할 수 있을까.

예수의 말씀에 힌트가 있다. "그분(하느님)께서는 악인에게나 선인에게나 당신의 해가 떠오르게 하신다." 하느님은 악한 사람을 비추지도 않고, 선한 사람을 비추지도 않는다. 다만 '사람'을 비출 뿐이다. 그래서 똑같이 비를 내린다. 여기에도 비가 내리고, 저기에도 비가 내린다. 비에 젖는 땅만큼 내 그릇의 크기도 드러난다.

장수 출신인 혜명은 힘도 무척 셌을 것이다. 그런데도 그가 돌 위에 놓인 가사와 발우를 들었을 때 꿈쩍도 하지 않았다. 왜 그랬을까. 혜명의 안목이 '절반의 그릇'이었기 때문이다. 달마로부터 내려온 가사와 발우는 깨달음의 징표다. 그러니 '절반의 안목'으로는 가사와 발우를 들 수가 없다. 통째로 하나인 그릇을 들 수 없다.

원수는 왜 생겨날까. 그것은 잣대 때문이다. 잣대의 왼쪽은 선, 오른쪽은 악이다. 오른쪽에 있는 사람들이 원수가 된다. 예수의 말처럼 그 원수를 사랑하면 어찌 될까. 선악을 가르던 잣대가 무너진다. 그 잣대가 무너지면 어찌 될까. 우리는 돌아간다. '선악과 이전'으로 돌아간다. 혜능이 "선도 생각하지 말고, 악도 생각하지 마라."라고 한 이유도 그렇다. 그럴 때 우리는 선과 악 이전으로 돌아가기 때문이다. 그게 '완전함'이다. 그래서 예수는 "원수를 사랑하여라."라고 말했다.

이제 조금 더 쉬워지지 않을까. 원수를 사랑하는 일 말이다. '원수를 사랑하는 것'이 목적이 아니라 '온전한 그릇이 되는 것'이 목적이니 말이다. 골고루 비를 뿌리면 그 비에 젖는 땅만큼 내 그릇도 커질 테니 말이다.

아끼는 후배와 함께 식사를 하는데 그가 이런 말을 했다. "돌아가신 할머니만 생각하면 마음이 아파요. 할머니는 우리 집안사람들이 교회에 다니기 전에 돌아가셨어요. 예수님을 모른 채 돌아가셨죠. 그런데 교회에서는 그러잖아요. 예수님을 믿어야만 천국에 간다고요. 내가 기억하는 할머니는 양심적으로 선하게 사셨어요. 그런데도 지옥으로 가셨을까, 그런 생각을 하면 막막해요. 앞뒤가 안 풀려요."

나는 이렇게 물었다. "지옥이 어디에 있다고 생각해?" 후배는 멀뚱멀뚱 나를 쳐다봤다. 그런 질문은 처음 받는다는 듯이. 그러고는 이렇게 답했다. "지옥이 지옥에 있겠죠." 나는 다시 물었다. "지옥이 '하느님 안'에 있다고 생각해? 아니면 '하느님 밖'에 있다고 생각해?" 후배는 생각에 잠겼다. "지옥은 하느님 밖에 있잖아요. 천국이 하느님 안에 있고. 그러니까 예수님을 믿고 천국에 가려고 하는 거죠."

대부분 그렇게 생각하지 않을까. 하느님은 천국에만 비를 뿌리고, 지옥에는 비를 뿌리지 않는다고 말이다. 천국에만 해가 뜨고, 지옥에는 해가 뜨지 않는다고 말이다. 그래서 지옥은 '하느님 밖'에 있다고 생각하지 않을까.

여기서 물음이 올라온다. 그분은 '큰 하느님'일까, 아니면 '작은 하느님'일까. 그분은 '완전한 하느님'일까, 아니면 '불완전한 하느님'일까. 그분은 '원수를 사랑하는 하느님'일까, 아니면 '원수를 사랑하지 않는 하느님'일까. 요한 복음서에서는 "모든 것이 그분을 통하여 생겨났고, 그분 없이 생겨난 것은 하나도 없다."(1장 3절)라고 말한다. 거기서 지옥만 예외가 되는 걸까.

'절반의 눈'을 가진 우리는 하느님까지 '절반의 하느님'으로 만들고 있는 건 아닐까. 그렇게 '작은 하느님'을 만들어놓고서 자기 그릇의 크기와 딱 맞다며 좋아하고 있는 건 아닐까. '절반의 그릇'에 꽉 차는 '절반의 하느님'을 보면서 말이다.

예수는 이렇게 말했다. "하늘의 너희 아버지께서 완전하신 것처럼 너희도 완전한 사람이 되어야 한다."

그래서 예수는 "원수를 사랑하라."라고 했다. 그 말은 명령도 아니고 율법도 아니다. 아득하기만 한 산봉우리도 아니다. 그 말은 반쪽짜리인 나를 온전한 하나로 만드는 '이치의 팁'이다. 그 팁이 우리의 그릇을 커지게 한다. 그렇게 그릇이 커질 때 만나게 되지 않을까. 예수가 설한 '텔레이오이'를 말이다.

가룟 유다는 왜 소금통을 쏟았을까

○○○○○○○

네 눈은 네 몸의 등불이다.

네 눈이 맑을 때에는 온몸도 환하고,

성하지 못할 때에는 몸도 어둡다.

그러니 네 안에 있는 빛이 어둠이 아닌지 살펴보아라.

_____

루카 복음서 11장 34절

경북 안동은 간고등어로 유명하다. 고등어가 잡히는 영덕 바닷가에서 안동까지는 무려 80킬로미터다. 냉장 시설이 없던 시절, 생고등어는 내륙까지 가져가다가 썩어버리기 일쑤였다. 보부상들이 나귀나 달구지에 봇짐을 싣고 하루 종일 걸으면 해 질 녘에 임동 장터에 닿는다. 안동에서 동쪽으로 20킬로미터쯤 떨어진 곳이다. 상인들은 임동 장터에서 고등어에 소금을 뿌렸다. 임동 장터에는 간고등어를 사려는 사람들로 늘 북적였다. 소금에 절여져 숙성된 고등어는 더 깊은 맛을 냈다.

유대인들은 40~50도를 넘나드는 사막 기후에서 살아야 했다. 그들에게 소금은 목숨 같은 것이었다. 맛을 내는 건 기본이요, 음식을 저장하고 보존하는 데 필수였다. 소금에 절여야 음식이 썩지 않았고, 오래 저장해둘 수 있었다. 구약에는 이런 대목도 나온다. "너희가 곡식 제물로 바치는 모든 예물에는 소금을 쳐야 한다. 너희가 바치는 곡식 제물에 너희 하느님과 맺은 계약의 소금을 빼놓아서는 안 된다. 너희의 모든 예물과 함께 소금도 바쳐야 한다." (레위기 2장 13절) 그만큼 소금은 각별한 것이었다. 신에게 바치는 곡식에도 소금을 뿌려야 했고, 제물과 함께 소금도 바쳐야 했다.

숙소에서 일찍 나와 갈릴래아 호수로 해돋이를 보러 갔다. 오전 다섯

시 사십 분쯤 호숫가로 나갔다. 이렇게 어스름이 질 무렵 예수도 호숫가를 거닐지 않았을까. 만물이 잠들었을 때 예수는 홀로 일어나 종종 기도를 했다고 한다. 아직 해가 오르지 않아 약간 어둑했다. 대신 물안개가 피어올랐다. 호숫가 산책로에서 조깅하는 사람도 더러 보였다. 예수는 갈릴래아 호 주변 어딘가에서 '소금'을 예로 들며 설교를 했다. 그 유명한 '빛과 소금' 일화다.

예수는 말했다. "모두 불 소금에 절여질 것이다. 소금은 좋은 것이다. 그러나 소금이 짠맛을 잃으면 무엇으로 그 맛을 내겠느냐? 너희는 마음에 소금을 간직하고 서로 평화롭게 지내라."(마르코 복음서 9장 49~50절)

마태오 복음서에는 이렇게 표현돼 있다. "너희는 세상의 소금이다. 그러나 소금이 제맛을 잃으면 무엇으로 다시 짜게 할 수 있겠느냐? 아무 쓸모가 없으니 밖에 버려져 사람들에게 짓밟힐 따름이다."(마태오 복음서 5장 13절)

예수는 '짠맛'을 역설한다. 짠맛을 잃지 말라고, 짠맛을 잃어버린 소금은 아무짝에도 쓸모가 없다고 누이이 강조한다. 사람들은 이 대목을 단순하게 풀어낸다. 소금처럼 세상에 꼭 필요한 사람이 되라는 뜻으로 받아들인다. 맞는 말이다. 그런데 어떤 사람이 세상에 꼭 필요한 사람

일까. 예수가 말한 '소금'이란 무엇이며, '짠맛을 잃은 소금'은 또 무엇일까. 우리가 무엇을 잃을 때 '짠맛을 잃은 소금'이 되는 걸까. 예수는 왜 주머니가 아니라 "마음에 소금을 간직하라."라고 했을까.

예수는 "내가 너희 안에 거하듯, 너희가 내 안에 거하라."라고 했다. 나는 이 말씀을 두고 김장하는 광경이 떠올랐다. 배춧잎은 처음에는 빳빳하다. 고집이 있고 에고가 있다. 그런데 소금과 만나는 순간 풀이 죽는다. 왜 그럴까. 에고가 무너지기 때문이다. 마르코 복음서에서는 "불 소금에 절여질 것이다."라고 했다. 왜 '불 소금'일까. 그리스어 성경에는 'en puri(in fire)'로 표현돼 있다. '불 속에서 소금에 절여지다'라는 뜻이다. 그럼 왜 '불'일까. 내가 녹아내리기 때문이다. 소금과 만나는 순

간 에고는 녹기 시작한다. 이를 통해 자신이 열린다. 그 틈으로 소금이
스며든다. 배추 안에 소금이 거하고, 소금 안에 배추가 거한다. 그것이
'절여짐(being salted)'이다.

절여진 배추는 달라진다. 한여름 뙤약볕에도 쉽게 상하지 않고, 하루
이틀 지나도 변하지 않는다. 짠맛 때문이다. 짠맛을 품으면 성질이 바
뀐다. 세상의 파도에 흔들리지 않고, 세월이 흘러도 변함이 없다. 그게
바로 짠맛의 속성이다. 부동성과 영원성. 다시 말해 신의 속성이다. 신
의 속성은 흔들림이 없고 영원하다. 예수는 그걸 잃지 말라고 했다.

2000년 전에도 예수는 행여 우리가 짠맛을 잃을까 봐 걱정했다. "아
무리 네가 '세상의 소금'을 자처해도, 네 안에 '짠맛'이 없다면 어쩔 것
이냐. '신의 속성'이 없다면 어쩔 것이냐. 어디에 가서 다시 짜게 할 수
있겠느냐. 그러니 너희 마음에 '하느님의 속성'을 품어라. 그리고 서로
평화롭게 지내라." 예수의 메시지는 이러했다.

레오나르도 다빈치의 〈최후의 만찬〉을 소장하고 있는
밀라노의 산타마리아 델레 그라치에 성당은 이 작품과 함께
1980년 유네스코 세계문화유산으로 지정됐다.

　레오나르도 다빈치의 그림에도 소금 코드가 등장한다. 유월절을 맞은 예수는 예루살렘에서 열두 제자와 함께 식사를 했다. 다빈치는 그 광경을 작품으로 남겼다. 이탈리아 밀라노의 수도원에서 소장하고 있는 〈최후의 만찬〉이다. 예수가 "너희 중에 한 사람이 나를 배반할 것이다."라고 하자 제자들이 화들짝 놀라는 장면이다. 필립보(오른쪽에서 네 번째)는 자리에서 벌떡 일어나 자신을 가리키며 "주님, 설마 그 사람이 저는 아니겠지요?"라고 되묻는다. 다혈질이었다는 베드로(왼쪽에서 다섯 번째 머리)는 빵을 자르던 나이프를 든 채 예수를 향해 몸을 기댄다.
　예수를 배반하는 가롯 유다(왼쪽에서 네 번째 머리)는 진한 갈색 수염을 하고 있다. 그는 유대 제사장에게 은화 서른 닢을 받고 예수를 팔아넘겼다. 그림 속 유다는 오른손에 은화 주머니를 쥐고 있다. 그리고 그의 오른쪽 소매 앞에는 조그만 통이 하나 넘어져 있다. 소금 통이다. 유다는 팔로 소금 통을 쳐서 넘어뜨렸다. 그리하여 식탁 위에는 소금이 쏟아져 있다. 식탁 위에 흩어져 반짝이는 소금. 이는 유다가 '신의 속성'을 쏟아버렸음을 뜻한다. 이미 자신의 마음에서 '짠맛'을 잃어버렸음을 상징적으로 보여준다.
　호숫가를 걷다가 벤치에 앉았다. 해 뜨기 직전의 갈릴래아는 고요했다. 내 안의 소금 통, 우리 안의 소금 통에는 무엇이 있을까. 거기에는

소금이 담겨 있을까, 아니면 텅 비어 있을까. 소금이 담겨 있다면 짠맛
이 날까. 행여 지지고 볶는 일상에서 우리는 수시로 소금을 쏟아버리는
건 아닐까. 그렇게 우리도 예수를 배반하고 있는 건 아닐까…….

　예수는 소금에 이어 '빛'도 말했다. "너희는 세상의 빛이다. 산 위에
자리 잡은 고을은 감추어질 수 없다. 등불은 켜서 함지 속이 아니라 등
경 위에 놓는다. 그렇게 하여 집 안에 있는 모든 사람을 비춘다."(마태오
복음서 5장 14~15절)

　갈릴래아 호수를 빙 둘러서 산과 고원이 있다. 그 위에 마을들이 있
다. 날이 저물면 마을에 불이 켜진다. 갈릴래아의 밤 풍경에서 가장 먼
저 눈에 띄는 게 산 위의 마을, 그 불빛들이다. 그 광경을 보면 "산 위에
자리 잡은 고을은 감추어질 수 없다."라는 구절을 절로 실감하게 된다.
예수는 그런 빛이 모두를 비춘다고 했다.

　붓다는 삼십대 초반에 깨달음을 얻었다. 이후 50년가량 인도 북부 지
방을 돌아다니며 설법을 했다. 그런 붓다에게 시자(일종의 비서실장)가
있었다. 붓다의 사촌인 아난이다. 그는 40년 넘게 시중을 들면서 바로
곁에서 붓다의 일거수일투족을 지켜봤다. 붓다가 언제 어디서 누구를
만나 무슨 말을 했는지 아난은 모두 기억하고 있었다. 그만큼 영리하고

총명한 사람이었다. 붓다가 세상을 떠난 뒤에는 아난의 기억력에 의지해 붓다의 어록을 복원했을 정도다. 그런 아난도 붓다가 세상을 떠날 때까지 깨달음을 얻지 못했다. 예수가 십자가에서 숨을 거둘 때까지도 제자들이 진정한 '예수의 주인공'을 알지 못한 것처럼 말이다.

붓다는 "여기저기 부서진 수레를 가죽끈으로 동여매 억지로 지탱하듯, 내 몸도 그와 같다."라며 자신의 열반을 예견했다. 그 말을 들은 아난은 눈앞이 캄캄했다. '붓다께서 살아 계실 때도 깨닫지 못했는데, 이제는 누구를 의지해 깨달음을 이룰 수 있을까.' 이런 생각에 아난은 절망하여 슬퍼하며 울었다. 붓다는 그런 아난을 불러 말했다. "자신에게 의지하고, 법에 의지하라. 자신의 등불을 밝히고, 법의 등불을 밝혀라(自歸依 法歸依 自燈明 法燈明)." 이것이 붓다의 마지막 가르침, 열반송이다. 붓다는 그 가르침을 마지막으로 인도 쿠시나가르에서 숨을 거두었다.

붓다는 '마음의 등불'을 켜는 법을 일러주었다. 마음의 등불을 켜려면 먼저 '이치의 등불'을 켜야 한다. 불교에서는 그것을 '법(法)'이라 부른다. 그렇게 법의 등불을 켠 다음에 내 마음을 갖다 대야 한다. 법의 등불과 내 마음의 등불은 둘이 아니다. 그러니 법이 '깜빡깜빡'할 때 내 마음도 '깜빡깜빡'하게, 법의 등불이 '활활' 탈 때 내 마음도 '활활' 타게, 법의 등불이 고요할 때 내 마음도 고요하게 맞춰나가야 한다. 그렇게 가다 보면 나도 모르게 불이 켜진다. 법의 등불과 똑같은 불이 내 마음에도 켜진다. 그것이 바로 자등명(自燈明)이다. 붓다가 설한 '내 마음의 빛'이다.

예수가 산상설교를 설한 까닭도 그렇다. 그리스도의 등불을 보면서 내 마음의 등불도 밝히라는 뜻이다. '가난한 마음', '깨끗한 마음', '자비로운 마음'은 모두 예수의 등불이다. 그러니 예수의 메시지를 눈앞에 펼쳐야 한다. 그것이 그리스도교의 '법등명(法燈明)'이다. 그다음에는 어찌해야 할까. 거기에 내 마음을 갖다 대야 한다. 예수는 이를 두고 "각자의 십자가를 져라."라고 표현했다. 가령 "마음을 가난하게 하라."라는 예수의 등불이 켜지면 내 마음도 가난의 십자가에 올려야 한다. 그럴 때 내 안의 등잔에 불이 붙는다. 그게 그리스도교의 자등명(自燈明)이다. 그런 이들을 향해 예수는 말했다. "너희는 세상의 빛이다."

갈릴래아 호수에 해가 떴다. 티베리아 건너편 산등성이 위로 해가 솟았다. 순식간이었다. 호수 위로 어슴푸레하게 깔려 있던 어둠이 물러갔다. 해가 뜨면 어둠이 눈 녹듯 녹아버렸다. 호수가 금세 황금빛으로 물들고 주위가 환해졌다. 그게 빛의 힘이었다.

예수는 빛과 어둠을 가르는 눈에 대해서도 설했다.

"네 눈은 네 몸의 등불이다. 네 눈이 맑을 때에는 온몸도 환하고, 성하지 못할 때에는 몸도 어둡다. 그러니 네 안에 있는 빛이 어둠이 아닌지 살펴보아라."(루카 복음서 11장 34절)

사람들은 다들 몸을 중시한다. 그래서 몸에만 신경 쓴다. 눈에 보이는 것에만 집중한다. 예수가 겨누는 목표는 다르다. 몸이 아니라 눈이다. 예수는 눈을 맑게 하면 몸도 맑아진다고 했다. 또 눈이 어두우면 몸도 어둡다고 했다. 그래서 살펴보라고 했다. 네 안을 비추는 것이 밝음인지 아니면 어둠인지 말이다.

예수가 말한 '눈'은 무엇일까. 안목이다. 무엇에 대한 안목일까. 이치에 대한 안목이다. 마음의 이치, 세상의 이치, 우주의 이치. 그게 '신의 섭리'다. 신약성서를 관통하며 예수가 설하는 것은 하느님 나라의 이치(속성)이다. "하느님의 마음이 깨끗하니 네 마음도 깨끗하게 해라. 그래야 하느님 마음과 네 마음이 통하게 된다. 그때 비로소 하느님을 볼 수 있다." 예수는 이런 식으로 이치를 설했다.

『장자』에도 '이치'에 대한 일화가 있다. 문혜군 앞에서 포정이 소를 잡았다. 포정이 칼질을 하자 살점이 쓱쓱 떨어져 나왔다. 살을 가르는 소리가 마치 '상림의 춤곡(桑林之舞, 탕임금 당시 비를 기원할 때 연주하던 무곡)'과 '경수의 음악(經首之會, 요임금 때의 악곡)' 같았다. 문혜군이 물었다. "어찌하면 이런 경지에 도달할 수 있는가?" 포정이 칼을 내려놓고 말했다. "제게 중요한 것은 '도(道)'입니다. 기술을 넘어선 것입니다."

갈릴래아 호수의 해돋이는 아름답다.
산 위로 솟은 해가 순식간에 호수를 물들인다.

포정은 '소 잡는 기술'이 아니라 '소 잡는 이치'를 터득한 것이다.

포정은 이치를 터득하는 과정을 설명했다. "처음에 소를 잡을 때는 소가 통째로만 보였습니다. 3년이 지나자 소의 몸통에서 갈라야 할 부분이 보였습니다. 지금은 소의 자연스러운 결(天理)에 따라 살과 뼈 사이의 빈틈에 칼을 넣어 움직이며, 원래 나 있는 길을 따라 나아갑니다. 뼈와 살이 엉겨 붙은 곳을 무리하게 가르려고 한 적도 없습니다. 하물며 큰 뼈를 자르는 일이 있었겠습니까." 포정의 설명은 여기서 그치지 않았다. "솜씨 좋은 백정도 해마다 칼을 바꿉니다. 살을 베기 때문입니다. 평범한 백정은 달마다 칼을 바꿉니다. 뼈를 치기 때문입니다. 지금 제 칼은 19년이나 됐습니다. 그동안 소를 수천 마리나 잡았습니다. 그래도 이 칼은 막 숫돌에서 갈아낸 듯 예리합니다."

포정은 무엇으로 소를 잡았을까. 몸이 아니다. '눈'이다. 소를 꿰뚫고 칼을 꿰뚫는 눈이다. 그게 포정의 안목이다. 그 안목으로 소를 잡으면 다르다. 소의 자연스러운 결을 따라서 칼을 쓰게 된다. 힘은 적게 들고 효과는 더 크다. 왜일까. 이치와 함께 나아가기 때문이다.

예수가 말한 '눈'도 그렇다. 예수는 왜 산상설교에서 '깨끗한 마음', '가난한 마음', '자비로운 마음'을 설했을까. 그게 하느님 마음의 결이기 때문이다. 예수는 그 결을 따라가라고 했다. 살과 뼈 사이의 빈틈으로 칼이 들어갈 때 우리의 삶도 수월해진다. 살코기의 자연스런 결을 따라 칼을 쓸 때 우리의 삶도 자연스러워진다. "아! 이럴 때는 이쪽으로 칼을 쓰는 거구나" "아하! 그럴 때는 그쪽으로 마음을 쓰는 거구나!" 그런 깨침을 통해 눈이 맑아진다. 눈이 맑아질 때 우리의 몸도, 우

리의 삶도 환해진다. 그렇게 내 안에 등불이 켜진다. '하느님의 마음'이
켜진다. 그래서 예수는 말했다.

"네 눈은 네 몸의 등불이다."

어떻게 하면 신의 속성을 닮을 수 있을까

네 뺨을 때리는 자에게 다른 뺨을 내밀고.

네 겉옷을 가져가는 자는 속옷도 가져가게 내버려두어라.

달라고 하면 누구에게나 주고,

네 것을 가져가는 이에게서 되찾으려고 하지 마라.

루카 복음서 6장 29~30절

++++++++++

"하늘에서 이루어진 것과 같이 땅에서도 이루어지게 하소서."

갈릴래아 호수에 아침 해가 떠올랐다. 하늘의 빛이 물 위에 떨어졌다.

2000년 전 예수는 실제로 이렇게 기도했다. 갈릴래아의 들과 산, 예루살렘의 시장통, 올리브 산의 방앗간에서 예수는 무릎을 꿇었을 터이다. 두 손을 모은 채 이렇게 읊조렸을 터이다. "하늘에서 이루어진 것이 땅에서도 이루어지고, 하늘에 계신 아버지의 속성이 땅에 있는 저희의 속성이 되게끔 해주소서." 이것이 바로 예수의 기도였다. 하늘과 땅이 하나가 되는 일. 예수가 이 땅에 온 이유였다.

그런데 그게 다가 아니었다. 예수는 실제 '하늘에서 이루어진 것이 땅에서도 이루어지는 법'까지 일러주었다. 하늘이 땅이 되는 구체적인 방법론을 사람들에게 제시했다. 그중 하나가 "원수를 사랑하여라."(루카 복음서 6장 27절)이다.

사람들은 이 대목에서 갸우뚱하며 잠시 생각에 잠긴다. '하늘에서 이룬 것이 땅에서도 이루어진다. 그게 원수를 사랑하는 것과 무슨 관계가 있을까?' 그리고 이렇게 추측한다. '아! 맞아. 하늘에 있는 사람들은 서로 싸울 일이 없겠지. 그들은 서로 사랑하며 살겠지. 그러니 예수님도 우리에게 말씀하셨겠지. 원수를 사랑하라고. 그래야 하늘나라에 갈

수 있을 테니까.' 틀린 말은 아니다. 그런데 풀리지 않는 물음표가 하나 있다. 하늘에 있는 사람들은 왜 싸우지 않을까?

사람들이 생각하는 선과 악의 기준은 간단하다. 나에게 좋으면 선이고, 나에게 싫으면 악이다. 내게 잘하는 사람은 선인이고, 내게 못하는 사람은 악인이다. 우리가 선과 악을 나누는 기준은 항상 '나'이다. '나의 이익', '나의 철학', '나의 잣대'가 기준이다. 그 기준을 바탕으로 이쪽은 선, 저쪽은 악으로 나눈다.

아담과 이브도 그랬다. 그들이 선악과를 따 먹기 전 에덴동산에는 선악이 없었다. 아담과 이브는 선도 몰랐고 악도 몰랐다. 에덴동산은 그런 곳이었다. 선과 악으로 쪼개지지 않은 '온전한 곳'이었고, 그래서 낙원이었다. 선악을 나누지 않으면 싸울 일도 없다. 그러니 에덴동산의

갈릴래아 호수의 동편, 골란 고원 위로 해가 떠오른다.
주위를 온통 채우고 있던 어둠은 순식간에 빛이 된다.

아담과 이브는 부부 싸움도 하지 않았을 것이다. 선악과를 따 먹은 뒤에야 비로소 인류 최초의 부부 싸움도 벌어졌으리라.

한마디로 '선 긋기'다. 내 마음의 선 긋기. 그로 인해 이쪽과 저쪽, 좋고 나쁨, 선과 악이 생겨난다. 그렇게 그은 선이 수십 개, 수백 개가 뭉쳐서 생겨난 결과물이 있다. 철학적인 용어로는 '에고'라고 부른다. 그렇게 그어놓은 숱한 선들이 뭉친 것이 에고다. 그 선들이 에고를 지탱하는 기둥이다. 그러면 어떻게 해야 할까. 그 선을 지우려면 말이다. 그 선을 지워서 선악과 이전으로 돌아가려면 말이다. 그렇게 돌아가야 우리가 에덴동산을 만날 테니까.

원수도 마찬가지다. 내가 그은 마음의 선에 의해 원수가 생겨난다. 그 선의 이쪽은 아군, 저쪽은 적군이 된다. 나를 살리려 하면 아군이고, 나를 죽이려 하면 적군이다. 그중에서는 그냥 원수가 아니라 철천지원수도 있다. 우리는 아군보다 적군을 더 자주 생각한다. 그렇게 떠올릴 때마다 선을 긋고, 그 위에 또 선을 긋고, 그 위에 또 긋는다. 선은 갈수록 굵어지고 또 깊어진다. 그래서 원수는 철천지원수가 된다.

그럼 예수는 왜 원수를 사랑하라고 했을까. 루카 복음서에서 예수는 이렇게 말했다. 귀를 쫑긋 세운 채 예수에게 주목했을 사람들에게, 저

마다 가슴에 선을 긋고 마음에 원수를 품었을 사람들에게 예수는 이렇
게 말했다.

"너희를 미워하는 자들에게 잘해주고, 너희를 저주하는 자들에게 축
복하며, 너희를 학대하는 자들을 위하여 기도하여라." (루카 복음서 6장
28절)

누가 선뜻 그럴 수 있을까. 나를 미워하는 자에게 잘해주고, 저주하
는 자에게 축복을 하라니 말이다. 쉽지 않을 뿐만 아니라 내키지도 않
을 일이다. 저주에 저주를 거듭해도 시원찮은데 축복을 하라니…….
나를 학대하는 이를 위해 기도를 하라니. 대체 가능하기나 한 일일까.
그런데 예수는 한 술 더 떴다.

"네 뺨을 때리는 자에게 다른 뺨을 내밀고, 네 겉옷을 가져가는 자는
속옷도 가져가게 내버려두어라. 달라고 하면 누구에게나 주고, 네 것을
가져가는 이에게서 되찾으려고 하지 마라." (루카 복음서 6장 29~30절)

듣고만 있어도 분통이 터진다. 뺨 맞은 것도 억울한데 다른 쪽 뺨을
내밀라니. 겉옷을 빼앗겼는데 속옷까지 내주라니. 도대체 앞뒤가 맞지
않는다. 왜 그렇게 해야 하는지 이유도 알 수 없고 설득력도 없다. 그저
좋은 말만 늘어놓는 성인의 '공자 왈 맹자 왈'로밖에 들리지 않는다. 그

런데 예수는 한마디 더 덧붙였다.

"그러면 너희가 받을 상이 클 것이다. 그리고 너희는 지극히 높으신 분의 자녀가 될 것이다."(루카 복음서 6장 35절)

이 말을 듣는 순간 감정의 파도가 가라앉는다. 그리고 물음이 올라온다. '지극히 높으신 분'은 그리스어로 'hupsistos(홉시스토스)'다. '가장 높은 존재'라는 뜻이다. 'huios(후이오스)'는 '아들(son)'이라는 말이다. 그리스어로 'huioi hupsistou(sons of Most High)'는 '가장 높은 존재의 자식들'이다. 예수는 그렇게 표현했다.

왼쪽 뺨을 맞고서 반대쪽 뺨을 다시 내미는 일과 가장 높은 분의 자식이 되는 것. 둘 사이에는 어떤 연결 고리가 있을까. 이 구절을 단순히 '예수의 포상'으로만 읽는 사람도 많다. 그래서 하느님의 자식이 되는

예루살렘의 성묘 교회에는 십자가에서 숨진 예수를 내려 누인 돌이 있다.
십자가에 매달린 예수는 자신의 옷까지 가져간 로마 병사들을 향해
"아버지, 저들을 용서하소서."라고 기도했다.

포상을 바라면서 그렇게 행하는 이들도 있다. 그런데 예수는 이렇게 강조했다. "그(원수)에게 잘해주고 아무것도 바라지 말고 꾸어주어라."(루카 복음서 6장 35절) 예수는 '아무것도 바라지 말고'에 밑줄을 긋고 방점을 찍었다. 원수에게 건넬 때도 그렇고, 예수의 가르침을 따를 때도 그렇다. '아무것도 바라지 말고' 행해야 한다. 우리가 무언가를 바랄 때 마음에 또 하나의 선을 긋게 되기 때문이다. 그 선들이 뭉쳐서 나의 에고가 된다.

예수는 오른쪽 뺨을 내밀고 속옷까지 건넬 때 왜 그분의 자식이 되는지도 말했다. "그분(하느님)께서는 은혜를 모르는 자들과 악한 자들에게도 인자하시기 때문이다. 너희 아버지께서 자비하신 것처럼 너희도 자비로운 사람이 되어라."(루카 복음서 6장 35~36절)

예수의 설명은 명쾌하다. 그는 하느님의 속성을 한마디로 풀어낸다. 그분은 은혜를 모르는 자들과 악한 자들에게도 인자하시다. 왜 그럴까. 선을 긋지 않기 때문이다. 은혜를 아는 자와 은혜를 모르는 자, 그 사이에 그은 선이 없다. 그래서 기독교 영성가 다석 유영모는 "없이 계신 하느님"이라 했다. 만약 그어놓은 선이 조금이라도 있다면, 없이 계신 하느님이 될 수 없다. 없이 계시기에 '전지(全知)'이고, 없이 계시기에 '전능(全能)'이다. 그게 예수가 말한 '신의 속성'이다. 그래서 하느님은 자비롭다. 그어놓은 선이 없기 때문이다. 예수는 말한다. '너희 아버지께서 자비하신 것처럼 너희도 자비로운 사람이 되어라.'

예수는 거듭 강조한다. 하느님의 속성이 이러하니 너희도 그 속성을 닮으라고 했다. 그럴 때 '후이오이 홉시스토우(huioi hupsistou, 가장 높은 분의 자식들)'가 된다고 했다. 그게 우리가 받을 큰 상이다. 'huioi(단수는 huios)'에는 '후예, 후손'이라는 뜻도 있다. '신의 속성'에 대한 후예가 된다는 말이다. 그래서 "하늘에서 이루어진 것과 같이 땅에서도 이루어지소서."라고 기도했다. '신의 속성'을 물려받는 일이다.

그러니 오른뺨을 맞고서 왼뺨을 내미는 것 자체가 목적이 아니었다. 겉옷에 이어 속옷까지 내주는 것 자체가 목적은 아니었다. 이를 통해 내 마음에 그어놓은 '잣대의 선'을 지우는 게 목적이다. 왼뺨을 수십 번, 수백 번 다시 내밀어도 내 마음의 선이 지워지지 않으면 소용이 없다. 죄 없는 뺨만 아플 뿐이다. 원수를 수천 번 사랑한다 해도 내 마음의 선이 무너지지 않으면 의미가 없다. 원수는 여전히 원수일 뿐이다. 내 마음에 그은 선이 하나둘 지워질 때 비로소 우리는 '없이 계신 하느님'을 닮게 된다.

사람들은 묻는다. "쉽고 간단한 방법을 알려달라. 우리가 어찌해야 '신의 속성'을 닮을 수 있나." 예수도 그런 질문을 숱하게 받지 않았을까. 그래서 늘 생활에서 쉽게 보이는 것들에 비유해 설교를 했다. 예수는 이 모든 이치와 원리를 간추리고 간추려서 유대인들에게 '실전용 핵심 총정리판'도 내놓았다. 딱 한마디로 설명했다.

"남이 너희에게 해주기를 바라는 그대로 너희도 남에게 해주어라."

(루카 복음서 6장 31절)

거기에는 '선 긋기'가 없다. 지구상의 모든 싸움은 선 긋기에서 비롯된다. 인류 최초의 부부 싸움도 마찬가지였을 터이다. 아담과 이브가 선악과를 먹고 나서 '내 마음에 선 긋기'를 시작하면서 부부 싸움이 비롯됐을 것이다. 원시 공동체 사회에서 부족 개념이 생기고, 국가 개념이 생기고, 민족 개념이 생기고, 인종 개념이 생길 때마다 선이 그어졌다. 그와 함께 싸움이 일어났다. 부부 싸움이든 국가 간 전쟁이든 원리는 똑같다. 전쟁이 일어나고 끝나는 이치도 똑같다.

예수는 우리에게 묻는다.

"네 마음에 선을 그을 건가, 아니면 지울 건가."

예수는 왜 사람을 낚으라고 했을까

⬡⬡⬡⬡⬡⬡⬡

내가 너희 안에 거하듯,

너희가 내 안에 거하라.

요한 복음서 15장 4절

동이 틀 무렵 갈릴래아 호숫가를 걸었다. 이토록 삭막한 땅에 어떻게 이토록 큰 호수가 있을까. 양말을 벗고 바지를 걷은 다음 호수로 걸어 들어갔다. 물이 차가웠다. 느껴보고 싶었다. 2000년 전 예수도 맛보았을 호수의 숨을.

예수는 이 주변을 걷다가 어부들을 만났다. 시몬과 안드레아였다. 예수가 그들에게 말했다.

"내가 너희를 사람 낚는 어부로 만들겠다."(마태오 복음서 4장 19절)

그 말을 듣고 둘은 그물을 버리고 예수를 따랐다.

발바닥에 뭔가 밟혔다. 미끈한 게 돌멩이 같았다. 손으로 집어보니 조개였다. 유대인은 율법에 따라 조개를 먹지 않는다. 조개뿐만이 아니다. 새우와 오징어 등 지느러미와 비늘이 없는 수산물도 먹지 않는다. 육류도 발굽이 갈라지고 되새김질하는 동물의 고기만 먹는다. 그래서 쇠고기는 먹고 돼지고기는 먹지 않는다. 유제품을 먹을 때도 엄격하다. 치즈와 버터, 우유 등 소에서 나오는 유제품은 쇠고기와 함께 먹을 수 없다.

아침에 숙소에 차려진 간단한 뷔페 식단도 그랬다. 요구르트와 치즈, 우유는 있었지만 쇠고기는 아예 보이지 않았다. 저녁 식단은 그 반대였다. 쇠고기는 있지만 우유나 치즈는 없었다. 이런 식으로 반드시 지켜

야만 하는 유대인의 율법은 무려 613가지다. 그래서일까. 호수 바닥에
는 조개가 지천이었다. 조개껍질을 손으로 문지르며 생각했다. 무슨 뜻
일까. '사람 낚는 어부(fishers of men).' 예수가 말한 '사람을 낚다'의 의
미는 대체 뭘까.

　도식적으로 풀면 간단하다. 전도를 많이 하고 선교를 많이 해서 교회
신자 수를 늘리는 일이다. 사람들은 그게 '사람 낚는 어부'의 일이라고
생각한다. 그래서 하나, 둘, 셋 세면서 '내가 전도한 숫자'에 열을 올린
다. 훈장이라도 세듯이 말이다. 어떤 교회에서는 정해진 숫자를 채우는
게 집사가 되고, 권사가 되고, 장로가 되기 위한 필수 조건이다. 예수의
메시지가 그렇게 단순한 것이었을까.

　무릎에서 찰랑거리는 호수의 물결을 바라보며 곰곰이 생각해보았다.

베드로와 안드레아가 그물을 던져 물고기를 잡고 있다.
예수가 "내가 너희를 사람 낚는 어부로 만들겠다."라고 말하자
베드로와 안드레아가 그 의미를 묻듯이 바라보고 있다.
두초 디 부오닌세냐의 〈베드로와 안드레아를 부르심〉.

갈릴래아 호수에 처음 나타난 '사람 낚는 어부'는 누구였을까. 바로 예수였다. 예수야말로 사람 낚는 어부였다. 그럼 예수는 어떻게 고기를 잡았을까. 그의 그물은 어떻게 생겼을까. 성서에는 '예수의 낚시법'이 비유적으로 표현돼 있다. 예수는 말한다. "내가 너희 안에 거하듯, 너희가 내 안에 거하라."(요한 복음서 15장 4절) 그게 예수의 낚시법이다.

겉으로만 보이는 예수의 모습이 전부가 아니다. 예수 안의 주인공은 '신의 속성'이다. 그 속성이 말한다. "내가 너희 안에 거하듯!" 그렇다. 신의 속성은 지금도 거한다. 차별 없이 내리는 햇볕처럼 내 안에도, 당신 안에도, 우리 안에도, 그들 안에도 거한다.

하느님은 아니 계신 곳 없이 어디에나 계시기 때문이다. 이 무한한 우주에 한 치의 틈도 없이 신의 속성이 가득하다. 그 '하나' 뿐이다. 그래서 개신교에서는 하느님을 '하나님'이라 부른다. 오직 그분만 있으므로.

그런데 뭔가 이상하다. 정말로 하나라면 예수가 굳이 사람들을 낚기 위해 낚시를 할 이유는 없다. 모두가 하나라면 굳이 그물을 던질 까닭도 없다. 그런데 예수는 그물을 던졌다. 왜 그랬을까. '착각' 때문이다. 하나인데 하나인 줄 모르는 우리의 '착각' 때문이다. '신의 눈'이 '에고의 눈'으로 바뀌면서 생겨난 거대한 착각이다.

예수는 그 착각을 깨라고 했다. 그러기 위해 눈을 바꾸라고 했다. "내가 너희 안에 거하듯 너희가 내 안에 거하라." '에고의 눈'을 '신의 눈'으로 바꾸려면 우리가 거하는 곳도 바뀌어야 한다. 그래서 배를 저으라고 했고 깊은 곳으로 가라고 했다. 그물을 내릴 장소를 바꾸라고 했다.

하느님이 인간을 지을 때는 달랐다. 그때는 하나였다. 하느님이 아담 안에 거했고, 아담이 하느님 안에 거했다. 둘의 속성은 하나였다. 그때는 착각도 없었다. 그런데 선악과를 먹으면서 틈이 생겼다. 아담은 더이상 하느님 안에 거하지 않았다. 대신 '나'라는 에고 속으로 거했다. 그때부터 아담은 '신의 눈'이 아니라 '에고의 눈'을 통해 세상을 보기 시작했다.

눈이 바뀌자 에덴동산도 사라졌다. '하느님 나라'가 사라졌다. 에덴동산은 물리적인 공간이 아니다. 아담과 이브가 산 넘고 물 건너 거주지를 옮긴 게 아니다. '신의 속성'에서 벗어남과 동시에 아담은 에덴에서도 벗어났다. 속성이 같으면 하나가 되고, 속성이 다르면 둘이 된다. 그게 추방이다. 그러니 에덴동산이 그 옛날 아프리카의 어디쯤이니, 아시아와 유럽의 어디쯤이니 하며 따지는 건 아무런 의미가 없다.

만약 선악과를 먹은 아담과 이브가 추방당하지 않고 계속 머물렀다면 어땠을까. 그래도 낙원의 삶을 살았을까. 그렇지 않다. 그들은 '신의 눈'을 잃어버렸으므로 더 이상 에덴의 삶을 살 수가 없다. 그래서 예수는 말했다. "회개하여라. 하늘나라가 가까이 왔다."(마태오 복음서 4장 17절)

그게 예수의 낚시다. '사람 낚는 어부'에는 그런 뜻이 담겨 있다. 나의 눈을 덮고 있는 '에고의 비늘'을 벗기고, 태초의 아담이 가졌던 '신의 '눈'을 회복하는 일이다. 그러니 전도를 많이 해서 신자 수를 늘리는 걸 '사람 낚는' 것과 동일시하면 곤란하다. 예수의 뜻을 너무 얕게 해석하는 것이다. 그보다는 스스로에게 물어야 하지 않을까. 나는 진정으로 예수에게 낚였는가. 다시 말해 '나는 누구의 눈으로 세상을 보고 있나', '나의 눈인가, 아니면 신의 눈인가'를 물어야 하지 않을까.

갈릴래아 호숫가를 걸었다. 산책로가 좋았다. 둘레를 한 바퀴 도는 데만 63킬로미터다. 자전거를 빌리면 하루 코스다. 예수는 갈릴래아 일대에서 주로 활동했다. 이곳에는 어부들이 많았다. 당시 많은 사람들이 예수에게로 모였다. 사람들은 귀를 쫑긋 세우고 예수의 메시지를 가슴에 담았다. 그 장소가 여기 어디쯤이었을까. 예수는 배에 올라타 해안에서 약간 떨어진 뒤 배를 설교단 삼아 가르침을 펼쳤다.(루카 복음서 5장 3절) 설교를 마쳤을 때 예수가 시몬에게 말했다.

"깊은 데로 저어 나가서 그물을 내려 고기를 잡아라."(루카 복음서 5장 4절) 한글 성서에는 이렇게 번역돼 있다. 그리스어로 기록된 것을 영어로 직역한 성서는 더 구체적이다. "Back up into the depth, and lower your nets for a catch(깊은 곳으로 다시 돌아오라. 그리고 그물을 내려서 잡아라)."

예수는 말했다. "깊은 곳으로 다시 돌아오라." 예수는 왜 "깊은 곳으로 가라."라고 하지 않고 "깊은 곳으로 다시 돌아오라."라고 했을까. '돌아오다'는 그리스어로 'epanago(에파나고)'이다. 그곳은 어디일까. 혹시 우리는 한때 그곳에 머문 적이 있었던 걸까. 그래서 예수는 "다시 돌아오라."라고 한 걸까.

예수가 말한 '깊은 곳'은 멀지 않다. 그곳은 '내 안'에 있다.
그러니 언제든지 배를 저어서 갈 수 있다.

라파엘로 산치오의 〈고기잡이 기적〉.

바람이 불었다. 고개를 들자 푸른 호수와 푸른 하늘, 푸른 바람에 가
슴이 탁 트였다. 예수는 갈릴래아 호수 어디쯤으로 배를 옮기라고 했을
까. 성서에는 배를 옮겨 그물을 내렸더니 물고기가 한가득 잡혔다고 기
록돼 있다. 그럼 예수는 단지 고기가 잡히는 지점을 알려준 걸까. 그뿐
일까. 그리스어 성서에서 '깊은 곳'에 해당하는 단어는 '바소스(bathos,
βαθος)'다. '바소스'에는 '깊은', '심오한', '무진장' 등의 뜻이 있다. 다시
말해 '바탕 없는 바탕'이다. 그런 심연을 가리킨다.

그럼 예수는 왜 "바닥이 없는 심연으로 다시 돌아오라."라고 한 걸까.
그리고 왜 거기서 그물을 내리라고 했을까. 예수가 말한 '깊은 곳'은 대
체 어디일까. 호숫가 언덕의 풀밭에 앉았다. 세상 모든 것에는 바닥이
있다. 끝이 있다. 다시 말해 유효기간이 있다. 길바닥의 돌도, 거리의
나무도, 하늘의 해도, 밤이 되면 솟는 달도, 인간의 육신도 다 유효기간
이 있다. 시간이 다하면 소멸하게 마련이다. 그렇다면 바닥이 없는 건
대체 뭘까.

"깊은 곳으로 가라."라는 예수의 말을 듣고 베드로가 답했다. "스승
님, 저희가 밤새도록 애썼지만 한 마리도 잡지 못하였습니다."(루카 복
음서 5장 5절) 그렇다. 우리는 밤새도록 그물을 내린다. 태어나서 죽을
때까지 쉬지 않고 그물을 내린다. 돈을 건지고, 명예를 건지고, 권력을

건지려 한다. 때로는 성공하고 때로는 실패한다. 그런데 그 모든 물고기에는 유효기간이 있다. 결국 소멸하고 만다. 그러니 밤새도록 그물을 내리고, 밤새도록 그물을 올려도 허전할 뿐이다. 베드로의 말처럼, 한 마리도 잡을 수 없다는 것을 결국 깨닫게 된다.

불교에서는 그런 물고기를 '색(色, 물질과 감정)'이라고 부른다. 그래서 "색을 붙들지 마라."라고 한다. 모든 물고기는 사라지는 법이므로. 그래도 우리는 '색'을 움켜쥐고 그게 전부라고 여긴다. 그런데 참 이상하다. 그놈의 물고기(색)는 잡으면 사라지고, 잡으면 사라지고, 잡으면 또 사라진다. 그럴수록 우리는 더 세게 거머쥔다. 물고기가 사라지면 다른 물고기를 찾고, 사라지면 또 다른 물고기를 찾는다. 결과는 똑같다. 결국 한 마리도 잡을 수가 없다. 대신 '사라지는 물고기'의 정체를 뚫으면 달라진다. 공(空)이 드러난다. 아무것도 없는 공이 아니다. 온 우주를 다 채우는 공이다. 거기에는 소멸이 없다.

예수가 돌아오라고 한 깊은 곳, 바닥이 없는 심연. 거기는 어디일까. 이 우주를 통틀어 바닥이 없는 곳은 딱 하나다. '없이 계신 하느님.' 그분에게는 바닥이 없다. 그게 바로 신의 속성이다. 예수는 "거기로 가라."라고 하지 않았다. "거기로 다시 돌아오라."라고 했다. 우리가 거기서 왔기 때문이다. 인간은 모두 아담의 아들이다. 하느님이 코로 신의 속성을 불어넣은 아담의 자식이다. 그래서 예수는 우리 안에 잠자는 심연으로, 신의 속성으로, 그 깊디깊은 곳으로 다시 돌아오라고 했다.

예수 당시 갈릴래아 호숫가에는 소외된 사람들이 살고 있었다. 아픈 사람들과 가난한 이들이 많았다. 이스라엘은 폭염이 작열하는 사막 기후에 물도 충분하지 않다. 그러므로 갈릴래아 호수의 풍성한 자연 자체가 그들에게는 둘도 없는 요양지였을 터이다. 당시 유대인들은 병을 죄와 연결해서 받아들였다. 특히 나병(한센병)은 더욱 그랬다. 자신의 죄가 크기 때문에 큰 병에 걸렸다고 여겼다.

예수가 갈릴래아에 있을 때였다. 나병이 온몸에 퍼진 사람이 다가왔다. 그는 얼굴을 땅에 대고 엎드려 말했다. "주님께서는 하고자 하시면 저를 깨끗하게 하실 수 있습니다."(루카 복음서 5장 12절) 예수는 손을 내밀어 그에게 댔다. "내가 하고자 하니 깨끗하게 되어라."(루카 복음서 5장 13절) 성서에는 "그러자 곧 나병이 가셨다."(루카 복음서 5장 14절)라고 기록돼 있다.

사람들은 따진다. 예수가 실제로 이적을 행했는지 아닌지. 말 한마디로 병을 낫게 하는 게 실제로 가능한가. 의학적으로 설명할 수 있는 일인가. 그렇게 이야기의 사실 여부를 따진다. 또 다른 사람들은 무작정 믿는다. "예수님은 신의 아들이니 못할 일이 뭐가 있겠나. 하고자 한다면 뭐든지 하실 수 있는 분이다. 그러니 내게 병이 생길 때도 기도를 하고, 내게 힘든 일이 생길 때도 기도를 한다. 그분은 다 해결할 수 있는 분이시니까."

중국 양나라 때였다. 인도의 달마(達磨)가 중국으로 건너갔다. 그는 중국 선불교를 창시한 초조(初祖)다. 달마는 제자 혜가(慧可)에게 깨달음의 법을 전했다. 그 제자가 중국 선불교의 이조(二祖)다. 하루는 어떤 사람이 혜가를 찾아왔다. 온몸이 곪은 나병 환자였다. 그가 말했다. "전생에 큰 죄를 지어서 이 몹쓸병에 걸렸습니다. 부디 저의 죄를 소멸해주십시오." 당시 중국 사람들도 자신이 지은 죄로 인해 큰 병에 걸린다고 여겼다. 달마가 답했다. "그럼 너의 죄를 내놓아라. 내가 그 죄를 없애주겠다."

이 말을 들은 방문객은 얼마나 기뻤을까. 아니, 죄를 내놓기만 하면 없애준다니 말이다. 어떻게 지었는지 자신도 알 수 없는 전생의 죄를 한 방에 소멸해준다니 말이다. 그는 자신의 죄를 뒤져보았다. 머리부터 발끝까지 자신을 채우고 있는 '죄'를 뒤졌다. 그제도 어제도 오늘도 죽도록 자신을 괴롭히는 '내 안의 죄'를 뒤졌다. 그걸 찾아 내놓아야 죄가 소멸될 테니 말이다.

그런데 귀신이 곡할 노릇이었다. 손만 내밀면 닿던 죄, 눈만 뜨면 보이던 죄, 고개만 돌리면 마주치던 죄가 잡히지 않았다. 지금도 자신의 내면에서 요동치는 '죄'가 있는데 거머쥘 수가 없었다. 잡아 꺼낼 수가 없으니 보여줄 수가 없었다. 방문객은 생각했을 터이다. '왜일까. 분명히 내 안에 있는데 어째서 잡을 수가 없는 건가. 왜 끄집어낼 수가 없는 건가.' 그 순간 그는 당황했을까, 실망했을까, 아니면 절망했을까. 죄를 없앨 수 있는 절호의 기회를 놓친다며 낙심했을까.

방문객이 말했다. "죄를 찾으려야 찾을 수가 없습니다. 아무리 찾아도 찾을 수가 없습니다." 그 말을 듣고 혜가가 답했다. '네 죄는 이미 없어졌다." 혜가의 대답에 방문객은 충격을 받았다. 방문객은 크게 깨달았다. 자신을 끈질기게 따라다니던 죄의식이 우르르 무너지는 걸 느꼈다. 왜 그랬을까. 방문객은 어째서 죄를 찾을 수 없었고, 혜가는 왜 죄가 없어졌다 말했으며, 그 말에 방문객은 무엇을 크게 깨쳤을까. 도대체 혜가의 눈에는 죄가 어떻게 보였던 걸까.

방문객의 이름은 '승찬(僧璨)'이다. 그는 달마와 혜가의 뒤를 이어 중국 선불교의 삼조(三祖)가 됐다. 혜가는 "네 죄가 이미 없어졌다."라고 했다. 그 말끝에 승찬은 죄의 정체를 꿰뚫었다. 생각이나 감정, 그리고 의식도 '색'이다. 모든 색은 비어 있다. 그게 색의 정체다. 그걸 꿰뚫으면 공이 드러난다. 승찬은 '죄의식'이라는 물고기를 잡고 있다가 물고기의 몸체가 비어 있음을 깨달았다. 그 순간 죄의식이 소멸된다. 그게 공의 힘, 치유의 힘이다.

승찬 선사는 '불교 시(詩)문학의 백미'로 꼽히는 저서 『신심명(信心銘)』을 남겼다. 거기에 이런 대목이 있다. '마음과 맺어져 평등하면 지

은 바가 함께 쉬도다(契心平等 所作俱息).' 그 마음이란 뭘까. 이 우주에
가득한 '바닥없는 마음'이다. 그 마음과 맺어지는 게 뭘까. 예수는 그
것을 "내가 너희 안에 거하듯, 너희가 내 안에 거하라."라고 표현했다.

　중풍 환자가 들것에 실려 예수를 찾아왔다. 그런데 예수 주위에 군중
이 몰려 있어 가까이 갈 수가 없었다. 그리하여 결국 지붕에 올라가 기
와를 벗겨내고 환자를 내렸다. 예수는 그들의 믿음을 알아차리고 중풍
환자에게 말했다. "너는 죄를 용서받았다."(루카 복음서 5장 20절) 혜가
선사의 어법으로 하면 '네 죄가 이미 없어졌다.'쯤 된다. 이 광경을 본
율법학자들이 의아하게 생각한다. '저 사람은 누구인데 하느님을 모독
하는 말을 하는가? 하느님 한 분 외에 누가 죄를 용서할 수 있단 말인
가?"(루카 복음서 5장 21절) 그들의 생각을 읽은 예수가 받아쳤다. "이제

사람의 아들이 땅에서 죄를 용서하는 권한을 가지고 있음을 너희가 알게 해주겠다." (루카 복음서 5장 24절)

예수의 주인공은 무엇일까. '사람의 아들'의 주인공이 무엇일까. '신의 속성'이다. 거기서 거대한 '죄 사함'이 일어난다. 우리가 틀어쥔 모든 색, 집착, 죄의식 들이 신의 속성 안에서 '0'으로 포맷된다. 공으로 포맷된다. 그것이 죄 사함이다. 신의 속성이 품고 있는 무한 치유력이다. 예수는 거기로 들어오라고 했다. 내가 너희 안에 거하듯 너희가 내 안에 거하라고. '사람 낚는 어부'에 담긴 깊은 뜻이다.

갈릴래아 호수의 선착장에 섰다. 갈매기들이 끼룩거리며 이리저리 날아다녔다.

예수는 말했다. "깊은 곳으로 다시 돌아오라. 거기서 그물을 내려라."

예수가 말한 '깊은 곳'은 갈릴래아 호수의 어딘가가 아니었다. 저 푸른 파도의 어디쯤이 아니었다. 그곳은 신의 속성이 잠들어 있는 우리 안의 심연이다. 그 깊은 마음의 골짜기다. 우리가 다시 돌아갈 고향이다. 거기서 그물을 내려야 한다. 사람들은 묻는다. "그런데 심연이 어디인가? 그걸 알아야 갈 게 아닌가." 답은 어렵지 않다. 나의 고집이 무너지는 곳. 거기가 바로 심연이다. 고집에 가려서, 에고에 가려서 보이지 않던 내 안의 깊은 곳이다. 거기서 치유의 비가 내린다.

예수는 '깊은 곳'으로 가라고 했다.
그곳은 어디일까. 갈릴레아 호수의 저 어디쯤일까.
아니면 온갖 파도를 잠재우는 내 마음의 심연일까.

갈릴래아 호수에서 물고기를 낚던 제자들에게
예수는 사람을 낚으라고 말했다.
우리는 묻게 된다.

인생에서 내가 낚고자 하는 것은 무엇인가.
건지고자 하는 것은 무엇인가.
거기에 내 삶의 의미가 담겨 있는가.

예수가 내일을 걱정하지 말라고 한 이유

◌◌◌◌◌◌◌

너희는 '무엇을 먹을까?', '무엇을 마실까?',

'무엇을 차려입을까?' 하며 걱정하지 마라.

하늘의 너희 아버지께서는 이 모든 것이 너희에게 필요함을 아신다.

너희는 먼저 하느님의 나라와 그분의 의로움을 찾아라.

그러면 이 모든 것도 곁들여 받게 될 것이다.

그러므로 내일을 걱정하지 마라.

내일 걱정은 내일이 할 것이다.

마태오 복음서 6장 31~34절

++++++++++

갈릴래아 호수 뒤편의 산으로 올라갔다. 왕복 2차로의 포장도로가 깔려 있었다. 올라갈수록 산촌 풍경이 펼쳐졌다. 울창한 나무들과 오래된 오솔길, 비탈진 언덕에서 소들이 풀을 뜯고 있었다. 아름드리나무 아래 차를 세웠다. 저 아래 갈릴래아 호수가 아득하게 보였다. 당시 예수는 갈릴래아 호숫가의 북쪽 마을인 카파르나움에 주로 머물렀다. 거기서 산길을 타고 여기저기 산골 마을을 다니며 가르침을 펼쳤다. 그곳에는 2000년 전 예수 당대의 마을 유적도 있었다.

인간의 삶은 '오보십보(五步十步)'다. 2000년 전이나 지금이나 마찬가지다. 과거의 상처에서 벗어나지 못하고, 현재에 집착하고, 미래를 걱정하는 삶. 그게 인생이다. 그런 우리를 향해 예수는 "걱정하지 마라."라고 했다. "Don't worry, be happy(걱정하지 마, 행복할 거야)." 같은 단순한 메시지가 아니다. 예수의 "걱정하지 마라."에는 인간의 존재 원리에 대한 깊은 시선이 녹아 있다. 이 산 어디쯤이었을까. 예수는 산상설교에서 이렇게 말했다. "그러므로 내가 너희에게 말한다. 목숨을 부지하려고 무엇을 먹을까, 무엇을 마실까, 또 몸을 보호하려고 무엇을 입을까 걱정하지 마라. 목숨이 음식보다 소중하고 몸이 옷보다 소중하지 않느냐?"(마태오 복음서 6장 25절)

갈릴래아 호수의 북쪽 산.

예수는 이런 산길을 걸으며 메시지를 전했다.

저 멀리 갈릴래아 호수가 살짝 보인다.

2000년 전 예수가 갈릴래아 호숫가에서 주로 머물렀던 마을인
카파르나움의 유적지.
돌을 쌓아서 지은 당시 주택 구조가 보인다.

하지만 우리는 따진다. "무슨 옷을 입을까?" "무엇을 마실까?" "어떤 음식을 먹을까?" 예수의 눈에는 그보다 더 중요한 게 있다. '뿌리'다. 예수는 우리에게 뿌리를 묻는다. 무엇을 위해 음식을 먹고, 무엇을 위해 옷을 입는가. 그걸 물었다. 예수는 목숨과 몸이 주인공이지, 음식과 옷이 주인공이 아니라고 말한다. 그리고 새를 예로 들었다.

"하늘의 새들을 눈여겨보아라. 그것들은 씨를 뿌리지도 않고 거두지도 않을 뿐만 아니라 곳간에 모아들이지도 않는다. 그러나 하늘의 너희 아버지께서는 그것들을 먹여주신다. 너희는 그것들보다 더 귀하지 않으냐?"(마태오 복음서 6장 26절)

아름드리나무 아래 누웠다. 잎들이 하늘을 덮었다. 나무 속 어딘가에서 새가 울었다. 삐오옥, 삐오오옥. 궁금했다. '우리는 왜 내일을 걱정할까. 새들에게는 왜 걱정이 없을까. 예수는 왜 걱정하지 말라고 했을까.' 나는 눈을 감았다. 나도 너도 한 장의 잎새다. 가을이 오고 겨울이 오면 떨어져야 한다. 그게 인간이 갖는 삶의 유한성이다. 오 헨리의 단편소설 『마지막 잎새』처럼 말이다. 잎이 떨어지면 나의 삶도 떨어진다. 피할 수는 없다. 그래서 두려워하고, 그래서 걱정한다. 내일은 뭘 먹을까, 모레는 뭘 입을까. 그다음 날은 또 뭘 마실까. 걱정은 끝이 없다. 언제 어디서 무슨 일로 낙엽이 될지 모르기 때문이다.

예수는 달리 말한다. "들에 핀 나리꽃들이 어떻게 자라는지 지켜보아라. (…) 솔로몬도 그 온갖 영화 속에서 이 꽃 하나만큼 차려입지 못하였다. (…) 이 믿음이 약한 자들아!"(마태오 복음서 6장 28~30절)

강이 흐른다. 예수의 눈과 우리의 눈. 그 사이에는 큼직한 강이 흐른다. 예수의 눈이 말한다. "걱정하지 마라. 들에 핀 나리꽃도 걱정하지 않는다." 우리는 말한다. "사는 게 장난입니까? 걱정을 해도 살기가 빠듯한데, 어떻게 걱정 없이 살 수가 있습니까?" 그런 우리를 향해 예수는 깊은 눈으로 말한다. "이 믿음이 약한 자들아!"

마울라나 젤랄렛딘 루미(1207~1273)는 이슬람의 영성가다. 수피교 교단의 창시자이자 시인이다. 그의 시에는 영성의 눈이 담겨 있다. 루미는 이렇게 노래했다.

> 때로 죽어감이 필요하다네
> 그래야 예수가 다시 숨을 쉬시니
> 울퉁불퉁한 바위에서는 자라는 게 별로 없으니
> 평평해지게나 부서지게나
> 그러면 그대로부터 들꽃들이 피어날 테니
> —루미, 「내면에는 가을이 필요하다네」(『영혼을 깨우는 시읽기』, 교양인, 2014) 중에서

루미의 시는 죽어감이 필요하다고 역설한다. 우리는 가을이 두렵다. 겨울이 두렵다. 낙엽이 되는 것이 두렵다. 그런 우리에게 루미는 말한다. "때로 죽어감이 필요하다네." 그렇게 '영성의 팁'을 일러준다. 심지어 "그래야 예수가 다시 숨을 쉬시니."라고 말한다. 이슬람교에서도 예수를 말한다. 예수가 동정녀 마리아의 몸에서 태어났음도 인정한다. 다만 아브라함이나 모세 같은 선지자로 여길 뿐 메시아로 보진 않는다.

이슬람교의 창시자인 무함마드 역시 한 사람의 선지자로 본다. 이슬람교에서는, 하느님은 전지전능하시므로 굳이 자식을 지상으로 보낼 필요가 없다고 본다.

　루미가 말한 예수는 '내 안의 예수'다. 우리 안에 깃들어 있는 내면의 예수다. 그 예수는 잠들어 있다. 그래서 다시 숨을 쉬어야 한다. 그러려면 나의 죽어감이 필요하다. 울퉁불퉁한 바위 같은 에고가 가을과 함께 무너질 때 비로소 내면의 예수가 숨을 쉬기 때문이다. 사도 바울로는 그런 가을을 체험하고서 "이제는 내가 사는 것이 아니라 그리스도께서 내 안에 사시는 것입니다."(갈라티아서 2장 20절)라고 말했다. 거기에 예수의 부활이 있다. 루미는 그러한 예수의 부활을 위해 내면의 가을이 필요하다고 했다.

울퉁불퉁한 바위에서는 그 무엇도 자랄 수가 없다. 그렇게 걱정으로 가득 찬 땅에서는 씨앗이 땅을 뚫고 나올 수가 없다. 그래서 바위를 부수어야 한다. 땅이 평평해야 하므로. 루미는 그걸 '죽어감'이라고 불렀다. 예수는 그걸 '자기 십자가'라고 표현했다.

"제 십자가를 지고 나를 따르지 않는 사람도 나에게 합당하지 않다. 제 목숨을 얻으려는 사람은 목숨을 잃고, 나 때문에 제 목숨을 잃는 사람은 목숨을 얻을 것이다."(마태오 복음서 10장 38~39절)

가지 끝에 매달린 잎새는 눈이 좁고 얕다. 자신의 진정한 주인공을 알지 못한다. 그저 바람에 팔락이는 잎새가 자신의 전부라고 여긴다. 자신과 연결된 나뭇가지는 보지 못한다. 그 가지가 이어진 몸통도 보지 못한다. 그 몸통을 떠받치는 뿌리도 보지 못한다. 그래서 잎새는 한 그루의 나무를 모른다. 자신의 주인공이 '잎새'가 아니라 '한 그루 나무'임을 모른다. 그래서 걱정한다. 폭우가 내릴까 봐, 돌풍이 불까 봐, 가을이 올까 봐 두려워한다.

때때로 '죽어감'을 겪는 잎새는 다르다. 내면의 가을을 체험하는 잎새는 다르다. 그는 자신의 주인공을 안다. 자기 자신이 잎새가 아니라 한 그루 나무임을 안다. 그때는 가을이 두렵지 않다. 낙엽도 두렵지 않다. 마지막 잎새가 되는 운명을 걱정하지 않는다. 왜일까. 잎이 다 떨어져도 나무가 남기 때문이다. 가을이 오고 겨울이 와도 나무는 그대로 서 있기 때문이다.

그래서 예수는 "나리꽃을 보라."라고 했다. 들꽃처럼 무슨 옷을 입을지, 무엇을 마실지, 무슨 음식을 먹을지 걱정하지 말라고 했다. 우리는 한 장의 잎새가 아니라 한 그루의 나무이기 때문이다. 그 나무가 바로 우리의 주인공 '신의 속성'이다. 그래서 루미는 '내면의 가을'이 필요하다고 했다. 그런 '죽어감'이 필요하다고 했다.

오 헨리의 『마지막 잎새』에서 주인공 존디는 폐렴으로 투병한다. 존디는 자신과 잎새를 동일시한다. 붉은 벽돌담의 담쟁이 넝쿨에서 마지막 잎새가 떨어지면 자신의 생명도 떨어질 거라 믿었다. 밤새 거센 비바람이 몰아쳤다. 다음 날 조마조마한 마음으로 창문을 열었는데 잎새가 남아 있었다. 늙은 화가 버먼이 담벼락에 그려놓은 잎새였다. 그 잎새를 보고 존디는 삶의 용기를 얻는다.

하늘을 나는 새와 들녘의 나리꽃이 내일을 걱정하지 않는 이유도 마찬가지다. 우리 안에는 봄, 여름, 가을, 겨울이 수없이 돌고 돌아도 무너지지 않는 담벼락이 있기 때문이다.

루미는 '내면의 가을'이라 했고, 예수는 '자기 십자가'라 했다. 그걸 통과하지 않으면 자신의 제자가 될 수 없다고 했다. 제자가 될 수 없다는 게 뭔가. 하나가 될 수 없다는 얘기다. 잎새와 나무가 하나가 될 수 없다는 말이다.

예수의 눈에는 인간과 자연과 우주의 존재 원리가 명쾌하게 보인다. 그의 눈에는 이 우주를 떠받치는 무한한 담벼락이 보인다. 그래서 예수는 "내일을 걱정하지 말라."라고 누누이 강조했다. 그 모두의 바탕에 '우주의 담벼락'이 있기 때문이다.

산에서 내려와 다시 갈릴래아 호수로 갔다. 호숫가 얕은 물에 마른 나뭇가지가 꽂혀 있었다. 물새가 한 마리 날아와 앉았다. 또 한 마리가 날아왔다. 예수의 메시지가 떠올랐다. "하늘의 새들을 보아라!" 내게는 이렇게 들렸다. '내일을 걱정하지 않는 저 새들, 저 꽃들. 그 속에 깃든 '우주의 담벼락'을 보아라. 그런 담벼락이 너희 안에도 있다. 그러니 걱정하지 마라. 내일을 걱정하지 마라.'

선불교에도 담벼락에 대한 일화가 있다. 중국 서측 땅에 덕산(德山)이란 선사가 있었다. 처음에는 강사(講師)였다. 『금강경』에 대해서는 학문적으로 모르는 게 없다고 자부할 만큼 콧대가 높았다. 그는 당시 남쪽 지방에 교학을 무시하고 오직 견성성불(見性成佛)을 주장하는 선종 일파가 있다는 말을 들었다. 덕산은 걸망에 『금강경소초』를 짊어지고 남쪽으로 길을 떠났다. 일합을 겨루기 위해서였다.

남방으로 길을 가다가 하루는 떡장수 노파를 만났다. 덕산은 요기를 할 요량으로 짊어진 걸망을 내려놓았다. 노파가 물었다. "걸망에 든 것이 무엇입니까?" 덕산이 답했다. "『금강경소초』입니다." 그 말을 듣고 노파가 내기를 제안했다. "스님이 맞히시면 떡을 그냥 드리고, 맞히지 못하시면 돈을 준다 해도 떡을 드릴 수 없습니다. 그때는 다른 데 가서 사 드시지요." 덕산이 좋다고 하자 노파가 물었다. "『금강경』에는 이런

말이 있다고 들었습니다. '과거의 마음도 얻을 수 없고, 현재의 마음도
얻을 수 없고, 미래의 마음도 얻을 수 없다.' 그렇다면 스님께서는 어느
마음으로 점심을 드시겠습니까?"

노파의 물음은 선문(禪問)이었다. "'마음'이란 생겨났다가 작용하고
사라지는 존재다. 그게 마음의 정체다. 그래서 과거의 마음도 얻을 수
없고, 현재의 마음도 얻을 수 없고, 미래의 마음도 얻을 수 없다. 그게
마음의 실체다. 그런데 스님께서는 떡을 드시려 한다. 그건 어떤 마음
인가?" 하고 물은 셈이다. 이 말을 듣고 덕산은 말문이 턱 막혔다. 그
는 경전에만 능통할 뿐 선(禪)에는 미숙했다.

'점심'의 한자는 '點心'이다. 마음에 점을 찍을 정도로 적은 양의 식사를 말한다. 옛날에는 점심을 그만치 적게 먹었던 모양이다. 주막의 노파는 고수였다. 마음도 하나의 잎새다. 세상의 모든 잎새는 순이 돋아 자라서 물이 들고, 낙엽이 되어 떨어진다. 마음도 그렇게 생겨났다가 작용하고 소멸한다. 그러니 '과거의 잎새'도 얻을 수 없고, '현재의 잎새'도 얻을 수 없고, '미래의 잎새'도 얻을 수 없다. 그게 잎새의 정체다. 노파는 묻는다. "과거심도 얻을 수 없고, 현재심도 얻을 수 없고, 미래심도 얻을 수 없다. 그럼 당신이 쓰는 마음은 어디에 점(點)을 찍고 있나. 어디에 뿌리를 두고 있나. 그 바탕은 무엇인가."

덕산은 대답하지 못했다. 그저 멍하니 서 있을 뿐이었다. 대신 루미의 시가 이에 답한다. 과거의 잎새, 현재의 잎새, 미래의 잎새. 그 모든 잎새에는 '죽어감'이 필요하다. 잎이 모두 떨어지면 나무가 드러난다. 내가 떨어져도 여전히 서 있는 나무. 그게 '우주의 담벼락'이다.

덕산은 왜 점을 찍지 못했을까. 그는 잎새만 봤기 때문이다. 그럼 담벼락을 보는 이들은 어디에 점을 찍을까. 아무 데나 점을 찍는다. 과거와 현재, 그리고 미래가 모두 담벼락 위에서 왔다 갔다 할 뿐이다. 그러니 아무 데나 찍어도 우주의 담벼락에 점이 찍힌다. 그래서 그걸 아는 이들은 걱정하지 않는다.

예수는 두려움에 떠는 잎새들을 향해 말한다.

'너희는 '무엇을 먹을까?', '무엇을 마실까?', '무엇을 차려입을까?'
하며 걱정하지 마라. (…) 하늘의 너희 아버지께서는 이 모든 것이 너희
에게 필요함을 아신다. 너희는 먼저 하느님의 나라와 그분의 의로움을
찾아라. 그러면 이 모든 것도 곁들여 받게 될 것이다. 그러므로 내일을 걱
정하지 마라. 내일 걱정은 내일이 할 것이다."(마태오 복음서 6장 31~34절)

예수가 강조한 1순위는 분명했다. '하느님 나라'와 '그분의 의로움'이
다. 그것부터 찾으라고 했다. '하느님 나라'가 뭔가. 신의 속성으로 충
만한 나라다. 그럼 '그분의 의로움'은 뭘까. 지하철역이나 서울역 광장
에서 "예수 천국, 불신 지옥"을 목이 터져라 외치는 것일까. 히브리어
로 '의로움'은 '체다카(tzedakah)'이다. '어떠한 기준에 부합하다'라는
뜻이다. 그럼 무엇에 부합하는 걸까. 그렇다. 신의 속성에 부합하는 것
이다. 그게 '그분의 의로움'이다. 그렇게 나의 속성을 신의 속성으로 돌
리는 일이다. 그게 체다카이다.

그러므로 우리에게는 무엇이 필요할까. '내면의 가을'이다. 갈릴래아
호수의 수면 위로 새가 날아갔다. 자유로워 보였다. 내일을 걱정하지
않는 새. 그런 새를 가리키며 예수가 묻는다.

"너는 한 장의 잎새인가,

아니면 한 그루의 나무인가.

너는 어떤 마음으로 점심을 먹는가."

갈릴레아 호수 위로 새가 날고 있다.
내일을 걱정하지 않는 새.
저 새는 '닭벼락' 위를 날고 있는 걸까.

예수가 직접 말한 천국의 문은 달랐다

○○○○○○○

너희는 좁은 문으로 들어가라.

멸망으로 이끄는 문은 넓고 길도 널찍하여

그리로 들어가는 자들이 많다.

생명으로 이끄는 문은 얼마나 좁고

또 그 길은 얼마나 비좁은지,

그리로 찾아드는 이들이 적다.

마태오 복음서 7장 13~14절

○○○○○○○

"주님! 주님!" 하며 예수를 쫓았던 유대인들은 한둘이 아니었다. 그들은 대부분 예수에게 이적을 기대했다. 물을 포도주로 바꾸고, 맨발로 물 위를 걷고, 죽은 사람을 살리는 기적. 그런 기적을 두 눈으로 직접 보고 싶어 했다. 이를 통해서만 예수가 메시아라는 사실을 믿으려 했다. 그들에게는 예수의 메시지, 복음이 1순위가 아니었다. 그들에게 1순위는 이적이었다. 그러니 유대인들의 성화가 오죽했을까. 성서에는 그들을 향한 예수의 직설적인 꾸지람이 기록돼 있다.

"나에게 '주님, 주님!' 한다고 모두 하늘나라에 들어가는 것이 아니다. 하늘에 계신 내 아버지의 뜻을 실행하는 이라야 들어간다."(마태오 복음서 7장 21절)

깜짝 놀랄 일이다. 지금도 '예수 천국, 불신 지옥'을 도식적으로 믿는 이들이 많다. 심지어 "나는 이미 구원을 받았다."라고 선언하는 이들도 있다. 그들도 하나같이 "주여! 주여!" 하며 예수를 따른다. 그렇게 따르기만 하면 하늘나라에 들어갈 수 있다고 여긴다. 이미 자신의 이름이 박힌 천국행 티켓이 예약돼 있다고 믿는다.

예수는 손을 내저었다. "주여!", "아멘!", "할렐루야!"를 소리 높여 외친다고 해서 모두 천국에 가는 건 아니라고 말했다. 2000년 전 예수

에게서 그 말을 직접 들은 유대인들은 표정이 어땠을까. 그들은 배신감을 느끼지 않았을까. '예수 천국, 불신 지옥'의 절대 공식을 부정하는 예수의 말에 낭패감을 맛보지 않았을까.

우리는 쉽게 말한다. "예수를 믿으면 천국에 간다." 그런 우리를 향해 예수는 되묻는다. "예수를 믿는다고 할 때 '믿는다'의 의미가 뭔가. 네가 생각하는 '믿음'은 뭔가." 그렇게 되묻는다. 우물쭈물하는 우리를 향해 예수는 이렇게 답을 건넨다. "하늘에 계신 내 아버지의 뜻을 실행하는 이라야 (하늘나라에) 들어간다."

불교에도 문이 있다. 깨달음의 세계로 들어가는 문이다. 이름은 '불이문(不二門)'. 그 문을 통과하려면 조건이 있다. 깨달음의 세계와 나의 세계가 둘이 아니어야 한다. 차안(此岸, 속세의 땅)과 피안(彼岸, 깨달음의 땅), 그 둘의 속성이 통해야 한다. 그래야 그 문을 통과할 수 있다. 그래서 '불이(不二)'의 문이다.

사람들은 투덜댄다. "하늘에 계신 아버지의 뜻을 행하는 이라야 하늘나라에 들어간다."라는 예수의 말 때문이다. 그 말이 천국의 문턱을 한껏 높였다고 말한다. 그래서 천국에 들어갈 사람이 대폭 줄었다고 한다. "그렇게 높은 기준치를 들이대면 누가 그 문턱을 넘을 수 있을까!" 하고 따진다.

하지만 이는 잘못 이해한 것이다. 예수는 엉뚱한 곳을 향해 엉뚱한 방식으로 가고 있는 사람들에게 길을 일러줬을 뿐이다. 그쪽으로 가면 서울이 아니라 부산이라고, 그리로 가면 서울이 아니라 광주라고, 그런 식으로는 서울에 갈 수 없다고 말이다.

예수는 거기서 그치지 않고 서울로 가는 이정표까지 일러주었다. "아버지의 뜻을 행할 때 비로소 천국에 간다."라고 말이다. 그러니 예수의 지적은 천국의 문턱을 높인 게 아니라 오히려 낮춘 셈이다. 부산으로 가고 있는 사람들을 서울로 불러, 어떻게 해야 서울로 입성할 수 있는지 계단까지 놓아주었다. 예수가 제시한 일종의 나침반이다.

'예수의 나침반'을 행동 강령으로만 받아들이는 사람도 있다. 성서 속 예수의 메시지는 맹목적인 행동 강령이 아니다. 무작정 아버지의 뜻을 행하는 데만 치중하다가는 자칫하면 율법주의자가 되고 만다. 예수 당시의 바리사이들도 그랬다. 그들도 구약에 있는 '하느님의 뜻'을 문자적으로 행하다가 형식주의자가 되고 말았다.

그럼 예수는 왜 "하늘에 계신 아버지의 뜻을 행하라."라고 했을까. 거기에는 이치가 녹아 있다. 불이문을 통과하는 방법과도 통한다. 우리는 땅에 있고, 아버지는 하늘에 있다. 그래서 '하늘에 계신 아버지'다. 하늘의 속성과 아버지의 속성은 통한다. 하늘이 곧 아버지이므로. 그래서 '아버지의 뜻'에는 하늘의 속성이 담겨 있다.

그런 '아버지의 뜻'을 우리가 실행하면 어찌 될까. 땅에 선 우리가 하늘의 뜻을 실행하면 어찌 될까. 그렇다. 속성이 바뀐다. 땅의 속성이 하늘의 속성으로 바뀐다. 우리의 속성이 아버지의 속성을 닮아간다. 이를 통해 간격이 좁아진다. 아버지와 나, 그 사이의 간격이 좁아진다. '나의 속성'이 '아버지의 속성'과 갈수록 통할 것이기 때문이다.

그래서 예수는 말했다. "하늘에 계신 내 아버지의 뜻을 실행하는 이라야 (하늘나라에) 들어간다."

만약 "주여! 주여!"만 외치다가 하늘나라에 간다면 어찌 될까. 우리는 천국의 삶을 살 수 있을까. '나의 속성'과 '천국의 속성'이 엄연히 다른데도 말이다. 나는 바다에 떨어진 기름 한 방울을 생각해본다. 기름

은 바다와 하나가 되지 못한다. 속성이 다르기 때문이다. 아무리 바다 한가운데 떠 있어도 바다의 삶을 살 수 없다.

천국도 마찬가지가 아닐까. "주여! 주여!"만 외치다가 천국에 갔다고 하자. 나의 속성과 천국의 속성은 여전히 다르다. 그때는 내가 물 위에 뜬 기름이 되지 않을까. 그런데도 천국의 삶을 누릴 수 있을까.

예수는 누누이 강조했다. 하늘에 계신 아버지의 뜻. 그 속에 담긴 '아버지의 속성'을 체화하라고 말이다. 이를 통해 속성을 바꾸라고 말이다. 그렇게 불이문을 지나오라고 말이다.

고(故) 옥한흠(1938~2010) 목사는 복음주의 영성을 지향했다. 생전에 그는 '한국 교회 대부흥 100주년 기념 대회' 대표 설교에서 이런 고백을 했다.

"믿기만 하면 구원받는다고 하면 사람들은 '아멘!' 합니다. 믿음만 있으면 하늘의 복도 땅의 복도 다 받을 수 있다고 하면 '할렐루야!'라고 합니다. 그러나 '행함이 따르지 않는 믿음은 거짓 믿음이요, 구원도 확신할 수 없다'고 하면 얼굴이 금방 굳어버립니다. 말씀대로 살지 못한 죄를 지적하면 예배 분위기가 순식간에 싸늘해집니다."

이 말끝에 옥한흠 목사는 "이놈이 죄인입니다. 단 것은 먹이고 쓴 것은 먹이지 않으려는 나쁜 설교자가 됐습니다."라며 자신의 가슴을 쳤다.

옥한흠 목사는 개신교계 안팎에서 지금도 깊이 존경받는 목회자다. 그의 목회와 설교는 늘 '십자가'를 찾았다. 서울 강남에서 몇 손가락 안에 꼽히는 대형 교회(사랑의교회)를 일군 뒤에도 '십자가 설교'는 바뀌지 않았다. 그런 그도 "죄를 얘기하고, 회개를 얘기하고, 십자가를 얘기하면 성도들이 불편해합니다. 그런 성도들을 보면서 나도 모르게 설교가 바뀌었습니다. 주일 설교에서 '자기 십자가'가 점점 빠지게 되었습니다."라고 토로한 적이 있다.

하느님 나라의 문은 좁다. 예수는 아예 '좁은 문(the cramped gate)'이라고 불렀고, 그 문으로 가라고 했다.

"너희는 좁은 문으로 들어가라. 멸망으로 이끄는 문은 넓고 길도 널찍하여 그리로 들어가는 자들이 많다. 생명으로 이끄는 문은 얼마나 좁고 또 그 길은 얼마나 비좁은지, 그리로 찾아드는 이들이 적다."(마태오 복음서 7장 13~14절)

예수 당시에도 그랬고 지금도 그렇다. 문은 늘 좁다. 문만 좁은 게 아니라 거기에 이르는 길도 비좁다. 그래서 찾아드는 이들이 적다. 사람들은 왜 넓은 길을 선호할까. 왜 넓은 문을 좋아할까. 예나 지금이나 이

나자렛의 '수태고지 교회'.
정면 위쪽에 예수와 천국의 열쇠를 든 베드로가 있다.
사람들은 모두 천국을 바라보고 천국을 열망한다.
그곳의 문을 여는 열쇠는 뭘까.

유는 똑같다. 내려놓을 필요가 없기 때문이다. 내 안의 창고에 차곡차곡 쌓아둔 것들을 몽땅 싣고 갈 수 있기 때문이다. 그래서 넓은 길, 넓은 문을 찾는다.

좁은 길은 다르다. 비좁고 가파르다. 그곳을 지나려면 뭔가를 내려놓아야 한다. 무게를 줄이고 가벼워져야 하므로. 그래야 지나갈 수 있으므로. 그렇게 무게를 내려놓는 방식이 '자기 십자가'다. 예수는 그 십자가를 짊어진 채 자신을 따르라고 했다. 우리의 눈에는 온통 가시밭길이다. 예수가 말한 '좁은 길, 좁은 문'은 고통스럽기 짝이 없어 보인다. 그래서 피하고 싶고, 굳이 그 길을 택하고 싶지 않다. 어차피 사서 고생일 테니. 그래서 넓은 길을 좋아한다. '예수 천국, 불신 지옥'의 넓은 문을 좋아한다.

우리는 '단 것'을 좋아하고 '쓴 것'은 싫어한다. 입안에 '쓴 것'이 들어오면 씹기도 전에 뱉어낸다. 그게 뭘까. '아버지의 뜻'이다. 그 속에 '하늘나라의 속성(천국의 속성)'이 담겨 있다. 그러니 우리가 뱉어내는 건 무엇일까. 씹기도 전에 뱉어내고 마는 건 진정 무엇일까. 그게 예수가 직접 말한 '천국의 문'이다. 하늘나라로 들어가는 불이의 문이다. 우리는 지금도 그 문 앞에서 서성인다. 자꾸 서성이기만 하는 우리를 향해 예수는 다시 말한다.

"불행하여라, 너희 위선자 율법학자들과 바리사이들아! 너희가 사람들 앞에서 하늘나라의 문을 잠가버리기 때문이다. 그러고는 자기들도 들어가지 않을 뿐만 아니라, 들어가려는 이들마저 들어가게 놓아두지 않는다." (마태오 복음서 23장 13절)

좁은 길은 다르다. 비좁고 가파르다.
그곳을 지나려면 뭔가를 내려놓아야 한다.
무게를 줄이고 가벼워져야 하므로.
그래야 지나갈 수 있으므로.
그렇게 무게를 내려놓는 방식이 저마다 십자가다.

3부

내 안의 예수를 만나다

태초에 말씀이 있었나, 빅뱅이 있었나

ㅇㅇㅇㅇㅇㅇㅇ

그 빛이 어둠 속에서 비치고 있지만

어둠은 그를 깨닫지 못하였다.

요한 복음서 1장 5절

++++++++++

"태초에 말씀이 계셨다. 말씀은 하느님과 함께 계셨는데 말씀은 하느님이셨다."(요한 복음서 1장 1절)

성서에서는 우주의 출발점을 '태초'라고 표현한다. 과학에서는 다르다. 천체물리학자들은 "태초에 말씀이 있었다."라고 말하지 않는다. 대신 이렇게 표현한다. "태초에 빅뱅이 있었다." 과학자들은 우주가 시작되는 출발점을 '빅뱅'이라고 부른다.

저명한 국내 천체물리학자와 인터뷰를 한 적이 있다. 그에게 "빅뱅 이전에는 무엇이 있었나요?" 하고 묻자, 그는 그 질문을 안고서 두 눈을 감았다. 짧지 않은 침묵이 흘렀다. 그리고 이렇게 답했다. "저는 평생 동안 우주를 연구했습니다. 저도 수도 없이 묻고 또 물었지요. '빅뱅 이전에는 무엇이 있었나?' '빅뱅 이전에는 정말 아무것도 없었나?' 그 질문을 숱하게 던졌습니다. 그리고 이런 결론을 내렸습니다. '더 이상 묻지 말자.' 저는 그렇게 결정했습니다." 내게는 그 말이 고백으로 들렸다. 이 무한한 우주를 연구하던 과학자가, 자신이 닿을 수 있는 질문의 낭떠러지, 그 끝자락에서 털어놓는 고백 같았다.

그 고백을 향해 다시 물었다. "만약에 '빅뱅 이전'이라는 게 있다면 어떻게 되나요?" 그는 잠시 생각에 잠겼다. 그리고 단호하게 말했다. "그렇다면 빅뱅이라는 출발선을 그만큼 더 앞으로 당겨야겠지요. 거기가 다시 빅뱅이라는 새로운 출발선이 되는 거니까요. 과학자로서 저는 이렇게밖에 말할 수 없습니다."

우주의 시작과 끝. 과학에서는 그걸 직선으로 본다. 가령 빅뱅을 부산역이라고 하자. 천체물리학자들은 부산역에서부터 우주가 비롯됐고, 대구역과 김천역을 거쳐 지금껏 달려오고 있다고 본다. 그런데 성서는 부산역 이전을 말한다. 성서는 '빅뱅 이전'을 말하고, 과학은 '빅뱅 이후'를 말한다. 그래서 둘은 충돌한다. 마치 '창조론이냐, 진화론이냐'처럼 양자택일의 문제가 되고 만다. 정말 그럴까. 빅뱅 이전과 빅뱅 이후는 서로 만날 수 없는 걸까. 성서와 과학은 그토록 이질적인 걸까.

요한 복음서를 기록한 이는 사도 요한이다. 그는 12사도 가운데 가장 어렸다. 각종 성화에서도 요한은 긴 머리칼을 늘어뜨린 앳된 모습으로 묘사된다. 언뜻 보면 아리따운 여성으로 보일 정도다. 요한 복음서에는 "예수님께서 사랑하시는 제자"(요한 복음서 13장 23절)라는 표현이 등장한다. '최후의 만찬'에서 그 제자는 "예수님 품에 기대어 앉아 있"(요한 복음서 13장 23절)을 정도로 예수가 아꼈다. "너희 가운데 한 사람이 나를 팔아넘길 것이다."라는 예수의 청천벽력 같은 말에 제자들은 아무런 대꾸도 하지 못했다. 베드로조차 예수에게 "그가 누구입니까?" 하고 직접 묻지 못했다. 당시 베드로는 '예수님께서 사랑하시는 제자'에게 고갯짓을 했다. 대신 물어봐달라는 신호였다. 그 제자는 "예수님께 더 다가가"(요한 복음서 13장 25절) 그가 누구인지 물었다. 그러자 예수는 빵을 적셔 유다에게 건넸다.

그 제자가 누구일까. 성서 학자들은 '예수님께서 사랑하시는 제자'를 사도 요한으로 본다. 요한 복음서의 저자이기에 자신의 이름을 직접 언급할 수 없어 '사랑하시는 제자'라고 표현했다고 한다. 그렇다면 예수는 어째서 열두 제자 중 요한을 각별히 아꼈을까. 어찌하여 베드로도 묻지 못했던 질문을 그가 물었을까. 나는 요한 복음서에서 그 답을 찾아보았다.

4복음서 중에서 마태오 복음서, 마르코 복음서, 루카 복음서와 달리 요한 복음서에는 독특한 색깔이 있다. 그건 요한의 눈을 통과한 영성의 스펙트럼이다. 그리스도교에서는 요한을 사도 바울로와 더불어 '그리스도교 최초의 신학자'라고 부른다. 그런데 신학의 눈만으로는 닿을 수 없는 풍경이 요한 복음서에는 녹아 있다. 그런 각별함이 사도 요한에게 있었다.

"모든 것이 그분을 통하여 생겨났고
그분 없이 생겨난 것은 하나도 없다.
그분 안에 생명이 있었으니
그 생명은 사람들의 빛이었다.
그 빛이 어둠 속에서 비치고 있지만
어둠은 그를 깨닫지 못하였다."
(요한 복음서 1장 3~6절)

12사도 중 열한 명이 죽임을 당했다. 십자가형에 처해지기도 하고, 창에 찔려 죽기도 하고, 참수형을 당하기도 했다. 사도 요한만이 늙어

서 죽었다고 전해진다. 요한은 아흔이 다 된 나이에 그리스의 파트모스
(밧모) 섬에 유배당했다. 그는 거기서 18개월이나 살았다. 동서양을 막
론하고 유배지는 일종의 수도원이기도 한 걸까. 다산 정약용은 유배지
에서 수백 권의 책을 썼고, 사도 요한은 파트모스 섬에서 요한 복음서
와 요한 묵시록(요한계시록)을 썼다고 한다. 일부 성서 학자는 요한 복음
서와 요한 묵시록을 쓴 사람은 다르다고 주장하기도 한다.

  그리스 코린토(고린도)에서 배를 타고 파트모스 섬에 간 적이 있다.
오후 열 시에 배를 타고 출항해 밤새 파도를 갈랐다. 이튿날 오전 일곱
시에야 파트모스 섬에 도착했다. 무척 아름다운 섬이었다. 하얀 건축물
과 깔끔한 해안에서 지중해의 정취가 물씬 풍겼다. 별장 같은 저택들도

곳곳에 보였다. 요한 당시에는 달랐다. 파트모스 섬은 로마 시대 중범 죄자들의 유배지였다. 온갖 흉악범들이 이 섬에 우글거리며 살았다고 한다. 그래서일까. 요한의 거처는 평평한 땅에 있지 않았다. 그는 파트 모스 섬의 가파른 산, 길이 험한 동굴에서 살았다.

파트모스는 작은 섬으로 가운데에 높지 않은 산이 있었다. 산 위에 오르자 섬 일대가 시원하게 내려다보였다. 들쭉날쭉한 해안선이 장관 이었다. 2000년 전에는 어땠을까. 거칠고 황량한 유배지에 불과했겠 지. 요한은 아흔 살 노구를 이끌고 이 가파른 길을 오르내렸으리라. 요 한은 그렇게 기도하고, 묵상하고, 복음서를 썼다.

요한 복음서는 첫 구절부터 남다르다. 마태오 복음서와 루카 복음서 는 '예수의 출생'으로 시작된다. 마태오 복음서는 아브라함의 자손이자 다윗의 자손인 예수 그리스도의 족보를 풀면서 전개된다. 루카 복음서 는 수태고지 일화와 예수의 탄생으로 막을 연다.

요한 복음서는 육신의 예수, 족보 속의 예수가 출발점이 아니다. 창세 기와 연결된 우주적 존재, 예수의 주인공, 신의 속성을 이야기하며 복음 서의 문을 연다. 성서 학자들은 "그리스 등 헬레니즘 문화의 영향을 받 았기 때문"이라고 하지만, 거기에는 '예수의 주인공'을 꿰뚫어보는 깊 은 영성의 안목이 담겨 있다. 그래서 요한 복음서는 각별하다.

가파른 계단을 내려가 요한이 살았던 동굴에 가보았다. 지금은 동굴 위에 성 요한 수도원이 세워져 있고, 그리스 정교회의 수도사들이 거기서 지내고 있었다. 동굴은 그리 크지 않았다. 당시 요한이 엎드려 기도하다가 일어설 때 짚었다는 동굴의 벽면에 홈이 파여 있었다. 아흔 살 노구여서 몸을 일으킬 때마다 짚을 곳이 필요했다고 한다. 순례객들은 그 홈에 손을 대고 기도를 하기도 했다.

나는 동굴 구석에 가서 쪼그려 앉아 요한 복음서를 펼쳤다. 그리고 눈을 감았다.

"그 빛이 어둠 속에서 비치고 있지만 어둠은 그를 깨닫지 못하였다." (요한 복음서 1장 5절)

예수는 "하느님의 나라는 너희 가운데에 있다." (루카 복음서 17장 21절)라고 말했다. 그럼 '빛'은 어디에 있을까. 그렇다. 내 안에 있다. 그런데 뭔가 이상하다. 빛이 내 안에 있는데도 빛이 보이질 않는다. 어둠 때문이다. 나의 눈은 어둠에 익숙하다. 빛이 있는데도 어둠만 바라본다. 왜일까. '빛'을 모르기 때문이다.

요한 복음서는 말한다. "어둠은 그(빛)를 깨닫지 못하였다." 2000년 전 이스라엘의 유대인들만 예수를 몰라본 게 아니다. 지금 이 순간을 살고 있는 우리도 '내 안의 빛'을 몰라본다.

사도 요한의 그림에는 종종 독수리가 등장한다. 요한이 박해를 받으면서도 예수를 당당하게 기록한 용맹함, 그리고 예수에 대한 사건 전달에 치중한 다른 복음서들보다 '예수의 의미'를 다룬 점이 각별하다는 뜻에서 높이 나는 독수리가 사도 요한의 상징이 됐다고도 한다. 그래서

사도 요한이 묵상하고 기도하며 요한 복음서를 썼던 동굴에서
순례객들이 요한 복음서를 읽으며 묵상하고 있다.

사도 요한의 성화에는
종종 책이나 독수리,
컵에 든 뱀 등이
등장한다.
마티아스 스토메르의
〈사도 성 요한〉.

요한 복음서를 '독수리 복음서'라 부르기도 한다. 우리가 어둠만 보기
에 예수가 왔다. 빛과 하나가 된 사람이 왔다. 요한 복음서에서는 이를
"말씀이 사람이 되시어 우리 가운데 사셨다."(요한 복음서 1장 14절)라고
표현했다. 예수는 우리에게 어둠을 녹이고 빛을 찾는 방법을 일러준다.
복음서에서 피어나는 예수의 많은 어록들에 담긴 메시지로 인해 내 안
의 어둠이 빛이 된다.

세례자 요한은 예수를 가리켜 이와 같이 말했다. "내 뒤에 오시는 분
은 내가 나기 전부터 계셨기에 나보다 앞서신 분이시다."(요한 복음서 1장
15절) 세례자 요한은 예수보다 조금 먼저 태어났다. 일부 신학자는 세례
자 요한을 예수의 스승쯤으로 보기도 한다. 그런데도 세례자 요한은 자
신보다 늦게 태어난 예수에 대해 "내가 나기 전부터 계셨"고 "나보다 앞

서신 분"이라고 했다. 무슨 뜻일까. 세례자 요한은 겉으로 보이는 예수를 말한 게 아니다. 예수의 내면에 있는 '예수의 주인공'을 가리킨 것이다.

"내가 나기 전부터 계셨"다는 말은 우주가 생기기 전부터 있었다는 뜻이다. "나보다 앞서신 분"은 우주보다 앞선 이를 의미한다. 그게 뭘까. '빅뱅 이전'을 뜻한다. 사람들은 따진다. "그렇게 두리뭉실하게 말하지 말고 콕 집어서 말하라. '빅뱅 이전'이 뭔가? 그게 어디에 있는가? 지금 여기서 직접 내게 보여보라." 그렇게 반박한다.

이제 파트모스 섬은 고급스러운 휴양지로 변모했다. 경제적 여유가 있는 사람들의 저택이 들어섰고, 바닷가에는 보트가 줄지어 매여 있다. 푸른 하늘에 갈매기들이 날고 햇볕은 쨍하다. 산 중턱에는 올리브 나무가 자란다. 이 모든 자연이 생겨나기 전, 우주가 태어나기 전, 바로 거기에 "말씀이 있었다."라면서 요한 복음서는 시작된다. 사도 요한이 말한 '태초'는 무엇일까. 그건 과학자들이 말하는 우주의 출발점 빅뱅과 어떻게 다를까. 빅뱅 이전에 정말 뭔가가 있을 수가 있을까. 만약 있다면 우리는 빅뱅 이전을 어떻게 찾을 수 있을까.

"태초에 말씀이 있었다." (요한 복음서 1장 1절)

'태초에'는 그리스어로 'en arche(εν αρχη)'다. 영어로 풀면 'in the origin'이다. '우주의 근원', '우주의 바탕'을 뜻한다. 이는 시간적 개념도 아니고 공간적 개념도 아니다. 오히려 시간과 공간의 바탕에 해당한다. 그런데 '태초에'를 'in the beginning'으로 풀어 시간상의 출발점으로 보면 곤란하다. 그러면 태초에 말씀이 있었나, 아니면 빅뱅이 있었나를 따지게 된다. 그래서 빅뱅 이론과 충돌한다.

가령 100미터 달리기 코스가 있다고 하자. 과학자들은 빅뱅을 100미터 달리기의 출발선으로 본다. 왼쪽 끝의 출발점, 거기서 거대한 폭발이 일어난다. 가스 구름이 생기고, 그 속의 원소 알갱이들이 충돌한다. 그러다 덩어리가 생기고, 덩어리끼리 또 충돌한다. 부서진 조각들이 더 크게 뭉치고, 그게 별이 된다. 별이 별끼리 부딪히고, 부서지고, 다시 뭉치며 더 큰 별이 생겨난다. 그런 별들이 태양이 되고, 목성이 되고, 지구가 되고, 달이 된다. 그렇게 낮과 밤도 생긴다. 과학자들은 이 우주의 출발점을 '100미터 달리기 코스의 출발선'으로 본다. 이것이 빅뱅이다.

성서에서는 달리 말한다. '빅뱅 이전'을 말한다. 100미터 달리기 코스의 출발선 이전을 말한다. 하지만 과학자들은 그런 건 없다고 말한다. "빅뱅이 우주의 출발선인데 '출발선 이전'이라는 게 어디 있나. 만약 있다면 출발선을 그쪽으로 옮겨야 한다."라고 반박한다. 과학자들은 왜 '빅뱅 이전'을 부인할까. 이유가 있다. 과학자들은 100미터 달리기 코스의 선상에서 '빅뱅 이전'을 찾기 때문이다. 다시 말해 시간이라는 선 위에서 '빅뱅 이전'을 찾고 있다.

그런 식으로는 '빅뱅 이전'을 찾을 수 없다. 왜일까. '시간'이라는 선은 빅뱅으로 인해 생겨났기 때문이다. '빅뱅 이전'에는 그런 선도 없었다. 다시 운동장을 들여다보자. 100미터 달리기 코스가 있다. 출발점에 하얗게 선이 그어져 있다. 100미터 달리기를 시작하는 곳, 거기가 '빅뱅'이다.

우주의 대폭발이 있었고, 그로 인해 무수한 별과 시간과 공간이 펼쳐졌다. 그렇게 우주의 역사가 시작됐다. 10미터, 20미터, 30미터 지점에도 하얀 선이 그어져 있다. 그것이 우주의 역사다. 과학자들은 빅뱅 이후 지금껏 138억 년이라는 시간이 흘렀다고 한다. 그런 시간의 끝자락에서 인간이 출현했다고 한다. 다시 운동장을 들여다본다. '빅뱅 이전'은 어디에 있을까.

'빅뱅 이전'은 시간과 공간의 바탕이다. 100미터 달리기 코스의 바탕이다. 빅뱅 이후 흘러온 138억 년이라는 어마어마한 시간의 바탕이다. 거기가 어디일까. 다름 아닌 '운동장'이다. 100미터 달리기 코스의 전체를 품고 있는 바탕이다. 그게 '빅뱅 이전'이다. 그러니 '빅뱅 이전'은 어디에 있을까. 출발선 속에도 있고, 10미터 지점에도 있고, 15미터 지점에도 있고, 20미터 지점에도 있다. '빅뱅 이전'은 모든 시간, 모든 공간에 있다. 그래서 하느님은 '아니 계신 곳 없이 계신 분'이다. '무소부재(無所不在)'의 하느님이다. 이 모든 창조물의 바탕에 '신의 속성'이 깃들어 있기 때문이다.

요한 복음서는 말한다. "모든 것이 그분을 통하여 생겨났고, 그분 없이 생겨난 것은 하나도 없다."(요한 복음서 1장 3절) '운동장'으로 풀면 이렇게 된다. '모든 달리기 코스가 운동장을 통해 생겨났고, 운동장 없이 생겨난 코스는 하나도 없다.'

그럼 어디일까. 우리가 신을 찾아야 할 곳, 하느님을 만나야 할 곳 말이다. 그건 출발선이자, 13미터 지점이자, 27미터 지점이자, 39미터 지점이 아닐까. 달리기 코스의 모든 시공간이 아닐까. 그게 어디일까. 다름 아닌 우리의 일상이다. 그곳에 '빅뱅 이전'이 있다. 타임머신을 타고

138억 년 전으로 돌아가서 다시 빅뱅의 순간을 거슬러야만 만날 거라 생각했던 요한 복음서의 '태초'가 바로 '지금, 여기'에 있다.

이를 알면 모든 것이 달라진다. 우리가 사는 하루는 '신비'가 된다. 사도 요한도 그런 신비를 체험하며 살았다. 유배지인 파트모스 섬에서도 "모든 것이 그분을 통하여 생겨나는" 걸 보면서 살았기 때문이다. 그렇다면 절정을 달리는 벚꽃은 무엇을 통해서 피어나는 걸까. 이제 막 싹을 틔우는 신록은 또 무엇을 통해서 생겨나는 걸까. 아침 출근길에 마주치는 교통 체증은, 우산도 없는데 느닷없이 쏟아지는 소나기는 어떤 걸까. 모두가 그분을 통하여 생겨난다는 걸 깨닫는다면 어떻게 될까. 우리의 일상은 신비가 된다. 어마어마한 신비가 된다. 그런 신비 속에서 나의 하루가 피고 진다. 나의 삶이 피고 진다.

그런데 궁금해진다. 왜 철수에게는 신비가 드러나고, 영희에게는 신비가 드러나지 않는 걸까. 어째서 누구는 그 신비를 보고, 또 누구는 보지 못하는 걸까. 숫자 0은 참 오묘하다. 아라비아 숫자라고 하지만 0의 고향은 사실 인도다. 인도에서 만들어진 숫자가 아랍으로 전해졌고, 아라비아 상인들에 의해 유럽으로 전해졌다. 그래서 유럽 사람들이 '아라비아 숫자'라고 불렀다.

인도의 산스크리트어에 '순야(Sunya)' 또는 '순야타(Sunyata)'란 말이 있다. 기원전부터 사용하던 용어로 '빈 채로 있음', '형상이 없음', '만물의 근원'이라는 뜻이다. 인도 수학에서는 이를 '0'이라고 표현했다. 인도 수학에서 '순야'라는 말은 '0'이란 뜻이다. 이것이 중국으로 건너가 '공(空)' 또는 '진공(眞空)'으로 옮겨졌다. 그런데 이 '진공'은 묘하게 존재한다. 왜 그럴까. 없이 있기 때문이다. '진공묘유(眞空妙有)'다.

그럼 숫자 0의 진공묘유는 뭘까. 0은 '없음'인데, 그 '없음'은 어디에 있는 걸까. 그렇다. 1 속에 있고, 2 속에 있고, 3 속에 있고, 4 속에 있다. 우리 앞에 펼쳐지는 온갖 숫자들 속에, 풍경들 속에, 사람들 속에 0이 이미 들어가 있다. 그게 어디일까. '나의 일상'이다. 그렇게 0은 이미 1 속에 있는데, 1은 0을 알아차리지 못한다. 빛이 어둠 속에 있는데, 어둠이 빛을 알아차리지 못하듯이.

파트모스 섬에서 하룻밤을 보냈다. 밤하늘은 맑고 별들은 더 맑았다. 사도 요한은 18개월간 저런 별들을 바라봤으리라. 저 수많은 별마다 0이 들어 있다. 별뿐만 아니다. 파트모스 섬의 바닷가에도, 몰아치는 파도에도, 무리 지어 앉은 갈매기들 속에도 0이 들어 있다. 내 안에도, 당신 안에도 0이 들어 있다. 산 위의 수도원에서 종소리가 울렸다. 그 속에도 0이 들어 있다. 태초의 신비, '빅뱅 이전'이 우리의 일상에 녹아 있다. 그래서 예수는 말했다. 천국이 너희 안에 있다고. 어둠 속에 빛이 있다고.

하느님 나라는 언제 오는가

○○○○○○○

내가 아버지 안에 있고,

아버지께서 내 안에 계시다.

그걸 믿지 않느냐?

요한 복음서 14장 10절

⟡⟡⟡⟡⟡⟡

　팔복 교회의 뜰은 푸르렀다. 꽃들이 여기
저기 피어 있었다. 야자수를 비롯해 키 큰 나무들도 곳곳에 서 있었다.
한낮의 따가운 볕을 가려주는 그늘 아래 순례객들이 묵상에 잠겨 있었
다. 그들은 무릎 위에 성서를 펼쳐놓고 있었다. 하나같이 마태오 복음
서나 루카 복음서의 산상설교 대목이었다.

　저 푸른 풀밭 어디쯤에서 예수는 말했다. "행복하여라, 자비로운 사
람들! 그들은 자비를 입을 것이다."(마태오 복음서 5장 7절)

　언뜻 보면 당연한 말이다. 그런데 자세히 헤아려보면 그 뜻이 모호하
다. 자비로운 사람은 자비를 베푸는 이들이다. 그런데 왜 그들이 자비
를 입게 되는 걸까? 그 사이에 연결 고리가 없다. 좋은 일을 하니까 하
늘에서도 상을 주는 거겠지, 하고 대충 얼버무릴 수도 있으리라. 그런
데 예수의 행복론에는 정확한 이치가 녹아 있다. 그 이치를 풀어낼 때
'행복의 비밀'도 풀린다.

　어찌 보면 예수는 '과학자'다. 나는 성서를 읽을 때마다 이를 절감한
다. 그는 이치를 꿰뚫은 마음의 과학자이자 영성의 과학자였다. 당시
유대의 전통적인 가르침은 이런 식이었다. "살인해서는 안 된다. 살인
한 자는 재판에 넘겨진다."(마태오 복음서 5장 21절) 그런데 예수의 문법
은 달랐다. 그는 "자기 형제에게 성을 내는 자는 누구나 재판에 넘겨질

것이다."(마태오 복음서 5장 22절)라고 말했다. 아니, 형제가 함께 자라다 보면 싸울 수도 있는 거지, 어떻게 형제에게 화를 몇 번 냈다고 재판에 넘겨진다는 걸까. 그뿐만이 아니다. 예수는 "자기 형제에게 '바보!'라고 하는 자는 최고 의회에 넘겨지고, '멍청이!'라고 하는 자는 불붙는 지옥에 넘겨질 것이다."(마태오 복음서 5장 22절)라고 했다. '세상에, 그럼 감옥에 가지 않는 사람이 없겠네.' 이런 생각이 절로 솟구친다.

예수의 표현이 과격했던 게 아니다. 그는 단지 마음의 이치를 강조했을 뿐이다. 예수의 메시지에는 놀라운 과학이 숨어 있다. 누군가에게 침을 뱉으려면 어찌해야 할까. 먼저 내 몸에서 침을 만들어야 한다. 그리고 입안에 침을 모아야 한다. 그렇게 고인 침을 상대방에게 뱉는다. 누군가에게 화를 낼 때도 마찬가지다. 먼저 내 안에서 화를 만들어야 한다. 그걸 모아서 상대방에게 쏟아낸다. 미움도 그렇다. 세상의 모든 독기가 마찬가지다. 먼저 내 안에 모아서 상대방에게 뿜어낸다.

그렇다면 내가 만든 독기를 가장 먼저 느끼는 사람이 누구일까. 상대방일까, 아니면 나일까. 그렇다. 바로 나다. 자기 형제에게 "바보!"라고 쏘아붙이기 전에 내 마음이 먼저 미움으로 가득 찬다. "멍청이!"라고 불을 뿜기 전에 내 마음이 먼저 불지옥에 떨어진다. 그렇게 재판에 넘겨진다. 마음의 과학에 따라 '자동 재판'을 받게 된다. 그게 이치다.

독기만 그런 게 아니다. 자비도 마찬가지다. 자비를 베풀려면 어찌해야 할까. 먼저 내 안에서 자비심을 만들어야 한다. 그걸 모아야 한다. 그사이에 내 마음이 젖는다. 내가 만든 자비심에 내가 먼저 젖는다. 그 온기와 배려와 사랑의 감정에 내가 먼저 잠긴다. 그게 마음의 이치다.

팔복 교회의 공기는 평안하다. 주위의 자연도 평안하다.
언덕 아래 갈릴래아 호수가 보이고 꽃과 나무가 가득하다.

예수는 그 이치를 명쾌하게 설했다.

팔복 교회 안에 조그만 기념품점이 있었다. 수도회에서 만든 물건들이 있었고, 가격도 비싸지 않았다. 나무로 만든 십자가도 있고, 베들레헴의 마구간 모형도 있고, 올리브유와 대추야자도 있었다. 나는 대추야자를 하나 샀다. 점원은 메마른 사막에서 자랄 수 있는 몇 안 되는 식물이라고 했다. 일반 대추보다는 조금 더 컸다. 꿀에 절인 것이어서 맛이 괜찮았다.

그토록 삭막한 사막에서, 물 한 방울 보이지 않는 광야에서 야자수는 어떻게 열매를 맺을까. 점원이 야자수 뿌리를 찾아보라고 했다. 야자수 밑동을 보면 예닐곱 개의 뿌리가 아니라 털보 수염처럼 생긴 수천 개의 뿌리가 달려 있다. 야자수 한 그루가 1년에 뻗어 내리는 뿌리의 개수는 약 5000개라고 한다. 물이 없는 사막에서 뿌리는 땅속으로 파고 내려 갈 것이다.

가게를 나오면서 생각했다. 야자수는 왜 그토록 많은 뿌리를 뻗는 걸까. 그건 간절하기 때문이다. 자신의 목을 축이고 자신의 삶을 적셔줄 물 한 방울이 그만큼 절실하기 때문이다. 우리의 삶도 광야와 같다. 삭막한 사막이다. 사방을 둘러봐도 뿌연 모래뿐이다. 모래바람이 앞이 보이지 않을 만큼 수시로 몰아친다. 내일은 물론이고 모레도 글피도 보이지 않는다. 어디를 향해 발을 떼야 할까. 길을 잃기 십상이다. 그런 삶의 사막에서 예수의 산상설교는 나침반이 되어준다. 내 안의 물줄기를 찾아 어디로 뿌리 내려야 할지 일러준다. 캄캄한 밤을 밝히는 하늘의 별처럼 길을 보여준다.

그런 우리를 향해 예수는 '깨끗한 마음'을 설했다.

"행복하여라, 마음이 깨끗한 사람들! 그들은 하느님을 볼 것이다."(마태오 복음서 5장 8절)

예수의 표현은 갈수록 직접적이다. 하늘나라가 그들의 것이다가, 땅을 차지하다가, 드디어 하느님을 보게 된다. 그걸 가능케 하는 '깨끗한 마음'이란 뭘까. 그리스어로는 '카타로스(katharos)'다. '카타르시스

팔복 교회 안 작은 연못에 있는 조각.
"목마른 이들은 내게로 와서 마셔라.
나를 믿는 사람은 성경에 기록된 대로
'그의 안으로부터 생수의 강들이 흘러나올 것이다.'"
(요한 복음서 7장 37절)라는 구절이 새겨져 있다.

(katharsis)'와 어원이 같다. 뭔가를 씻어 내리는 것이다. 그게 깨끗한 마음이다. 이쯤 되면 궁금해진다. 우리는 수시로 몸에 쌓인 때를 씻는다. 그런데 돌아서면 때가 생긴다. 자고 나면 또 때가 생긴다. 몸만 그런 게 아니다. 마음도 그렇다. 아무리 회개하고, 아무리 씻어 내려도 때가 낀다. 잠시 눈만 돌려도 때가 낀다. 그러니 우리는 언제쯤 온전하게 '깨끗한 마음'을 갖게 될까. 우리는 언제쯤 하느님을 보게 될까.

독일의 마르틴 루터(1483~1546)는 종교개혁의 주인공이다. 종교개혁가가 되기 전에 그는 가톨릭 사제였다. 수년 전에 독일 에어푸르트에 있는 아우구스티누스 수도원을 찾아간 적이 있다. 루터가 가톨릭 수도자로 살았던 곳이다. 수도원에는 루터 당시 고해성사를 하던 공간이 있었다. 거기서 10~20미터쯤 떨어진 곳에 야트막한 계단이 하나 있었다. 그 계단의 별명이 '루터의 계단'이다.

수도원에서 루터는 열정적인 수도자였다. 그는 고해성사를 통해 자신의 죄를 회개한 뒤 방을 나왔다. 걸어서 계단까지 가다가 급히 뛰어 되돌아왔다. 방에서 나와 계단까지 가는 사이에 또 마음으로 죄를 지었기 때문이다. 되돌아온 루터는 다시 고해성사를 하고 방을 나갔다. 그렇게 계단까지 갔다가 다시 돌아오곤 했다. 그렇듯 사람의 마음이란 돌아서면 때가 묻고, 다시 돌아서면 또 때가 묻는다. 깨끗한 마음이 되어 하느님을 보기란 쉽지 않다.

불교에서는 마음을 종종 거울에 비유한다. 『육조단경』에는 마음과 때의 관계를 놓고 두 수행자가 벌이는 한판 승부가 담겨 있다. 선불교사에서 유명한 장면이다. 달마의 법맥을 잇는 오조(五祖) 홍인 대사가 시험 문제를 냈다. "게송(깨달음의 시)을 한 수씩 지어라." 제자들의 안목을 보고 깨달음의 문턱을 넘은 자가 있으면 후계자로 삼겠다고 했다. 훗날 중국 북종선(北宗禪)의 대표 주자가 되는 신수(神秀)가 먼저 답안지를 냈다. 그는 거울과 때에 대해 "부지런히 털고 닦아서 거울에 때가 끼지 않도록 하라."라고 했다.

신수는 마음이라는 거울이 있고 그 위에 먼지가 쌓인다고 보았다. 루터의 방식과 비슷하다. 끊임없이 쌓이는 먼지를 털고 털고 또 터는 식이다. 깨끗한 거울이 드러나게끔 말이다. 홍인 대사는 그 답안지를 보고서 이렇게 채점했다. '범부는 여기에 의지해 수행하면 삼악도(三惡道)에 떨어지지는 않겠다. 그러나 깨달음의 지혜를 얻을 수는 없다. 문 앞에 왔을 뿐, 문턱을 넘지는 못했다." 낙제는 면했지만 합격은 아니었다.

당시 행자 신분이었던 혜능도 답안지를 냈다. 글을 읽을 줄 몰랐던 그는 다른 사람에게 부탁해 이렇게 적었다. "마음의 거울은 본래 깨끗하다. 그러니 어느 곳이 먼지로 물들 것인가!" 혜능은 아예 거울을 깨버렸다. 사람들이 생각하는 '거울의 형상', '마음의 형상'을 깨버렸다. 그는 왜 거울을 깼을까. 마음은 몸뚱아리(體)가 없기 때문이다. 그런데도 사람들은 '마음의 몸'을 만들어놓고 먼지가 쌓인다고 착각한다. 그래서 혜능은 그 착각을 깨버렸다.

홍인 대사는 혜능의 답안지도 채점했다. 결과는 합격이었다. 혜능은 홍인 대사의 뒤를 이어 중국 선불교의 법맥을 잇는 육조(六祖)가 됐다. 신수의 방식으로는 깨끗한 마음이 되기가 불가능하다. 아무리 수행해도 먼지가 끊임없이 거울 위로 떨어지기 때문이다. 혜능의 방식은 다르다. 그는 먼지의 정체부터 뚫었다. 먼지란 무엇인가. 지저분한 마음이다. 혜능의 눈에는 지저분한 마음도 마음이고, 깨끗한 마음도 마음이다.

혜능은 마음의 속성을 깊이 들여다봤다. 마음이란 무엇인가. 마음은 빈자리에서 나왔다가 잠시 작용하고 다시 빈자리로 돌아간다. 그래서 마음은 작용만 할 뿐 비어 있다. 그게 마음의 정체다. 그러니 혜능의 눈에는 마음도 몸이 없고 먼지도 몸이 없다. '빈 곳'에 '빈 것'이 묻을 수가 없다. 그걸 깨칠 때 비로소 '깨끗한 부처님 나라(淸淨佛國土)'가 드러난다.

예수의 겟세마니 기도는 "내 뜻대로 마시고 아버지 뜻대로 하소서."였다. 사도 바울로는 갈라티아서(갈라디아서)에서 "이제는 내가 사는 것이 아니라 그리스도께서 내 안에 사시는 것입니다."(2장 20절)라고 했다. 예수에게도 '나'가 없고, 바울에게도 '나'가 없다. '무아(無我)의 영성'이다. 그리스도교 영성의 핵심은 하느님을 향해 모든 걸 내맡기는 것이다. 슬픔의 감정도 기쁨의 감정도 내던져야 한다. 두려움도 분노도 영광도 남김없이 내맡겨야 한다.

시상식장에서 큰 상을 받을 때 사람들은 "이 영광을 하느님께 돌립니다."라고 말한다. 그저 겸손하자고 하는 말이 아니다. 여기에도 깊은 뜻이 담겨 있다. 내가 영광을 움켜쥐면 깨끗한 마음이 될 수 없다. 그래서 하느님께 내맡기는 것이다. 그렇게 던지는 순간 내 마음이 깨끗하게 포맷되기 때문이다. 영성가들은 이를 '전적인 위탁(total commitment)'이라고 부른다. 그런 '무아의 영성'을 통해 '없이 계신 하느님'을 보게 된다. 그래서 예수는 말했다. "마음이 깨끗한 사람들! 그들은 하느님을 볼 것이다."

강하게 반박하는 사람들도 있다. "예수님을 믿으면 이미 구원받은 거다. 예수님이 십자가에서 우리의 죄를 다 사해주셨으니까. 그런데 깨끗한 마음이 굳이 왜 필요한가?" 이렇게 따진다. 과연 뭘까. 예수를 믿는다고 할 때 '믿음'의 의미는 대체 뭘까.

세계적인 기독교 미래학자 레너드 스윗 박사를 만난 적이 있다. 그는 이렇게 말했다. "기독교는 미국에서 성공적으로 성장했습니다. 기독교인이 된다는 건 매우 존경받는 일이었지요. 그런데 교회가 예수님 대신 그동안의 성공 그 자체를 예배하기 시작했습니다. 어느 세대에나 축복이 있고 저주가 있습니다. 우리 세대가 겪고 있는 저주는 바로 '예수 결핍 장애'입니다."

스윗 박사는 결핍을 채우려면 '관점'이 아니라 '하느님'을 맛봐야 한다고 했다. "나는 기독교 세계관이란 말을 좋아하지 않습니다. 기독교인이 가져야 할 세계관은 없습니다. 세계관은 모두 머리에서 나온 겁니다. 거기선 아무것도 얻을 게 없습니다. 성경에선 하느님을 맛보고, 그걸 느끼라고 했습니다. 우리에겐 라이프(life, 생명)가 필요한 것이지 뷰(view, 관점)가 필요한 게 아닙니다."

세계관이나 교리만으로 문제가 해결된다면 예수는 굳이 산상설교를 설하지 않았을 터이다. 산상설교에서 예수는 '관점'을 설하지 않았다. 삶의 사막에서 허덕대는 우리의 목을 축여주는 건 관점이 아니다. 대신 예수는 생수를 건넸다. 마음의 버튼을 누르고, 마음이 작동하게 하는 진짜 물이다. 거기에 길이 있다.

예수의 제자들도 보챘다. 하느님을 보게 해달라고 예수에게 졸랐다. 필립보는 예수에게 이렇게 매달렸다. "주님, 저희가 아버지를 뵙게 해주십시오. 저희에게는 그것으로 충분하겠습니다."(요한 복음서 14장 8절) 그런 제자에게 예수는 말했다. "내가 아버지 안에 있고 아버지께서 내 안에 계시다는 것을 너는 믿지 않느냐?"(요한 복음서 14장 10절) 예수는 얼마나 답답했을까. 얼마나 속이 터졌을까. 손으로 만져야, 귀로 들어야, 눈으로 봐야만 믿는 제자들 앞에서 말이다.

유대교의 율법주의자들도 공격적인 물음을 던졌다. 바리사이들이 예수에게 와서 물었다. "하느님의 나라가 언제 오는가?"(루카 복음서 17장 20절) 그들은 따지듯이 물었을 것이다. 하느님 나라가 어떻게 생겼는지, 언제 오는지, 어디로 오는지 말이다. 이들의 물음에 예수는 종말론으로 답하지 않았다. "○○○○년 ○월 ○일 ○시 하느님 나라가 온다. 그때 최후의 심판이 이루어진다."라는 식으로 말하지 않았다. 예수의 답은 오히려 뜻밖이었다. "하느님 나라는 눈에 보이는 모습으로 오지 않는다. 또 '보라, 여기에 있다.' 또는 '저기에 있다.' 하고 사람들이 말하지도 않을 것이다. 보라, 하느님의 나라는 너희 가운데에 있다."(루카 복음서 17장 20~21절)

사람들의 반응은 어땠을까. 맥이 빠졌을까, 아니면 실망했을까. 그도 아니면 말문이 막혔을까. 그런데 예수의 대답이야말로 가장 구체적인 답이었다. 하느님 나라는 우리 안에 있고, 그걸 찾는 게 우리의 몫이다. 예수의 산상설교는 그 길을 구체적으로 일러준다.

초기 그리스도교에는 예수의 어록과 행적을 담은 많은 글 조각들이 있었다. 로마 제국이 그리스도교를 국교로 채택하면서 이에 대한 수집과 선택, 그리고 배제 작업이 이루어졌다. 그 와중에 '도마복음'은 4복음서에서 제외됐다. 복음서 중에서도 초기에 제작됐다고 전해지는 문헌이지만 정경(正經)에서 빠졌다. 지금도 그리스도교에서는 도마복음을 외경(外經)이나 위경(僞經)으로 간주한다. 그런데 도마복음에도 하느님 나라가 어디에 있는지 예수가 답하는 대목이 등장한다. 루카 복음서의 장면과 꼭 닮았다.

도마복음에서 예수는 이렇게 말했다. "천국이 하늘에 있다고 하면 하늘을 나는 새가 너희보다 먼저 닿을 것이요, 천국이 바다에 있는 것이라면 바닷속의 물고기가 너희보다 먼저 닿을 것이다. 그렇지 않으니 천국은 너희 안에 있고, 또한 너희 밖에 있다. 너희가 너희 자신을 알 때, 그때는 아버지도 너희를 알게 될 것이다. 그리고 너희는 곧 자신이 살아 있는 아버지의 아들이라는 것을 깨닫게 될 것이다. 그러나 너희가 너희 자신을 알지 못한다면, 너희는 빈곤 속에 살게 되리라."

루카 복음서에서도 예수는 분명하게 말했다. "하느님 나라는 너희 안에 있다." 그러니 '내 안'에서 찾아야 한다.

우리나라 옛 선비들은 매화를 사랑했다. 추운 겨울을 뚫고 올라오는

매화에는 지조와 기품이 있기 때문이었다. 겨울의 끝자락에서 선비들
은 매화를 찾아 나섰다. 세상 어딘가에 '가장 먼저 핀 매화'가 있을 것
이라 생각했다. 그런데 아무리 산을 헤매고 계곡을 헤매도 매화는 없
었다. 결국 지쳐버린 선비는 포기한다. 터덜터덜 집으로 돌아와 대문

을 여는 순간 깜짝 놀란다. 자신의 집 뜰에 매화가 피어 있었기 때문이다.

하느님 나라도 그렇다. 밖에서 찾으려면 막막하다. 모세가 올랐다는 시나이 산으로 가야 할까, 아니면 유대인들이 언약의 궤를 놓아둔 성전의 지성소로 가야 할까. 그도 아니면 히말라야 산의 깊숙한 골짜기로 가야 할까. 도무지 엄두가 나지 않는다. 그럴 때 '내 안'으로 들어가야 한다. 내 안에서 매화가 필 때 나의 바깥에도 매화가 핀다. 도마복음은 "천국은 너희 안에 있고, 또한 너희 밖에 있다."라고 했다. 내 안의 천국을 찾을 때 바깥의 천국도 보인다.

예수는 평화의 뜻도 짚었다. "행복하여라, 평화를 이루는 사람들! 그들은 하느님의 자녀라 불릴 것이다!"(마태오 복음서 5장 9절)

통하면 평화가 있고, 통하지 않으면 평화도 없다. 남북 관계도 그렇고, 종교 간에도 그렇다. 서로 통할 때 비로소 평화가 온다. 그러니 '평화를 이루는 사람들'의 뜻은 무엇일까. '통하는 사람들'이다. 무엇과 통하는 걸까. 신의 속성과 통하는 거다. 그럴 때 우리 안에서 평화가 이루어진다. "내가 아버지 안에 있고, 아버지께서 내 안에 계시다."라는 예수의 말도 그렇다. 거기에는 차단벽이 없다. 하나의 속성이 안팎으로 터져 있다. 서로가 서로를 공유한다. 인간이 신을, 신이 인간을 공유한다. 그래서 예수는 신을 품은 인간이자, 인간을 품은 신이다.

산상설교의 마지막 메시지는 다음과 같다.

"행복하여라, 의로움 때문에 박해를 받는 사람들! 하늘나라가 그들

의 것이다."(마태오 복음서 5장 10절)

　이 구절에서 많은 사람이 순교를 떠올린다. 그런데 진정한 순교란 뭘까. 이교도의 땅에서 선교를 하다 목숨을 잃는 것일까. 그것만이 의로움 때문에 당하는 박해일까. 예수의 메시지는 그보다 더 깊은 곳을 찌른다. 예수는 신의 속성을 공유할 때, 그렇게 평화를 이룰 때 하느님의 자녀가 된다고 했다. 그래서 "메타노이아(마음의 눈을 돌려라)!"라고 외쳤다. 나의 눈을 예수의 눈으로, 나의 속성을 신의 속성으로 돌리라는 뜻이다.

　그렇게 눈을 돌리는 과정에서 고통이 생긴다. 나의 눈을 무너뜨려야 하기 때문이다. 나의 고집, 나의 집착, 나의 욕망이 무너져야 하기 때문이다. 그런 고통이 바로 '박해'다. 때로는 나의 안에서, 때로는 나의 밖에서 밀려온다. 그런 박해를 통해 우리는 의로움(신의 속성)을 찾아간다. 그래서 예수는 말했다. "의로움 때문에 박해를 받는 사람들! 하늘나라가 그들의 것이다."

　팔복 교회에서 나오자 멀리 갈릴래아 호수 위로 노을이 떨어졌다. 산상설교의 메시지를 새겨놓은 팻말 위에 돌멩이가 하나 놓여 있었다. 예루살렘의 올리브 산에는 유대인의 묘역이 있다. 돌로 된 관마다 돌멩이들이 놓여 있었다. 유대인들은 묘지를 찾을 때 꽃 대신 돌을 올려놓는다. 팔복의 일곱 번째 메시지. "평화를 이루는 사람들!" 그 팻말 위에도 누군가 돌멩이를 놓아두었다. 그는 두 손을 모았을 것이다. 어떤 기도를 했을까. 자신의 삶에서 어떤 평화를 이루기 위해 기도를 했을까.

나도 작은 돌멩이를 하나 주워 팻말 위에 얹었다. 그리고 그 앞에서 눈을 감았다. 물음이 올라온다. 예수가 묻는다.

"네가 찾는 삶의 평화는 무엇인가? 너는 어떤 평화를 바라는가?"

우리는 언제 안식을 얻는가

◦◦◦◦◦◦◦

고생하며 무거운 짐을 진 너희는 모두 나에게 오너라.

내가 너희에게 안식을 주겠다.

마태오 복음서 11장 28절

++++++++

"혹시 안식일에 운전할 일이 있으면 조심하세요." 예루살렘에서 만난 유대인이 내게 경고해주었다. 정통파 유대인들이 모여 사는 동네에 갈 일이 있다면 반드시 명심하라고 했다.

"자칫하면 돌을 맞을 수도 있습니다. 안식일에 운전하는 걸 못마땅해할 수도 있거든요."

"그럼 유대인은 안식일에 운전을 하지 않습니까?"

"안 합니다. 운전도 일이거든요. 유대인은 안식일에는 절대 일을 하지 않아요."

"그럼 밥도 안 해먹나요?"

"성경에는 '안식일에는 너희가 사는 곳 어디에서도 불을 피워서는 안 된다.'(탈출기 35장 3절)라는 대목이 있습니다. 음식은 하루 전에 이튿날 음식까지 미리 장만해두지요. 안식일에는 요리를 하지 않고 먹기만 합니다. 안식일에는 비가 와도 우산을 펴지 않고요."

"그럼 흠뻑 젖나요? 왜 그러는 거죠?"

"안식일에는 천막을 치는 일이 금지돼 있거든요. 그래서 우산도 펴지 않지요."

유대 민족은 오랜 세월 동안 떠돌아다닌 유목민이었다. 소 떼와 양 떼를 몰며 목초지를 찾아 이동하면서 늘 천막을 쳤다. 새로 천막을 치고 다시 천막을 걷는 일은 그들에게 집을 짓는 일이나 마찬가지였다. 그들의 일상에서 매우 중요한 '일'이었다.

"한국 사람은 주말에 여행을 갑니다. 안식일은 일종의 주말인데, 안식일에 운전을 하지 못하면 유대인은 주말여행도 가지 않나요?"

"안식일에는 여행을 가지 않아요. 다들 집에 머물면서 쉬지요. 여행은 안식일에 가지 않고, 주로 여름휴가 때 갑니다."

"만약 안식일에 차를 몰고 유대인 마을에 가면 어찌 됩니까?"

"돌을 던지는 유대인을 만날 수도 있습니다. 유대인 마을 아파트에는 안식일에 주차장 출입구를 아예 봉쇄하는 곳도 있지요. 운전을 할 수 없도록 말이에요. 안식일에는 전기 스위치도 켜지 않아요. '불을 피우지 말라.'라는 안식일 규정 때문이죠. 가스레인지의 불도 켜지 않고, 냉장고 문도 열지 않습니다. 엘리베이터 버튼도 안식일에는 자동으로 층마다 섭니다. 타고 내리는 사람이 없더라도요."

"왜 그렇게 안식일을 지키는 걸 중시합니까?"

"성서에 '안식일을 지키라.'라고 돼 있으니까요. 그것이 유대인이 하느님과 맺은 언약이기 때문이지요."

유대교의 안식일은 금요일 해 질 녘부터 토요일 해 질 녘까지다. 그때는 귀밑머리를 감아서 길게 늘어뜨리고 검정 모자를 쓴 정통파 유대교인들이 오가는 모습을 예루살렘 곳곳에서 볼 수 있다. 구시가지의

'통곡의 벽'까지 걸어가서 기도를 하는 정통파 유대교인들도 꽤 있었다. 안식일에 성경을 읽거나 기도를 하는 건 괜찮다.

팔레스타인 사람들이나 그리스도교를 믿는 사람들의 안식일은 다르다. 이슬람교는 금요일이 안식일이다. 예루살렘에서도 무슬림들은 금요일에 가게 문을 닫았다. 그리스도교의 안식일은 일요일이다. 이렇게 이스라엘에는 하나의 뿌리에서 나온 세 종교가 있고, 서로 다른 요일의 세 안식일이 있었다.

나는 정통파 유대인들이 사는 마을을 찾아갔다. 예루살렘 구시가지

에 있는 '통곡의 벽'에서 걸어서 15~20분 거리였다. 그 지역에는 온통 긴 수염에 검정 코트를 입은 정통파 유대인들이 살고 있었다. 여성들도 검정 치마에, 머리에 수건을 두른 전통 복장을 하고 있었다. 유대의 전통적인 교육 방식을 고수하는 정식 학교도 있었다. 아무리 봐도 옛날식으로 사는 사람들로만 보였다. 미국의 개척 시대를 담은 텔레비전 드라마 〈초원의 집〉에 등장하는 사람들처럼 말이다. 거기서 만난 유대인에게 물었다.

"이스라엘은 날씨도 더운데 저렇게 수염을 기르면 더 덥지 않습니까? 현대 사회의 트렌드와도 전혀 맞지 않아 보이네요. 죄송한 말이지만 너무도 시대에 뒤떨어져 보이는군요."

그 유대인은 오히려 내게 반문했다.

"요즘 사람들이 따르는 유행이란 것이 영원한 건가요, 아니면 곧 바뀌는 건가요?"

"곧 바뀌는 거죠. 갈수록 바뀌는 시간도 빨라지고요."

"그럼 '현대적'이라는 미적 기준도 영원한 게 아니지 않습니까? 일시적이고, 곧 바뀌는 기준이지 않나요? 우리는 그러한 미적 기준에는 별로 관심이 없습니다. 굳이 따르고 싶지도 않고요. 우리는 하느님과의 관계에서 영원한 걸 추구합니다. 그것이 우리의 미적 기준이지요."

안식일에 대한 그들의 기준과 의지는 확고해 보였다. 그러니 2000년 전에는 어땠을까. 예수 당시 유대인들에게는 안식일을 지키는 게 가장 중요한 율법 가운데 하나였다. 실제 십계명 중에서도 '의례'에 대한 규정은 '안식일을 지켜라.'가 유일하다. 십계명은 모세가 하느님으로부터 받은 계명으로 유대인들에게는 '절대적인 지침'이었다.

그럼 안식일을 어기면 어찌 될까. 어떤 대가를 치르게 될까. 실제 구약의 출애굽기에는 "이날을 거룩히 지켜라. 누구든지 이날에 일하는 사람은 죽을 것이다."(35장 2절)라고 기록돼 있다. 안식일을 어길 경우 '죽으리라'라고 명시돼 있다. 가톨릭 성경에는 "이날 일하는 자는 누구나 사형을 받아야 한다."(탈출기 35장 2절)라고 번역돼 있다. 그러니 유대 사회에서 안식일에 일을 하는 건 사형감이었다. 돌로 쳐 죽여야 할 일이며 사회에서 도려내야 할 대상이었다. 탈출기(출애굽기)에는 "이날에 일을 하는 자는 누구나 제 백성 가운데에서 잘려나갈 것이다."(31장 14절)라고 못 박고 있다.

예수는 그 계명을 어겼다. 안식일에 회당에서 설교를 하다가 등이 굽은 여자를 고쳐주었다. 일을 한 셈이다. 그 광경을 본 회당장은 분노했다. 회당장은 군중을 향해 "일하는 날이 엿새나 있습니다. 그러니 그 엿새 동안에 와서 치료를 받으십시오. 안식일에는 안 됩니다."(루카 복음서 13장 14절)라고 다그쳤다. 그러자 예수는 이렇게 받아쳤다. "위선자들아, 너희는 저마다 안식일에도 자기 소나 나귀를 구유에서 풀어 물을 먹이러 끌고 가지 않느냐? 그렇다면 아브라함의 딸인 이 여자를 사탄이 무려 열여덟 해 동안이나 묶어놓았는데, 안식일일지라도 그 속박에서 풀어주어야 하지 않느냐?"(루카 복음서 13장 15~16절) 그랬으니 율법주의자들은 예수를 '도려내야 할 대상'으로 봤을 터이다.

예수는 파격적인 행동을 멈추지 않았다. 율법을 중시하는 유대인들은 아예 회당에 와서 기다렸다. 그들은 예수를 '사형감'이라고 생각하여 고발할 속셈이었다. 그날 예수는 한쪽 손이 오그라든 사람을 고쳤다. 안식일에 눈먼 사람을 낫게 하기도 했다. 그들은 예수에게 따졌을 터이다. 왜 율법을 지키지 않느냐고, 왜 하느님과의 언약을 무시하느냐고 말이다. 예수는 이렇게 말했다. "안식일에 좋은 일을 하는 것이 합당

하냐? 남을 해치는 일을 하는 것이 합당하냐? 목숨을 구하는 것이 합당하냐? 죽이는 것이 합당하냐?"(마르코 복음서 3장 4절)

예수의 목표는 달랐다. 율법학자들이 안식일을 놓고 지키느냐, 지키지 않느냐를 따지고 있을 때 예수는 전혀 다른 곳을 찔렀다. 사람을 살리느냐, 아니면 죽게 내버려두느냐. 예수의 관심사는 그것이었다. 심지어 예수는 "사람이 안식일을 위해서 있는가, 안식일이 사람을 위해서 있는가." 하는 질문을 던지며 유대의 율법주의를 겨누었다.

유대인 마을의 골목을 걸었다. 어린아이들이 자주 보였다. 유대인들은 자녀를 많이 낳는다. 구약의 창세기에 "자식을 많이 낳고 번성하여 땅을 가득 채우고 지배하여라."(1장 28절)라는 대목을 믿는다. 그들은 자녀를 여럿 두는 걸 신의 축복으로 여겼다. 초등학교 저학년쯤 되는 여자아이가 서너 살쯤 된 동생을 안고 다니는 풍경을 어렵잖게 볼 수 있었다. 우리 부모님 세대에나 볼 법한 광경을 유대인 마을에서는 쉽게 마주칠 수 있었다. 그만큼 유대인들에게 성경은 철저한 '삶의 지침서' 였다.

안식일을 바라보는 예수의 눈과 유대인의 눈은 달랐다. 예수는 안식일을 어찌 봤을까. 안식일의 '안식'을 예수는 어떤 의미로 설했을까. 마태오 복음서에 이에 대한 답을 주는 일화가 있다. 예수가 직접 안식을 거론한 대목이다.

"고생하며 무거운 짐을 진 너희는 모두 나에게 오너라. 내가 너희에게 안식을 주겠다. 나는 마음이 온유하고 겸손하니 내 멍에를 메고 나에게 배워라. 그러면 너희가 안식을 얻을 것이다."(마태오 복음서 11장 28~29절)

예수는 두 차례나 안식을 강조했다. '안식'은 그리스어로 '아나파우소(anapauso)'다. 영어로는 'give you rest(안식을 주다)'이다. 무슨 뜻일까. 그저 휴식을 주고 여유를 주는 것일까. 예수가 설한 '아나파우소'는 어떤 의미일까. 우리는 어떠할 때 안식을 얻게 될까. 그리스도교 영성의 핵심을 한마디로 표현하면 '전적인 위탁(total commitment)' 혹은 '전적인 항복(total surrender)'이다. 예수는 겟세마니에서 기도하며 "내 뜻대로 마시고 아버지 뜻대로 하소서."라고 했다. 그게 '전적인 항복'이다.

우리의 삶은 늘 갈림길이다. 왼쪽으로 가야 할지, 오른쪽으로 가야 할지 모른다. 그때마다 마음이 출렁인다. 그 갈림길에서 "내 뜻대로 마시고 아버지 뜻대로 하소서."라며 모든 걸 내맡기면 어찌 될까. 그 순간 마음이 편안해진다. 마음의 배를 흔들던 그 모든 파도가 잠잠해진다.

왜 그럴까. 두려움이 포맷되기 때문이다. 그렇게 포맷된 자리로 무언가 밀려온다. 그게 뭘까. 그렇다. 평화다. 그것이 '아나파우소'이다.

수천 년 역사를 관통하며 유대인은 안식일을 지켜오려 애썼다. 사람만이 그 대상이 아니었다. 유대인이 생활하던 자연에도 마찬가지로 적용됐다. 가나안 땅에 들어간 유대인들은 6년간 농사를 짓고 7년째에는 씨를 뿌리지 않았다. 율법에 따른 안식년이다. 그해에는 땅을 쉬게 했다. 그럼 1년간 농사도 짓지 않고 뭘 먹고 살았을까? 유대인들은 안식년을 앞둔 해에 2년 치 식량을 준비했다. 안식일 전날에 이틀 치 음식을 준비하는 것과 같은 맥락이다. 성서에는 그런 해마다 풍년이 들었다고 돼 있다.

안식일을 상징하는 숫자는 '7'이다. 안식년도 '7'이다. 7년이 7번 지나면 49년이다. 유대인들은 그 이듬해인 50년째를 '희년'이라 불렀다. 그해는 매우 특별하게 여겼다. 희년에도 농사를 짓지 않았다. 49년 안식년과 50년 희년이 이어지면 유대인들은 무려 2년 동안 농사를 짓지 않았다. 그러니 그만큼 식량을 비축해둬야 했다. 그뿐만이 아니다. 구약 시대에는 성을 쌓고 부족 단위로 살았다. 부족 간 전쟁에서 패하면 노예로 전락하기도 했다. 희년이 오면 유대인들은 노예들을 모두 해방시켰다. 해방된 노예들은 가족에게 돌아갈 수가 있었다. 사람들이 가진 모든 빚도 무효가 됐다. 모든 걸 처음으로 되돌리고 다시 시작하게 하는 거대한 '사회적 포맷'이었다. 그건 예수가 설한 안식의 포맷 기능과도 맥이 통한다.

천지창조 후의 창조물들이 화폭을 채우고 있다.
마르크 샤갈의 〈낙원〉.

유대인 마을을 걷다가 골목 귀퉁이의 계단에 앉았다. 가방에서 성경을 꺼내 구약의 첫 장을 폈다. 천지창조의 거대한 드라마가 펼쳐졌다. 빛이 창조되고, 밤이 생기고, 하늘이 생기고, 땅이 생겼다. 씨를 맺는 풀과 씨 있는 과일 나무가 종류대로 돋아났다. 하늘에는 빛물체가 창조됐다. 해와 달이 생기고, 별들도 생겨났다. 온갖 생물이 생기고, 사람도 생겨났다. 이 모든 게 '창조의 드라마'다. 안식일의 뿌리는 창세기에 있다. 하느님은 성경의 시간으로 6일간 천지를 창조하고 7일째에 쉬었다고 한다. 하느님은 왜 쉬었을까.

계단에 앉은 채로 눈을 감았다. 창세기에서 천지창조는 6일째에 끝났다. 7일째에 하느님은 쉬면서 안식만 취했을 뿐이다. 나는 7일째에 맞은 안식일에서 비로소 천지창조의 거대한 '화룡점정(畵龍點睛)'을 보았다. 하늘과 땅이 생기고, 온갖 생물과 사람까지 생겨난 6일째까지는 그 마침표를 찾을 수가 없다. 왜 그런 걸까.

'없이 계신 하느님'으로부터 하늘이 나오고 땅이 나왔다. 해와 달과 별도 나왔다. 이 우주의 온갖 생명이 '없이 계신 하느님'으로부터 생겨났다. 불교에서는 그것을 '공즉시색(空卽是色)'이라고 한다. '없음(空)'이 '있음(色)'이 되는 일이다. 이것이 바로 '창조'다. 그런데 '공즉시색'만 이야기하면 절반의 완성에 불과하다. 나머지 반이 있어야 하기 때문이다. 그게 뭘까. '색즉시공(色卽是空)'이다.

사람은 숨을 내뱉기만 해서는 살 수가 없다. 들이마시기도 해야 한다. 날숨과 들숨이 교차할 때 우리는 '살아 있다'고 말한다. 그러면 하느님은 왜 안식일을 강조했을까. 예수는 왜 무거운 짐을 내려놓으라며 '아나파우소'를 강조했을까. 구약 성경에서는 왜 "이날(안식일)에 일하는 사람은 죽을 것이다."라고 했을까. 이유는 하나다. 숨을 내뱉은 뒤에 다시 들이마시지 않으면 죽기 때문이다.

신은 인간을 창조할 때 신의 속성을 닮게 했다. 하늘과 땅을 만들던 하느님의 창조성이 우리 안에도 고스란히 깃들어 있다. 각자의 하루를 돌아보자. 나는 오늘 얼마나 많은 생각을 창조하고, 감정을 창조하고, 아이디어와 통찰을 창조했나. 이 모든 일이 어떻게 가능할까. 하느님의 창조성이 내 안에도 있기 때문이다. 그런데 우리는 신의 속성의 사용법을 잘 모른다. 늘 엉뚱하게 사용해서 오히려 짐을 만든다. 그런 짐들이 쌓이고 쌓여서 예수가 설한 '무거운 짐'이 된다.

예수는 그 짐을 내려놓으라고 했다. 그게 포맷이다. 아침에 화를 낸 것을 포맷하고, 점심때 떠오른 슬픔을 포맷하고, 저녁때 만난 죽일 놈(나의 원수)에 대한 감정을 포맷한다. 6일간 창조한 그 모든 감정과 생각과 집착을 7일째에 포맷하는 거다. 그게 안식일에 담긴 깊은 뜻이 아닐까. 그 모두를 포맷할 때 비로소 우리는 신의 속성으로 돌아가므로.

구약에서 안식일을 거룩한 날로 정한 것도 마찬가지가 아닐까. 거룩함이 뭔가. 신의 속성이 거룩함이다. 안식일은 포맷을 통해 신의 속성, 창조의 근원으로 돌아가는 날이다. 그런 날이 거룩한 날이다. 그러면 "자손 대대로 안식일을 지켜라."라는 말은 무슨 뜻일까. 자손 대대로 신의 속성을 기억하고, 신의 속성으로 돌아오라는 의미가 된다.

2000년 전에 예수를 사형감이라고 생각했던 유대인들도 이 대목을 놓치지 않았을까. 만약 그들이 안식일에 담긴 진정한 뜻을 알았다면 어땠을까. 예수를 단죄하는 대신 자신에게 되묻지 않았을까. '나는 안식일을 지켰는가. 안식일을 통해 지난 일주일을 포맷했던가. 그러한 포맷을 통해 하느님 안으로, 신의 속성 속으로 거했던가.' 그렇게 자신을 돌아보지 않았을까.

구약 성경에는 안식일에 대해 이렇게 기록돼 있다.

"이 안식일을 지켜나가야 한다. 이것은 나와 이스라엘 자손들 사이에 세워진 영원한 표징이다. 주님이 엿새 동안 하늘과 땅을 만들고, 이렛날에는 쉬면서 숨을 돌렸기 때문이다."(탈출기 31장 17~18절)

7일째 되는 날 하느님은 '쉬면서 숨을 돌렸다'. 바깥으로 향하던 숨을

올리브 산의 교회 창문을 통해 바라본 예루살렘 성전.
십자가와 성전의 지붕 사이로 멀리 보이는 곳이 골고타 언덕이다.
예수는 거기서 십자가에 매달렸다.

안으로 되돌렸다. '창조의 숨'에서 '포맷의 숨'으로. 날숨에서 들숨으로. '쉬면서 숨을 돌리다'라는 구절은 영어로 'He ceased and was refreshed'다. 거기에 안식이 있다.

숨을 내뱉는 게 창조다. 하느님이 하늘을 만들고, 땅을 만들고, 자연을 만든 게 '날숨'이다. 숨을 내뱉은 다음에는 다시 들이마셔야 한다. 왜 그럴까. 그래야 다시 내뱉을 수 있기 때문이다. 그렇게 제2, 제3, 제4의 창조가 이어진다. 그게 신의 속성에 깃든 '무한 창조성'이다. 안식은 그저 쉬는 게 아니다. 창조의 근원으로 돌아가 '제2의 천지창조'를 준비하는 일이다. 제2, 제3의 천지창조가 뭘까. 다름 아닌 우리가 맞게 될 내일, 모레, 글피다. 신이 천지를 창조했듯이 우리도 그렇게 하루를 창조한다.

안식일은 두 얼굴을 가졌다. 하나는 율법의 장벽이고, 다른 하나는 창조의 근원으로 돌아가는 통로다. 나는 어느 쪽을 택하고 있을까. 유대인 마을을 나오면서 생각했다. 어쩌면 우리도 2000년 전 유대인처럼 안식일을 지키고 있는 건 아닐까. 주일을 지켰느냐, 교회에 출석했느냐만 따지고 있는 건 아닐까. 그걸 잣대로 '사형감이다', '지옥행이다'라며 상대를 정죄하고 있는 건 아닐까. 지난 일주일 동안 내가 창조한 온갖 감정과 집착에 대한 포맷 작업도 없이 말이다. 그렇게 안식이 빠진 안식일을 보내고 있는 건 아닐까.

예수가 말한 회개는 무엇인가

○○○○○○○

회개하여라!

하늘나라가 가까이 왔다.

마태오 복음서 4장 7절

버스를 타고 예루살렘을 떠나 동쪽으로
한 시간쯤 달리자 광야가 나타났다. 첫 인상은 '삭막함'이었다. 산성화
한 언덕들이 끝도 없이 이어졌다. 생명은 거의 느껴지지 않았다. 푸석
푸석한 메마름과 절대적인 황량함만이 건조한 능선을 달리고 있었다.
'아하, 여기가 광야구나. 예수께서 걸었던 광야가 이런 풍경이구나.'

그때 가이드가 흥미로운 설명을 던졌다. "요즘 이스라엘 젊은이들 사
이에선 광야 트래킹이 유행입니다. 거친 자연에 도전장을 던지고, 자신
의 한계를 체험하는 거죠." 2000년 전에도 그랬을 것이다. 나를 무너뜨
리는 곳, 거기서 드러나는 거대한 우주를 깨닫는 곳. 그곳이 광야라는
공간이었을 터이다.

이스라엘의 사막은 달랐다. 바람이 만든 모래결과 굴곡진 지평선이
한 폭의 그림을 빚어내는 아라비아 사막과는 매우 달랐다. 그저 거칠고
단조로운 땅이었다. 광야에는 그런 단출함이 있었다.

예수가 태어나기 500년 전이었다. 인도의 붓다도 광야로 향했다. 그
광야는 사막이 아니었다. 보드가야의 네란자라 강변에 있는 '고행림(苦
行林)'이라 불리는 거대한 숲이었다. 당시 2만 명의 수행자가 그 숲에
살았다고 한다. 각자의 방식으로 수행과 고행을 하는 이들이었다. 상상
해보면 굉장한 광경이다. 2만 명이나 되는 수행자들이 온 숲을 빼곡히

채웠을 터이다. 누구는 나무 아래서, 누구는 바위 위에서, 누구는 가부좌를 틀고, 또 누구는 가시방석 위에 누워서 온갖 수행법으로 자신을 무너뜨리려 애썼으리라. 요즘 눈으로 보면 거대한 '명상 타운'이다.

한국에도 그런 공간이 있다. 바로 계룡산이다. 옛날에도 그랬고 요즘에도 계룡산에는 온갖 도사와 수행자들이 들락거린다. 북한의 금강산도 한때는 계룡산과 같은 곳이었다. 절벽마다 골짜기마다, 일만 이천 봉우리마다 암자(수행처)가 빼곡하던 시절이 있었다. 율곡 이이도 한때는 입산해 금강산에서 도인(道人)을 찾아다닌 적이 있었다.

이스라엘의 '계룡산'은 바로 광야다. 예수 당시에는 유대 광야에 여러 수도 공동체가 있었다고 한다. 그들은 거친 광야의 절벽과 동굴에서 살았다. 그중 하나가 쿰란 공동체다. 이 공동체에는 성서를 꿰뚫는 안목을 가진 '선생'도 있었다. 그들은 구약 성서를 필사하고, 재산을 공유하고, 함께 식사하고, 함께 수도했으며, 오후 다섯 시가 되면 차가운 물에 몸을 씻었다고 한다. 일종의 세례였다.

버스가 그곳에 도착했다. 제주도 돌담길처럼 생긴 유적들이 곳곳에 보였다. 그 사이를 거닐며 공동체의 식당이 있었다는 장소 앞에 이르렀다. 2000년 전의 구도자들은 식탁에서 어떤 기도를 올렸을지 궁금했다. 어떤 간절함으로 자신의 삶을 통째로 걸고 이곳을 찾았을까. 건너편에는 높다란 모래 절벽과 군데군데 구멍이 뚫린 동굴들이 보였다. 2000년 전에는 저 동굴마다 수도자들로 빼곡했을까.

광야를 걸었다. 메마른 땅이었다. 성서에는 "예수께서 성령에 이끌려 광야로 갔다."라고 기록돼 있다. 광야는 그리스어로 '에레모스(eremos)'

쿰란 공동체의 유적.
2000년 전에 있었던 수도 공동체의 흔적이다.
그들은 여기서 무엇을 버리고 무엇을 찾았을까.

예수는 광야에서 악마를 만났다.
악마는 '내 안의 욕망'이다.
욕망은 늘 '없이 계신 하느님'을 가린다.
모레토 다 브레시아의 〈광야의 그리스도〉.

다. '에레모스'는 '빈 곳'이라는 뜻도 있다. 그리스도교 영성가 다석 유영모가 말한 "없이 계신 하느님"도 '빈 곳'이다. 빈 채로 비어 있는 게 아니라 빈 채로 가득하다. 물리학자들은 이 우주도 그렇다고 말한다. '0'으로 비어 있는 것이 아니라 '0'으로 가득 찬 것이라고.

그러니 광야는 물리적 공간만 뜻하는 게 아니다. '나'라는 에고를 비울 때 드러나는 우주 이전의 우주다. 그런 태초의 공간이다.

광야에 섰다. 저 멀리 회오리바람이 일었다. 바람을 등지고 눈을 감았다. 우리의 광야는 어디일까. 고단한 나의 하루, 지지고 볶는 나의 일상. 그게 바로 광야가 아닐까. 내 안에서는 하루에도 수십 번씩 악마가 올라온다. 빵을 쌓고, 명예를 쌓고, 권력을 쌓으라는 유혹이 때로는 살가운 바람처럼, 때로는 집채만 한 파도처럼 넘실댄다. 예수는 그 유혹 앞에서 '나'를 빼버렸다. 유혹의 씨앗이 자랄 수 없도록 '자아'라는 밭을 아예 쏙 빼버렸다. 그리고 외쳤다. "하느님, 그분만을 섬겨라." 그러자 '악마'는 물러갔다고 한다.(마태오 복음서 4장 11절)

눈에 보이는 것, 손에 잡히는 것, 마음으로 거머쥐는 것. 불교에서는 그 모두를 '색'이라고 부른다. 지지고 볶는 우리 안의 온갖 감정이 모두 형상이다. 우리는 그것이 '있다'고 확신한다. 그래서 거머쥔다. 그것이 집착이다. 붓다는 "있는 게 아니야. 그건 없는 거야. 있는 것이 없는 것

(色卽是空)이다."라고 했는데, 우리는 "아니야. 이건 진짜 있는 거야. 있는 것이 있는 것(色卽是色)이다."라고 받아친다. 그래서 '빈 곳(空)'이 드러나질 않는다. '없이 계신 하느님'이 드러나질 않는다.

예수는 악마를 세 차례나 무너뜨렸다. 악마는 '내 안의 욕망'이다. 왜 그랬을까. 그게 '빈 곳'을 가리기 때문이다. 그걸 무너뜨려야 '빈 곳'이 나타나기 때문이다. '없이 계신 하느님'이 드러나기 때문이다.

드러나면 알게 된다. 모든 색 속에 이미 '빈 곳'이 있음을 말이다. 모든 형상 속에 이미 하느님이 계심을 말이다. 불교에서는 "형상 속에 '빈 곳'이 있고, '빈 곳' 속에 형상이 있다."라고 말한다. '색즉시공(色卽是空) 공즉시색(空卽是色)'이다.

여리고의 시험 산에서 예수는 40일간 금식하며 악마와 싸웠다. 시험 산 중턱의 가파른 절벽에는 1500년 전에 세운 그리스 정교회의 수도원이 지금도 남아 있다. 수도원 안에는 예수가 당시 머물렀다는 동굴도 있다. 그뿐만이 아니다. 악마의 유혹을 받을 때 예수가 걸터앉았다는 조그만 바위도 있다. 예수 사후에도 수도사들은 광야로 갔다. 예수가 만났던 악마를 그들이 다시 만났다. 예수가 짊어지고 따라오라고 했던 '각자의 십자가'였다.

버스를 타고 사해(死海)로 갔다. 북쪽의 갈릴래아 호수에서 강물이 흘러와 이스라엘 남쪽에서 고인 게 해수면보다 416미터나 낮은 사해다. 사해 일대에서 세례자 요한이 활동했다. 그는 메뚜기와 야생 꿀을 주로 먹고 살았다. 요즘으로 치면 생식과 자연식이다. 복장도 특이했다. 낙

타털로 된 옷에 가죽띠를 둘렀다. 그는 오랜 세월을 광야에서 보냈다고
한다. 그래서일까. 일부 신학자들은 세례자 요한이 당시 광야에 있었던
수도 공동체의 일원이었을 것이라고도 보며, 조상을 따라서 유목민으
로 살았을 것이라고 추정하기도 한다.

사해는 말 그대로 '죽음의 바다'다. 요르단 강물이 유입되지만 출구
는 없다. 그만큼의 수량이 증발할 뿐이다. 염도가 높아 물고기도 살 수
없다. 성지를 순례하던 이들은 사해에 와서 수영복으로 갈아입었다. 소
금 호수여서 물속에 가만히 있어도 몸이 뜬다. 어쩌면 '물 위를 걷는 예
수'라는 초월적인 이야기가 사해에서 비롯됐을까. 아니면 예수가 몸소
물 위를 걸었을까. 어찌 됐든 몸이 물에 둥둥 뜨는 사해는 당시 유대인
들에게 신비의 호수였으리라.

예수도 나자렛을 떠나 세례자 요한을 찾아왔고, 실제로 그에게 세례
도 받았다. 예수가 물에서 나올 때 하늘이 열리고 성령이 비둘기같이
내려왔다고 한다.(마태오 복음서 3장 16절) 이 때문에 그리스도교에서 비
둘기를 성령의 상징으로 쓴다. 나는 "하늘이 열리고"라는 구절에 눈길
이 갔다. 그 대목을 안고 눈을 감았다. 그렇다. 하늘이 열려야 성령이
내려온다. 하늘이 열리지 않는다면 성령이 내려올 수가 없다. 그럼 어
떻게 하면 하늘이 열리는 걸까. 왜 우리의 하늘은 열리지 않는 걸까.

세례자 요한은 당시에 유명 인사였다. 그의 세례는 소문이 났고 인기를 끌었다. 그러자 형식적인 체험 차원에서 찾아오는 이들도 있었다. 천국이 가까이 온다고 하니 자기 속마음은 바꾸지 않은 채 세례만 받으려는 이들이었다. 세례자 요한은 그들에게 "뱀의 자식들!"이라고 쏘아붙였다. 과격한 발언이었다. 요한은 왜 그들을 "뱀의 자식들"이라고 했을까.

미국의 유진 피터슨 목사는 저서 『메시지』(복 있는 사람, 2015)에서 요한의 말을 이렇게 풀었다. "너희의 뱀가죽에 물을 좀 묻힌다고 무엇이 달라질 것 같으냐? 바꿔야 할 것은 너희 겉가죽이 아니라 너희 삶이다!"(마태오 복음서 3장 7~10절) 요한의 발언은 '예수 당시'뿐 아니라 '요즘 시대'까지 겨냥한다. 어쩌면 우리야말로 뱀의 자식들이다. 천국행 티켓을 얻으려고 교회에 가서 몸에 물만 묻히는 세례를 받고 있는지도 모른다. 그렇다면 어떻게 해야 할까. 뱀의 허물을 벗으려면 말이다.

요한이 사람들에게 세례를 해주었던 요르단 강가로 갔다. 강폭이 그리 넓지는 않았다. 그가 형식적으로 세례를 받으려는 자들을 "뱀의 자식들!"이라고 부른 데에는 이유가 있었다. 아담과 이브는 뱀의 유혹에 빠져 선악과를 먹었다. 선악과는 '쪼갬'을 상징한다. 선악과를 먹고 나서 인간은 세상을 쪼개기 시작했다. 선과 악으로 쪼개고, 나와 너로 쪼개고, 이편과 저편으로 쪼개고, 자본가와 노동자로 쪼개고, 보수와 진보로 쪼갠다. 그들을 향해 세례자 요한은 "뱀의 자식들!"이라고 윽박질렀다.

선악과는 원래 한 덩어리의 열매였다. 거기에는 쪼갬이 없었다. 아담과 이브가 선악과를 먹으면서 선과(善果)와 악과(惡果)로 쪼개졌다. 그때부터 사람들은 둘로 나누기 시작했다. 좋은 것과 나쁜 것. 높은 것과 낮은 것, 선과 악, 자랑스러운 것과 부끄러운 것. 세상 모두를 그렇게 둘로 쪼갰다.

그때 하느님이 아담을 찾았다. "아담아, 너 어디 있느냐?" 아담은 앞으로 나설 수가 없었다. 왜 그랬을까. 성서에는 "부끄러움을 알았기 때문"이라고 기록돼 있다. 쪼갬의 결과이다. 그걸 안고선 '신의 속성'과 하나가 될 수 없다. 그래서 아담은 하느님 속으로, '신의 속성' 속으로 나아갈 수가 없었다. 하나가 될 수 없었기 때문이다.

예수도 갈릴래아 호숫가에서 똑같이 말했다. "회개하여라. 하늘나라가 가까이 왔다."(마태오 복음서 4장 17절) 요한이 세례를 주었다고 전해지는 장소에 섰다. 궁금했다. "회개하여라."의 뜻이 뭘까. 그저 잘못했다고 뉘우치는 게 회개일까. 당시 예수의 직설은 무엇이었을까. 예수는 어째서 회개와 함께 하느님 나라가 온다고 했을까.

예수 당시 지중해 지역의 공용어는 그리스어였다. 신약성서는 그리스어로 처음 기록됐다. '회개하라'는 그리스어로 '메타노이아(metanoia)'다. 도올 김용옥은 그것을 '회심(回心)'이라고 번역했다. '마음의 방향을 튼다.' 반면 예수가 실제 사용한 언어는 아람어였다. '메타노이아'에 해당하는 아람어는 '타브(tab)'다. '회복하다, 돌아오다'란 뜻이다. 그럼 무엇을 회복하는 걸까. 예수는 대체 어디로 돌아오라고 한 걸까.

수년 전이었다. 네팔에서 나이 지긋한 힌두교인을 만난 적이 있다. 그의 이마에 붉은 점이 하나 찍혀 있었다. 그게 뭐냐고 묻자 그는 "제3의 눈"이라고 답했다. 내가 "제3의 눈이 뭡니까?" 하고 다시 물으니 그는 "마음의 눈"이라고 답했다. 그랬다. 그들이 이마를 붉게 물들이며 그토록 간절히 구하는 건 '마음의 눈'이었다. 그게 누구의 마음일까. 지지고 볶는 '나의 마음'일까. 아니었다. 그건 '신의 마음'이었다. 그들이 구하는 '제3의 눈'은 다름 아닌 '신의 눈'이었다.

　사람들은 묻는다. 그럼 '예수의 눈'은 어떤 눈인가. "행복하여라! 마음이 가난한 사람들. 하늘나라가 그들의 것이다." 이게 예수의 눈이다. 우리의 눈은 다르다. '마음이 가난한 자'는 늘 불행해 보인다. 안타깝고 없어 보일 뿐이다. 그래서 우리는 늘 채우려고만 한다. 하고 싶고, 되고 싶고, 가지고 싶은 무언가로 채우려 한다. 그렇게 마음이 '가짐'으로 가득한 부자가 될 때 행복하다고 여긴다. 그게 우리의 눈이다.

　그런 우리를 향해 예수가 외친다. "마음의 눈을 돌려라. 하느님 나라가 바로 여기에 있다." 예수는 그렇게 역설한다. 결국 "회개하여라."는 '눈을 돌리라'는 뜻이다. 관점을 돌리라는 말이다. '나의 눈'에서 '신의 눈'으로 바꾸라는 의미다. 왜일까. 거기에 자유와 평화가 있기 때문이다. 거기에 '하느님 나라'가 있으니까.

　세례자 요한의 최후는 참담했다. 당시 그의 영향력은 상당했고 추종자들도 많았다. 이 때문에 세례자 요한을 반체제 인사로 분류하는 이들도 있다. 요한은 유대의 지배자를 향해서도 직설적인 비판을 쏟아냈다. 당시 유대의 왕은 헤롯 안티파스였다. 그는 이복형제의 아내 헤로디아를 취했다. 요한은 "동생의 아내를 데리고 사는 것은 옳지 않다."라고 수차례 지적했다. 헤롯은 결국 요한을 체포했다. 그러나 요한이 두려워

베르나르도 루이니의 〈세례자 요한의 머리를 지닌 살로메〉.

어쩌지 못하고 있었다.

마침 헤롯의 생일잔치가 열렸다. 헤로디아의 딸 살로메(첫 남편의 딸)가 춤을 추자 다들 그 모습에 감탄했다.

헤롯은 "무엇이든 원하는 것을 나에게 청하여라. (…) 네가 청하는 것은 무엇이든, 내 왕국의 절반이라도 너에게 주겠다."(마르코 복음서 6장 22~23절)라고 말했다. 어머니에게 달려간 살로메가 돌아와 말했다. "당장 세례자 요한의 머리를 쟁반에 담아 저에게 주시기를 바랍니다." (마르코 복음서 6장 25절) 헤롯 왕은 손님들 앞에서 체면을 구기고 싶지 않았다. 결국 사형이 집행됐고, 쟁반에 담긴 세례자 요한의 목이 살로메에게 전달됐다.

화가들은 살로메를 종종 팜므파탈의 상징으로 쓴다. 아일랜드 극작

여자가 죽은 남자의 머리를 들고 있는 이 그림은
자신의 미모를 이용해 적장의 목을 자른 베툴리아의 영웅 유디트와
세례자 요한을 죽음에 이르게 한 성서 속 살로메를 동시에 변주하고 있다.
구스타프 클림트의 〈유디트 II (살로메)〉.

가 오스카 와일드는 희곡『살로메』에서 세례자 요한의 죽음을 변주했다. 살로메는 세례자 요한에게서 키스를 거절당하자 그의 머리를 요구했다. 결국 살로메는 목이 잘린 요한의 머리를 움켜쥐고 그에게 키스를 한다.

구스타프 클림트도 〈유디트Ⅱ(살로메)〉라는 작품에서 세례자 요한의 죽음을 다루었다. 가슴을 적나라하게 드러낸 살로메의 창백한 얼굴 밑으로 독기와 욕망이 고여 있다. 화려한 팔찌에 감긴 살로메의 손이 세례자 요한의 머리를 틀어쥐고 있다.

요르단 강은 지금도 흐른다. 예수의 메시지도 마찬가지다. 2000년 세월을 관통하며 지금도 흐른다. 세례자 요한의 죽음은 예수에게도 위협이었다. 당시 사람들은 예수를 가리켜 "세례자 요한이 죽은 이들 가운데에서 되살아난 것이다."(마르코 복음서 6장 14절)라고도 했다. 헤롯왕도 이 소문을 들었으니 예수에게 어떤 화가 닥칠지 모를 일이었다.

예수는 조용히 유대 광야를 떠났다. 그리고 고향인 갈릴래아 지역으로 향했다. 버스도 광야를 떠났다. 예수가 태어난 나자렛, 그리고 본격적인 활동을 시작한 갈릴래아 지역으로 향했다. 차창 밖으로는 여전히 요르단 강이 흐르고 있었다. 세례자 요한의 외침이 울렸다.

"마음의 눈을 돌려라. 하느님 나라가 바로 여기에 있다."

예수보다 더 강한 나만의 신

oooooooo

이들이 내 어머니고 내 형제들이다.

하느님의 뜻을 실행하는 사람이

바로 내 형제요 누이요 어머니다.

마르코 복음서 3장 34~35절

갈릴래아 지역으로 향하는 길에 창밖으로 척박한 풍경이 펼쳐졌다. 중간중간 오아시스 마을도 보였다. 예수도 이 길을 걸었을까. 홀로 요르단 강의 물소리를 들으며 터벅터벅 걸었을까. 이 땅을 지나 갈릴래아로 갔을까, 아니면 반대편인 서쪽으로 갔을까. 세례자 요한의 죽음으로 위협을 느낀 나머지 유대인들이 꺼리는 사마리아 지역을 통과했을까. 그 길로 고향인 나자렛으로 갔을까.

예수는 외로웠을 터이다. 그 누구도 예수의 '주인공'을 알지 못했다. 그의 내면에 깃든 신의 속성을 사람들은 알아차리지 못했다. 그저 나자렛에 사는 요셉의 아들, 목수 일을 하는 청년으로만 여겼다.

세례자 요한은 다른 사람들과 달리 안목이 있었다. 광야에서 예수가 세례를 청했을 때 요한은 "제가 선생님께 세례를 받아야 할 터인데 선생님께서 저에게 오시다니요?"(마태오 복음서 3장 14절) 하며 사양했다.

중국 춘추시대에 백아(伯牙)라는 인물은 거문고의 명수였다. 그의 소리를 알아주는 친구가 있었는데 그는 종자기(鐘子期)였다. 백아가 거문고로 높은 산과 큰 강을 연주하면 종자기는 여지없이 읽어냈다.

"하늘 높이 솟은 것이 마치 태산(泰山) 같다."

가락으로 강물을 읊어도 읽어냈다. "넘칠 듯 넘칠 듯이 흘러가는 것이 황하(黃河) 같다." 둘은 서로 통했다. 그러다 종자기가 병으로 먼저

죽었다.

　백아는 거문고 줄을 끊어버리고 다시는 연주를 하지 않았다. '백아절현(伯牙絶絃)'이다. '마음의 소리'를 아는 이, 즉 '지음(知音)'이 사라졌기 때문이다. 갈릴래아로 가던 밤, 예수는 달을 보며 세례자 요한을 떠올리지 않았을까. 그의 죽음을 애달파하지 않았을까.

　예수에게 세례자 요한은 '지음'이었다. 오직 요한만이 예수가 '신을 품은 인간'임을 알았다. 예수의 제자들도 몰랐다. 십자가에서 숨을 거둘 때도 제자들은 예수가 진정 누구인지 몰랐다. 그의 내면에 무엇이 깃들어 있는지……. 그러니 예수는 외롭지 않았을까. 자신의 가락을 알아주던 세례자 요한이 죽었으니 말이다.

기록에는 없지만 세례자 요한은 예수에게 숱한 질문을 퍼붓지 않았을까. 하느님 나라에 대해, 신의 속성에 대해 온갖 물음을 던지지 않았을까. 예수는 또 반가운 마음으로 하나하나 답하지 않았을까. 마치 백아와 종자기가 마음의 소리를 주고받았듯이.

그래도 예수는 달랐다. 거문고의 줄을 끊지 않았다. 갈릴래아로 가서 오히려 더 많은 가락을 연주했다. 자신의 내면에 깃든 하느님 나라를 풀어서 메시지로 펼쳤다.

한참을 달리자 차창 밖으로 사막 특유의 건조한 풍광이 변하기 시작했다. 뭔가 이상했다. '뭐가 달라진 거지?' 버스가 북쪽으로 달릴수록 초록색 점들이 하나씩 둘씩 더 보였다. 나무도 풀도 꽃도 조금씩 더 보였다.

이스라엘에는 광야와 따가운 햇볕만 있는 줄 알았는데 위쪽으로 갈수록 나무도 꽃도 푸르게 살아났다. '아, 이 땅에도 생기가 도는구나!'

갈릴래아 지역에 들어섰을 때는 두 눈을 비비고 다시 봐야 했다. 믿기지가 않았다. 그곳은 푸르디푸른 제주도였다. 커다란 호수와 풀이 무성한 언덕, 울창한 나무들……. 가슴 밑바닥까지 초록이 밀려왔다.

버스에서 내리자 상쾌한 바람이 스쳤다. 성서에서 숱하게 들은 이름, 갈릴래아 호수. 나는 입이 쩍 벌어졌다. 갈릴래아 호수가 그렇게 큰 줄 몰랐다. 육안으로 보기에는 호수라기보다 바다에 훨씬 더 가까웠다.

영어 이름도 'Sea of Galilee', 즉 갈릴래아 바다이다. 동서 폭이 14킬로미터, 남북의 길이는 무려 21킬로미터이다. 넓이는 170제곱킬로미터. 호수 둘레는 63킬로미터. 그만큼 컸다.

그제야 이해가 갔다. 어째서 북쪽으로 올라올수록 초록빛이 더 많이 보였는지 말이다. 갈릴래아 호수에서 우러나는 생명의 기운 때문이었다. 요르단 강의 수량(水量)도 호수에 가까워질수록 더 풍부했다.

갈릴래아 호수 일대에는 작은 마을들이 있었고 조그만 회당도 있었다. 회당은 유대인들이 안식일에 모여 신앙 활동을 하는 곳이다. 구약에서 하느님은 천지를 창조하고 마지막 7일째에 쉬었다고 한다. 일, 월, 화, 수, 목, 금 그리고 토요일이다. 유대교에선 마지막 7일째가 토요일이다. 그래서 안식일도 토요일이다.

예수는 유대인이었다. 그는 토요일에 회당을 찾았다. 유대인들이 그곳에 모이기 때문이었다. 예수는 설교를 했다. 설교 주제는 '하느님 나라'였다. 예수는 자신의 내면에 흐르는 '신의 속성'을 풀었다. 나와 세상과 우주가 어떻게 숨을 쉬고, 어떻게 맞물려서 어떻게 돌아가는지 그 이치를 설했다. 하느님 나라가 무엇이고, 그걸 품으려면 어찌해야 하는지 아주 쉬운 말로 설했다.

갈릴래아 호수는 바다 같은 느낌이 들 만큼 크다.
호수 둘레가 63킬로미터에 이른다.
성서 속 예수에 관한 수많은 일화가 이 주변에서 일어났다.

예수의 설교는 명쾌하고 막힘이 없었다. 사람들은 예수의 설교에 가슴이 시원하게 뚫렸다. 성서에는 "사람들은 그분의 가르침에 몹시 놀랐다. 그분께서 율법학자들과 달리 권위를 가지고 가르치셨기 때문이다."(마르코 복음서 1장 22절)라고 기록돼 있다.

'권위'라는 건 어떤 걸까. 그건 어떨 때 생겨나는 걸까. 마음으로 끄덕이게 되는 권위는 쉽사리 생기지 않는다. 가르침이 이치의 심장을 관통할 때 비로소 권위가 생겨나는 법이다.

호숫가를 천천히 걸었다. 예수의 고향은 갈릴래아에서 멀지 않다. 나자렛에서 자란 예수도 종종 이곳을 찾았을 터이다.

'이 커다란 호수와 푸른 나무들, 갈대가 가득한 언덕, 바람과 함께 철썩대는 파도. 그 모두가 예수에게 말을 걸었겠지. 어린 예수, 청년 예수, 장년 예수는 모두 갈릴래아의 추억을 가지고 있었겠지. 이곳에서 자연의 숨결을 익혔겠지. 그 안에 깃든 신의 숨결도 보았겠지.'

갈릴래아의 풍성한 물과 푸른 나무는 예수에게 또 하나의 고향이 아니었을까.

성서에 정겨운 일화가 한 토막 있다. 예수가 고향 나자렛에 머물 때

였다. 그날도 예수는 회당에서 가르침을 펴고 있었다. 그때 어머니 마리아와 예수의 동생들이 찾아왔다. 그들은 회당 밖에서 사람을 보내 예수를 불렀다.(마르코 복음서 3장 31절)

나는 눈을 감고 그 광경을 그려본다. 혹시 그때가 저녁 무렵은 아니었을까. 성서에 기록된 그 대목이 〈응답하라 1988〉의 한 장면은 아니었을까. "예수야(Yeshua)! 밥 다 됐다. 집에 와서 저녁 먹어라!" 그런 전갈은 아니었을까. 이런 광경을 그려보면 왠지 가슴이 따뜻해진다. 예수가 우리가 사는 동네 골목에서도 마주칠 수 있는 친근한 누군가처럼 다가온다.

예수에게 그 전갈이 갔다. "스승님의 어머님과 형제들과 누이들이 밖에서 스승님을 찾고 계십니다."(마르코 복음서 3장 32절)

예수는 사람들에게 되물었다. "누가 내 어머니고 내 형제들이냐?" 사람들은 멀뚱한 눈으로 예수를 쳐다봤을 터이다. 예수는 자신을 빙 둘러싼 좌중을 둘러보며 말했다. "이들이 내 어머니고 내 형제들이다. 하느님의 뜻을 실행하는 사람이 바로 내 형제요 누이요 어머니다."(마르코 복음서 3장 35절)

예수의 대답은 파격이었다. 그것은 하느님 나라의 문을 열고, 그 속성을 공유하는 이의 답이었다.

갈릴래아 호숫가에 섰다. 예수의 '물음'이 가슴에 꽂혔다. "누가 내 어머니고 내 형제들이냐?" 예수의 '답'도 가슴에 꽂혔다. "이들이 내 어머니고 내 형제들이다."

예수는 왜 그리 묻고, 왜 그리 답했을까. 예수는 신의 뜻을 실행하는 사람이 형제자매라고 했다. 그들은 신의 뜻에 순종하는 사람이다. 나는 '순종'이라는 말을 안고 눈을 감았다.

'하느님 뜻에 순종하는 사람.' 무슨 뜻일까. 주일을 지키고, 십일조를 하고, 교회에서 봉사 활동을 하는 것이 순종일까. 아니면 집사가 되고, 권사가 되고, 장로가 되는 것이 순종일까. 그도 아니면 신학교를 나와서 사제가 되고, 수녀가 되고, 목회자가 되는 것이 순종일까.

대체 예수가 말한 순종은 무엇일까. 답은 멀리 있지 않다. 문제 속에 늘 답이 있는 법이다. 답과 문제는 한 몸이니. 그럼 '순종하는 사람' 대신 '순종하지 않는 사람'을 먼저 찾으면 된다.

하느님 뜻에 순종하지 않는 사람. 그들은 누구일까. 우리는 착각한다. 나와 종교가 다르고 교단이 다른 사람들이라 본다. 과연 그럴까.

모세가 받은 십계명 중 하나는 "우상을 섬기지 마라."이다. 흔히 불상에 절을 하거나 금으로 만든 송아지 따위를 모시는 걸 우상이라 여긴다. 십계명에 담긴 의미는 그리 간단치 않다. '하느님 뜻'에 순종하지 않는 사람들은 어디에 순종할까. 하느님 뜻보다 더 강력한 영향력을 행사하는 '절대자 위의 절대적 힘'은 대체 무엇일까.

우리는 신을 섬긴다는 명분으로 수시로 '나'를 섬긴다. 나의 기대, 나의 성공, 나의 욕망이 성취되도록 하느님이 일해주기를 바란다. 내가 하느님의 뜻을 따르는 게 아니라 하느님이 '나의 뜻'을 따르기를 바란다. 그렇게 되도록 기도까지 한다. "~하게 해주십시오!" "제발 ~가 되게 해주세요!" 그러니 결국 누가 누구를 섬기는 걸까. 내가 하느님을 섬기는 걸까, 아니면 하느님이 나를 섬기는 걸까.

십계명에서 경고한 우상은 멀리 있지 않다. 아주 가까이 있다. 하느님보다 더 강력하게, 더 열정적으로 섬기는 나만의 신. 그 대상이 대체 누구일까.

그렇다. 그건 바로 '나'다. 하느님 뜻에 순종하지 않는 이들도 나의 뜻에는 순종한다. 그러니 법당에 앉아 있는 불상이 우상이 아니라 바로 내가 우상이다. 신의 뜻을 가리는 '나의 뜻'이야말로 진정한 우상이다. 그래서 예수는 아람어로 "타브!"라고 했다. '나의 눈'에서 '신의 눈'으로 돌리라는 말이다.

그리스 아테네에 간 적이 있다. 30년째 거기서 살고 있는 한국 여성을 만났는데 그녀의 남편은 그리스 사람이었다. 그녀는 그리스 정교회에 다니고 있었다. 나는 궁금해서 물었다. "이곳 사람들의 신앙은 다른 점이 있나요?"

그녀는 며칠 전에 교회 장례식에 참석한 이야기를 해주었다. "평소에 잘 알고 지내던 이웃이 자식을 잃었어요. 교통사고였죠. 우리 같으면 하느님께 따지잖아요. 울고불고 매달리잖아요. 왜 내 자식을 데려가시느냐고. 다시 살려달라고요. 그런데 여기는 달라요. 받아들이는 방식이 놀랍도록 차분해요. 이들은 기본적으로 '우리가 모르는 하느님의 뜻이 뭔가.'를 물어요. 자기 자식의 죽음 앞에서도요. 이곳에서 산 지 30년이 됐지만 지금도 놀랍더군요."

그것은 '나의 뜻'을 관철시키는 게 아니라 '신의 뜻'을 묻는, 그리스도교의 고귀한 전통이다. 그 전통의 출발점은 예수다. 그런데 왜 뒤바뀌었을까. 우리는 왜 '나의 뜻'이 이루어질 때만 '신의 뜻'이 성취됐다고 여기는 걸까. 축구 경기를 할 때도 내가 골을 넣을 때만 하늘을 향해 기도를 한다. 골을 먹을 때는 기도를 하지 않는다. 왜 그럴까. 감사의 기도는 내가 바라는 대로 될 때만 올리는 걸까.

"나 외에 다른 신을 섬기지 말라."

사람들은 이 계명을 두고 이기적이고 배타적인 계명이라고 말한다. 이 계명 때문에 그리스도교는 다른 종교를 공격하고 배척하기도 했다. 그런데 십계명의 뜻은 글자 그대로인 걸까. 호수에 파도가 일었다. 갈릴래아의 바람과 함께 나는 눈을 감았다. "나 외에 다른 신을 섬기지 말라." 여기에는 더 깊은 이유가 있지 않을까.

사람들이 우상숭배하는 모습을 본 모세는
십계명이 새겨진 돌판을 던져서 깨버렸다.
우상이 신을 가리기 때문이다.
렘브란트의 〈십계명 돌판을 집어 던지는 모세〉.

인도의 붓다는 태어나자마자 일곱 걸음을 걸었다고 한다. 물론 사실이 아니다. 어떻게 갓 태어난 아기가 일곱 걸음을 걸을 수 있을까. 그런데 이 일화에 담긴 메시지는 진실이다. 우리를 자유롭게 하는 건 이적을 실제로 일으켰느냐 하는 사실 여부가 아니다. 그 일화에 담겨 있는 이치(메시지)의 진실성이다. 그런 이치가 우리를 머리부터 발끝까지 자유롭게 한다.

아기 붓다는 한 손으로 하늘을 가리키며 말했다. "천상천하 유아독존(天上天下 唯我獨尊)!" 이 우주에 오직 나만이 존귀하다는 뜻이다. 사람들은 말한다. "너무 오만한 것 아닌가. 자신만이 최고라니. 그건 너무 배타적이지 않은가." 왜 '유아독존'일까. 왜 붓다만이 존귀하다고 했을까.

죽도록 보수를 따지는 이들, 죽도록 진보를 따지는 이들은 안목이 좁다. 눈이 프레임에 갇혀 있기 때문이다. 프레임을 꿰뚫어 알맹이를 보는 이들은 다르다. 보수와 진보를 자유롭게 넘나들며 '무엇이 우리 모두를 위한 최선인가?'에 방점을 찍는다.

진보와 보수는 일종의 방편이다. 세상을 바라보는 어느 한쪽의 시각이다. 그래서 전체를 담지는 못한다. 진보가 진보를 놓고 보수가 보수를 놓을 때 비로소 우리는 자유로워진다. 틀에 갇히지 않고 자유롭게 오가게 된다. 그때 비로소 알게 된다. 둘의 근본이 실은 하나라는 것을 말이다. 그것을 꿰뚫는 이들의 눈은 남다르다. 넓고도 깊다.

예수도 마찬가지였다. 예수의 눈은 무한히 넓고 무한히 깊었다. 예수의 주인공은 껍데기로 보이는 나자렛의 목수가 아니었다. 그 안에 깃든 신의 속성이었다. 하느님이 인간을 지을 때 속을 채웠다는 신의 속성 말이다. 그것이 아담의 아들이라 자처한 예수의 주인공이다. 예수는 그 속성을 회복하라고 했다. 그것을 위해 하느님께 순종하라고 했다. 나의 고집이 하나씩 둘씩 모두 무너지면 결국 무엇이 남을까. 그렇다. 신의 속성만 남는다. 하느님의 속성만 남는다. 거기가 하느님 나라이다. 그 나라가 과거와 현재, 미래를 뛰어넘어 이 우주에 가득하다. 오직 그것 만 있다.

그래서 나 외에 다른 신을 섬기지 말라고 한 것이다. 섬기려야 섬길 수가 없기 때문이다. 오직 그것만 있으니. 이를 붓다는 '유아독존'이라 고 표현했다. 오직 그것만이 존귀하므로. 그러니 십계명의 구절도, 붓 다의 말도 배타적이지 않다. 오히려 통합적이다. 둘로 쪼개는 게 아니 라 하나로 모은다.

그 눈으로 예수는 물었고, 그 눈으로 예수는 답했다. "누가 내 어머니 고, 내 형제들이냐? 이들이 내 어머니고 내 형제들이다."

겉모습은 분명 둘이다. 너와 나가 다르고, 남자와 여자가 다르고, 보 수와 진보가 다르다. 그러나 바탕은 둘이 아니다. 각자의 에고가 무너 지면 신의 속성이 드러난다. 거기서 하나가 된다. 신을 품은 예수의 눈 에는 모두가 하나였다.

갈릴래아 호수에 노을이 붉게 내렸다. 하나, 둘, 셋⋯⋯. 멀리 산 중 턱 마을에 불이 켜졌다. 바람이 차가웠다. 자리에서 일어나 숙소를 향 해 발을 뗐다. "나 외에 다른 신을 섬기지 말라." 그런데도 우리는 한눈 을 판다. 자꾸만 다른 신을 섬긴다. 그 신의 이름은 바로 '나'이다. 나의 고집, 나의 집착, 나의 욕망을 버무려 자꾸만 '나'라는 신을 일으켜 세운다. 그리고 그 신을 숭배한다. 그게 나의 눈이다.

호수의 수면 위로 메아리가 울린다. 가슴을 때리며 쿵쿵 울린다. 하늘이 묻는다.

"나 외에 다른 신이 누구인가. 나 외에 다른 신이 누구인가."

당신은 정말 예수의 제자인가

○○○○○○○

이제는 내가 사는 것이 아니라

그리스도께서 내 안에 사시는 것입니다.

갈라디아서 2장 20절

이스라엘로 가는 비행기에서 내 옆자리에는 삼십대 중반의 유대인 남성이 앉았다. 기내식으로 비빔밥을 택한 그는 고추장을 듬뿍 풀었다. 나는 그에게 말을 걸었다.

"한국 음식을 좋아하세요?"

"매콤해서 좋아요."

"유대인은 음식을 먹을 때도 지켜야 할 율법이 많지 않나요?"

"나는 정통파 유대교인은 아니에요. 성경보다는 과학에 더 의지하죠. 유대 율법에는 쇠고기와 소에서 나오는 우유나 치즈를 함께 먹지 말라고 합니다. 가령 쇠고기를 먹었으면 여섯 시간이 지난 뒤에야 우유나 치즈를 먹을 수 있어요."

자신은 그 율법을 지키지 않는다고 했다. 대신 쇠고기와 치즈를 동시에 먹지는 않는다고 했다.

"그럼 기내식으로 쇠고기와 치즈가 같이 나오면 어떻게 하시겠어요?"

"쇠고기를 먼저 다 먹은 다음에 치즈를 먹어야죠. 쇠고기를 다 먹기 전에는 치즈를 먹지 않을 겁니다."

스스로 과학을 더 중시한다고 말하는 유대인이지만 그에게도 생활 속에 녹아 있는 율법의 영향력은 매우 컸다.

유대교는 율법의 종교다. 구약의 모세는 시나이 산에서 하느님으로

부터 율법을 받았다. 율법은 신과의 언약이다. 유대인은 율법을 지키고, 하느님은 구원을 약속한다. 모세가 자신의 아들에게 할례(생식기의 포피를 잘라내는 일)를 행하지 않자 구약의 하느님은 모세를 죽이려 했을 정도다. 유대인들이 율법을 목숨처럼 여기는 배경이기도 하다.

2000년 전에도 그랬다. 예수는 자신의 메시지를 전하기 위해 이스라엘의 많은 장벽과 싸워야 했다. 그중 하나가 유대 율법이었다. 예수가 설교를 할 때 많은 율법학자들이 찾아와 예수를 공격했다. "우리의 율법은 이러한데 당신은 왜 그렇게 가르치느냐?" 하고 묻고 따졌다. 예수는 이에 대해 정면으로 반박했다. 복음서에는 이렇게 기록돼 있다.

"내가 율법이나 예언서들을 폐지하러 온 줄로 생각하지 마라. 폐지하러 온 것이 아니라 오히려 완성하러 왔다."(마태오 복음서 5장 17절)

예루살렘 통곡의 벽 앞에서 유대인들이 기도를 하고 있다.
통곡의 벽 돌 틈에는 소망을 적은 종이쪽지가 곳곳에 끼워져 있다.
예루살렘 성전이 있었던 이곳을 유대인들은 지금도
신을 만나는 장소로 여긴다.

"너희의 의로움이 율법학자들과 바리사이들의 의로움을 능가하지 않으면, 결코 하늘나라에 들어가지 못할 것이다."(마태오 복음서 5장 20절)

예수는 분명히 못 박았다. 자신은 '폐지'가 아니라 '완성'을 위해 왔다고 말이다. 또 사람들에게 "율법학자와 바리사이들보다 의롭지 않으면 천국에 들어갈 수 없다."라고 선언했다. 당시로서는 굉장히 파격적인 발언이었다. 예수의 말을 뒤집어보면 이렇다. "지금 율법학자들과 바리사이들은 천국에 들어가지 못한다. 그들보다 의로운 이들만 하늘나라에 들어갈 수 있다." 온유하게만 들리지만 예수의 말은 유대 율법 사회를 향한 선전 포고나 마찬가지였다. 그들의 방식에는 구원이 없다고 했으니 말이다.

예수는 각별한 물음을 던졌다. 당시 유대 사회에서는 묻지 않는 물음이었다. 예수는 '어떻게 해야 율법을 철저히 지킬 수 있나'가 아니라 '왜 율법을 지키는가'를 되물었다. 유대인들이 조상 대대로 내려오던 옷의 단추(율법)를 꿰느라 정신없을 때, 예수는 "무엇을 위해 단추를 꿰는가?"라고 물은 셈이었다. 유대인들이 망각하고 있던 첫 단추였다.

율법은 일종의 고속도로다. 서울에서 부산으로 가는 빠른 길이다. 예수도 율법 자체를 부정하진 않았다. "스스로 지키고 또 그렇게 가르치는 이는 하늘나라에서 큰사람이라고 불릴 것이다."(마태오 복음서 5장 19절)라고 했다. 율법의 목적지는 부산이다. 부산에 도착해야 한다. 그러기 위해 율법을 지키며 고속도로에서 벗어나지 않도록 애쓴다. 그래서 사람들은 율법을 중시한다. 세월이 흐른다. 1년, 2년이 아니라 100년, 200년이 흐르고 1000년, 2000년이 흐른다.

그 와중에 주객이 바뀐다. 목적과 수단이 뒤바뀐다. 율법을 중시하던 사람들은 갈수록 엄격해지고, 율법을 어기는 이들에게 가혹해진다. 어느새 율법 자체가 눈앞의 목적이 돼버린다. 사람들은 이제 부산이라는 목적지를 잊고 만다. 내가 어디로 가고 있었는지를 잊어버린다. 고속도로 위를 달리지도 않는다. 얼마나 철저하게 율법을 지키고 있는가. 오직 그것만을 따진다.

예수 당시에도 그랬다. 유대인들은 '부산'을 망각했다. 그곳을 향해 나아가지도 않았다. 그들은 고속도로의 가드레일만 붙들고 있었다. 그게 율법주의였다. 예수는 그들에게 되물었다. "당신은 어디에 서 있는가?" "어디로 가고자 하는가?" "당신이 붙들고 있는 가드레일이 목적지인가, 아니면 부산이 목적지인가?" 예수는 설교를 통해 그렇게 묻고 또 물었다.

비단 율법만 그럴까. 종교도 마찬가지다. 종교도 하나의 고속도로다. 부산에 닿기 위한 길이지 종교 자체가 목적지는 아니다. 그럼 물어야 하지 않을까. '나의 목적지는 어디인가. 나는 어디로 가고 있나. 부산인가, 아니면 고속도로 자체인가.' 사람들은 종종 착각한다. 주일을 지키고, 십일조를 내고, 교회를 섬기는 것 자체를 '부산'이라 여긴다. 거기가 목적지라고 생각한다. 하지만 그건 고속도로일 뿐이다. 그 길을 통해 우리는 '부산'으로 가야 한다. 고속도로 자체가 종점은 아니다.

2000년 전의 유대인들도 그렇게 생각하지 않았을까. 고속도로의 가드레일만 붙들고 있으면 저절로 부산으로 간다고 말이다. 그러니 예수의 지적이 지독하게 부담스러웠으리라. "우리가 옳아. 우리는 부산으로 가고 있어."라고 철석같이 믿는 이들에게 예수는 "거기는 부산이 아니다. 너희는 도로 위에 가만히 서 있을 뿐이다."라고 말했으니 말이다.

케빈 레이놀즈 감독의 영화 〈부활〉에서도 예수는 유대 율법 사회를 위협하는 1순위 위험인물로 나온다. 영화에서 유대의 제사장과 사제들은 빌라도 총독에게 십자가에서 숨을 거둔 예수의 주검까지 철저히 감시해달라며 두려움에 떨었다. 예수의 메시지는 그만큼 그들의 세계에 위협적이었다. 그렇지 않았다면 굳이 예수를 십자가형에 처하라고 주장하지도 않았을 터이다. 당시 예수의 가르침은, 박제가 되어 굳어가는 유대 율법의 심장을 찔렀다.

티베리아에서 남쪽 방향 갈릴래아 호숫가로 갔다. 그쪽 호숫가는 산책로도 있고 호수 주변에 공원도 있었다. 주차장에 차를 세운 사람들이 가족 단위로 와서 바비큐를 즐기고 있었다. 호숫가에는 부드러운 모래밭이 있었다. 자세히 보니 알갱이는 잘게 부서진 조개 껍데기였다. 비늘이 없는 해산물은 입에 대지 말라는 율법 때문에 조개를 먹지 않아서인지 호숫가에는 오랜 세월 부서지고 부서진 조개껍데기가 지천이었다. 처음부터 그랬을까. 유대 율법은 시작부터 격식에 불과한 것이었을까.

구약에는 모세가 시나이 산에서 하느님으로부터 율법을 받았다고 기록돼 있다. 율법에는 하느님에게 올리는 제사와 성막의 설치, 제사장의 직무와 유대인의 생활 방식 등 아주 구체적인 항목까지 기록돼 있다. 특히 눈에 띄는 부분은 제사다. 유대인들은 소나 양, 염소 등을 잡아 반으로 갈라 제단 위에 올려놓고 태웠다. 단순히 소나 양을 하늘에 바치는 의미가 아니었다. 죄를 지은 자신이 누워야 할 자리에 소나 양을 대신 눕히는 제사였다. 그렇게 유대인들은 불타는 양을 보며 자신의 죄를 참회했을 터이다.

7년 전 인도에 갔었다. 인도에 다녀온 사람들은 한결같이 바라나시의 갠지스 강이 가장 좋았다고 했다. 인도의 여러 지역을 돌다가 드디어 바라나시에 도착했다. 나는 한껏 기대에 부풀었다. 시장통처럼 어수선한 길을 헤치고 갠지스 강으로 갔다. 강가에서는 꽤 큰 규모의 종교 행사가 벌어지고 있었다. 이마에 붉은 점을 찍은 힌두교인들이 많았다. 불빛이 반짝이고 음악이 울려 퍼졌다. 매우 이국적인 분위기였다. 그렇긴 했지만 어째서 갠지스 강이 특별한 곳인지는 알 수 없었다.

작은 나룻배를 타고 갠지스 강을 건넜다. 힌두교인들은 하늘에 있던 갠지스 강이 시바 신(힌두교의 신)의 몸을 타고 땅으로 흘러내렸다고 믿는다. 그래서 죽은 뒤에 이 강에 뿌려지길 바란다. 갠지스 강이 신의 나라로 흐른다고 철석같이 믿기 때문이다. 실제로 주변의 강들은 모두 같은 방향으로 흐르는데, 갠지스 강만 반대 방향으로 흐른다. '천국으로 흐르는 강.' 하류 쪽으로 해가 떨어지고 있었다. 그럼 저 너머에 천국이 있는 걸까. 노을이 지는 갠지스 강. 갠지스의 석양은 매혹적이었다. 그래도 찾을 수는 없었다. 갠지스 강이 어째서 그토록 특별한 장소인지 말이다.

해가 떨어지고 어둠이 내렸다. 배는 좀더 상류로 올라갔다. 사람들이 강가에 불을 피우고 뭔가를 태우고 있었다. 그쪽으로 배를 대고 내려서 보니 화장터였다. 말이 화장터지, 아무런 건물도 없고 아무런 칸막이도 없었다. 그냥 강가에서 장작을 얼기설기 쌓아두고 시신을 태우고 있었다. 관도 없었다. 시신을 그저 얇은 천으로만 동여맸을 뿐이었다. 그 와중에도 들것에 실린 시신 몇 구가 강가로 옮겨지고 있었다.

불과 3미터 앞이었다. 그토록 신랄한 화장 광경은 본 적이 없었다. 투둑투둑 하는 소리와 함께 물이 뚝뚝 떨어지고 연기가 피어올랐다. 적나라한 광경이 눈앞에서 펼쳐졌다. 그 순간 커다란 망치로 뒤통수를 꽝 하고 맞는 느낌이 들었다. '저게 바로 나구나!' 싶었다. '인생은 순간이구나. 잠시 후면 내가 저 위에 눕겠구나. 장작 위에서 타고 있는 저 몸이 바로 나구나!'

그 순간을 잊을 수가 없다. 어떠한 사유나 논리, 설명도 필요 없었다. 그저 꽝! 하고 맞았을 뿐이었다. 폭풍처럼 후려치는 강고한 펀치였다. 한 가지 생각만 들었다. '인간의 삶이란 정말 순간이구나. 그럼 뭘 해야 하지?' 잠시 후 답이 떠올랐다. '내가 삶에서 가장 중요하다고 생각하는 것. 바쁘다는 이유로 차일피일 미뤘던 것. 그걸 하자. 언제? 지금 당장!' 그러고 나서야 고개를 끄덕일 수 있었다. 어째서 갠지스를 특별하다고 하는지 말이다.

대홍수가 끝나고 노아가 배에서 내린 뒤 가장 먼저 한 일도
제단을 쌓고 정결한 짐승을 잡아서 제사(번제)를 드리는 것이었다.
요제프 안톤 코흐의 〈노아가 감사 공양을 올리는 풍경〉.

　모세 당시의 유대인들은 어땠을까. 장작더미 위에서 불타고 있는 양,
그 제물은 사실 자기 자신이었다. 유대인들이 그 광경을 아무런 감정
없이 쳐다봤을까. 장작더미에 불이 붙고 연기가 치솟고, 붉게 드러난
양의 살이 불에 닿고, 바람이 불어 불길이 더 거세지고 그 속에 누운 양
의 몸뚱이가 타들어가는 광경을 지켜보며 유대인들은 눈물을 흘리지
않았을까. 가슴을 치지 않았을까. 양의 죽음을 통해 자신의 죽음을 체
험하지 않았을까. 그러한 의식을 통해 죄를 씻어 내리지 않았을까.
　그렇게 세월이 흘렀다. 500년, 1000년, 2000년, 3000년이 흘렀다.
그 와중에 제사는 형식이 되고 격식이 됐다. 양을 잡아서 제사만 올리
면 나의 죄가 소멸된다는 '제사=죄 사함'이라는 자동 등식이 생겨났을

예수는 자신을 죄를 없애는 제물로 바쳤다. 이를 통해 말한다.
각자의 십자가를 지라고, 그 위에 자신을 포개라고.
렘브란트의 〈세 개의 십자가〉.

것이다. 물론 모세 당시에도 '자동 죄 사함'을 믿는 사람들이 있지 않았을까. 불에 타는 양을 보며 모두가 자기 가슴을 치지는 않았을 테니 말이다.

예수의 십자가 죽음에는 유대의 제사 코드가 녹아 있다. 2000년 전 이스라엘은 로마의 식민지였다. 유대인들은 메시아가 나타나 로마의 압제에서 해방시켜줄 거라는 열망을 품고 있었다. 그들은 예수가 사람들을 끌어모아 창과 칼을 들고 로마의 군대에 맞서 식민지 해방을 이룰 것을 기대했다. 하지만 예수는 고개를 저었다. 그리고 골고타 언덕의 십자가에서 무기력하게 죽음을 맞이했다. 도무지 이해할 수 없는 예수의 죽음. 유대인들은 예수의 죽음을 어떻게 받아들였을까.

모세 당시 하늘에 올렸던 제사들 중에 '화목제(和睦祭)'가 있었다. 하느님과 사람 사이를 화목하게 하기 위한 제사이다. 소나 양 등을 잡아서 그 피를 제단에 뿌리고, 내장과 콩팥, 간 등은 제단에서 불살랐다. 유대인들은 예수의 죽음도 일종의 화목제로 여겼다. 하느님과 사람 사이를 화목하게 하기 위해 가축이 아니라 예수 자신이 몸소 제물이 된 것이다. 예수가 사람들의 죄를 대신해 제물이 됐기에 예수를 믿는 사람은 죄 사함을 받는다고 봤다.

이 대목에서 물음을 던지는 이들도 많다. "그렇게 믿고 싶은데, 아무리 노력해도 믿기지 않는다." 2000년 전 예수의 죽음과 자신의 죄, 그 사이의 연결 고리를 찾을 수가 없다고 한다. "예수님의 죽음으로 인해 어째서 나의 죄가 사해지는가. 더구나 믿기만 하면 죄 사함을 받는다니, 그건 또 무슨 마케팅인가. 그게 '예수 천국, 불신 지옥'과 무엇이 다른가. 그냥 믿기만 하면 '죄 사함'은 자동으로 주어지는 건가. 도무지 받아들여지지 않는다." 그렇게 하소연하는 이들을 여럿 만났다.

반면 죄 사함을 기계적으로 받아들이는 사람도 있다. "나는 교회를 다니고, 주일을 지키고, 십일조도 꼬박꼬박 하고, 예수님도 믿는다. 십자가에서 예수님이 나의 죄를 대신 짊어지고 돌아가셨다. 그러니 나는 이미 죄 사함을 받았다. 나는 예수님을 믿으니까." 대개 이런 사람들은 큰 고민이 없다. 천국행 티켓을 이미 거머쥐었다고 생각하기 때문이다.

둘 중 누구의 눈이 예수의 눈에 더 가까울까. 나는 전자의 이야기에서도, 후자의 이야기에서도 예수의 눈을 찾지 못한다. 왜일까. 두 사람의 이야기에는 '나의 십자가'가 보이지 않기 때문이다.

호숫가 오솔길을 걷다가 풀밭에 앉았다. 겨자 꽃이 노랗게 피어 있었다. 나는 눈을 감았다. 무엇이었을까. 인도의 화장터에서 커다란 망치가 내 뒤통수를 때렸던 이유는 뭘까. 그저 놀라운 풍경을 본 것에 그칠 수도 있었는데 말이다.

그건 불타는 시신에 내 모습을 비춰보았기 때문이 아닐까. 그렇게 내가 장작 위에 올라가 누웠기 때문이 아닐까. 모세 당시의 화목제도 마찬가지였으리라. '제물 따로, 나 따로'에도 씻어 내림이 작용했을까. 그렇지 않다. '강 건너 불구경'하는 이의 가슴에는 불이 붙지 않는다. 장작 위에서 불타는 양을 보며 에고의 마음도 타야 한다. 그래야 십자가에 올라간다. 그래야 신의 속성이 드러난다.

중국의 마조(馬祖) 스님이 좌선을 하고 있었다. 이를 본 회양(懷讓) 선사가 물었다. "좌선을 해서 무얼 하려고 하는가?" 마조가 답했다. "부처가 되고자 합니다." 이 말을 들은 회양 선사는 저만치 가서 벽돌을 하나 들고 왔다. 그러고는 쓱싹쓱싹 갈기 시작했다. 그걸 본 마조가 물었다.

"벽돌을 갈아서 무엇에 쓰려고요?"

"거울을 만들려고 한다."

"벽돌을 갈아서 어떻게 거울을 만듭니까?"

"그럼 좌선을 한다고 어떻게 부처가 되겠는가."

"그럼 어찌해야 합니까?"

이 물음에 회양 선사가 답했다.

"수레가 가지 않으면 수레를 때리는 게 옳은가, 아니면 소를 때리는 게 옳은가."

이 일화는 불교의 가슴만 찌르지 않는다. 그리스도교의 가슴도 찌른다. '예수 그리스도와 하나가 되기 위한 길에서 나는 무엇을 때리고 있나. 수레인가, 아니면 소인가.' 마조는 훗날 대선사(大禪師)가 되어 유명한 선구(禪句)를 남겼다. "평상심이 도(道)이다(平常心是道)." 그는 왜 평상심을 도라고 했을까. 우리의 마음은 날마다 지지고 볶는데 말이다.

요한 복음서는 이 물음에 답한다. "모든 것이 그분을 통하여 생겨났고, 그분 없이 생겨난 것은 하나도 없다."(요한 복음서 1장 3절) 행복한 마음도, 지지고 볶는 마음도 진정 누구를 통해 생겨나는 걸까. 나를 통해서일까, 아니면 그분을 통해서일까. 성서에는 "그분 없이 생겨난 것은 하나도 없다."라고 했다. 그러니 세상 어디에도 내 것은 없다. 여기에 답을 할 때 평상심이 도가 된다. 사도 바울로는 그걸 아는 순간 이렇게 말했다. "이제는 내가 사는 것이 아니라 그리스도께서 내 안에 사시는 것입니다."(갈라티아서 2장 20절)

영화 〈부활〉에서는 십자가 처형의 고통이 적나라하게 묘사된다. 커다란 대못이 나의 손을 뚫고, 나의 발을 뚫고 들어와 나무에 박힌다. 그다음에 땅에 눕혀져 있던 십자가가 세워진다. 그럼 자신의 몸무게로 인해 몸이 아래로 축 처진다. 그때 손과 발을 뚫은 대못이 주위의 뼈를 짓누른다. 몸무게로 인해 손과 발의 뼈가 바스러지기도 한다. 고통은 극한에 달한다. 너무 고통스러운 나머지 죽여달라고 애원한다. 그래도 죽을 수가 없다. 십자가형에는 이런 고통까지 포함되기 때문이다. 사형수

는 고통에 겨워 정신을 잃을 수도 있다. 그러면 사형 집행인이 솜에 신 포도주를 적셔 코에다 대고 깨운다. 죄수가 다시 고통을 느끼도록 말이 다. 그렇게 매달린 채 죽지 않고 며칠이 지나가기도 한다. 그러면 몽둥 이로 다리뼈를 부러뜨린다. 그게 십자가형이다.

그런 십자가 죽음을 어떻게 봐야 할까. "믿기만 하면 구원을 받는다." 라는 말은 무슨 뜻일까. 정말 그렇게 간단할까. 그렇다면 역사 속의 성 인과 수도자들은 왜 그토록 몸부림치며 에고와 싸웠을까. 그저 믿기만 하면 됐을 텐데 말이다. 그렇다면 예수를 믿는다고 할 때 '믿는다'의 의미는 과연 뭘까.

그리스어로는 '피스티스(pistis)', '신뢰하다'라는 뜻이다. 미국의 저명한 기독교 미래학자 레너드 스윗 박사에게 그에 대해 물은 적이 있다. 그는 이렇게 대답했다. "'예수를 믿는다'고 할 때 '믿는다'는 서로가 서로를 아는 걸 뜻한다. 남편이 아내를 알고, 아내가 남편을 알듯이 말이다. 그건 아주 '관계적'인 의미다. 그런데 많은 교회가 그걸 믿어야 하는 신앙의 원리로 바꾸어버렸다. 사람들은 기독교 교리만 믿으면서 '믿는 사람(信者)'이라고 말한다. 예수를 믿는다는 것은 그런 뜻이 아니다."

그에 대해 예수는 어떻게 표현했을까. "내가 너희 안에 거하듯 너희가 내 안에 거하라." 예수는 그렇게 말했다. 그럴 때 비로소 속성이 통한다. 신의 속성이 통할 때 나와 하느님의 관계가 화목해진다. 그러면 어찌해야 할까. 남편이 아내를 알듯이, 아내가 남편을 알듯이, 우리도 예수를 알려면 어찌해야 할까. 그렇게 예수 안에 거하려면 어찌해야 할까. 예수는 복음서에서 다음과 같이 답을 던졌다.

"제 십자가를 지고 나를 따르지 않는 사람도 나에게 합당하지 않다." (마태오 복음서 10장 38절)

"누구든지 제 십자가를 짊어지고 내 뒤를 따라오지 않는 사람은 내 제자가 될 수 없다."(루카 복음서 14장 27절)

사도 바울로는 이렇게 말했다. "나는 그리스도와 함께 십자가에 못 박혔습니다."(갈라티아서 2장 19절)

예수가 내놓은 답은 '자기 십자가'다. "자기 십자가를 짊어지고 따라오는 사람이라야 나에게 합당하다."라고 했다. 예수는 왜 '합당하다'라는 표현을 썼을까. 그 말은 그리스어로 '악시오스(axios)'다. '값어치가 있다(worthy)'라는 의미도 있지만 '만나다(meet)'라는 뜻도 있다. 무엇과 무엇이 만나는 걸까. 나의 속성과 신의 속성이 만난다. 그렇게 만날 때 '거함'이 이루어진다. "내가 너희 안에 거하듯 너희가 내 안에 거하라."라고 할 때의 '거함'이다. 그런 거함의 열쇠가 '자기 십자가'다.

그러니 예수의 십자가를 바라만 보면 어찌 될까. 고속도로 위에서 가드레일만 붙잡고 있는 것과 무엇이 다를까. '부산(하느님 나라)'으로 가려면 발을 떼야 하지 않을까. 바퀴를 굴려야 하지 않을까. 그 엔진이 '자기 십자가'이다. 예수는 각자의 십자가를 짊어지고 오는 이들을 이렇게 불렀다. "나의 제자야!" 그러므로 다시 묻게 된다.

나는 예수의 제자인가, 당신은 예수의 제자인가.

'없이 계신 하느님'에게서 빛과 어둠이 나왔다.

해와 달도 나왔다.

온 우주가 그렇게 생겨났다.

예수는 왜 나의 몸, 나의 피를 받아먹으라고 했을까

모두 이 잔을 마셔라.

이는 죄를 용서해주려고

많은 사람을 위하여 흘리는 내 계약의 피다.

마태오 복음서 26장 27~28절

최후의 만찬. 그 와중에도 예수는 마지막을 예견했다. 제자들은 눈치채지 못했다. 예수를 향해 시시각각 조여 오는 죽음의 그림자를 사도들은 전혀 모르고 있었다. 최후의 만찬은 말 그대로 마지막 식사였다. 예수는 저녁 식사를 마친 뒤 예루살렘 성에서 빠져나왔다. 그리고 성의 맞은편 올리브 산으로 갔다. 올리브유를 짜는 방앗간이 있던 겟세마니에서 피가 밴 땀을 흘리며 기도를 했다. 최후의 만찬을 했던 밤과 겟세마니의 밤은 같은 날 밤이었다. 그 밤에 예수는 성전 경비병들에게 끌려갔다. 그리고 이튿날 심문을 받고 십자가에 못 박혀 숨을 거두었다. 그러니 최후의 만찬은 예수가 죽기 바로 전날 밤의 사건이다.

아침 일찍 숙소를 나와 예루살렘 성의 서쪽 성문인 자파 게이트로 갔다. 많은 순례객과 관광객들이 있었다. 넓고 복잡한 예루살렘 성에서 자파 게이트는 일종의 약속 장소였다. 그곳을 지나 예수가 최후의 만찬을 했던 장소로 갔다. 그리 멀지 않았다. 대략 15분쯤 걸었을까. 예루살렘 성의 또 다른 성문인 시온 게이트 바로 바깥에 최후의 만찬을 했던 장소가 있었다.

좁은 골목을 따라가자 오래된 건물이 나타났다. 계단을 올라갔다. 마르코 복음서에도 최후의 만찬을 한 곳이 '큰 이층 방(마르코 복음서 14장 15절)이라

예수가 '최후의 만찬'을 했던 장소다.
현 건물은 페르시아 제국에 의해 무너졌다가
중세 때 십자군에 의해 다시 지어졌다.

고 기록돼 있다.

2층에 올라서자 널따란 방이 나왔다. 그리스도교 역사에서는 이 장소가 최후의 만찬이 열린 장소라고 오랫동안 전해져왔다. 이 작은 건물도 이스라엘의 파란만장한 역사와 궤를 같이했다. 예수가 세상을 떠난 지 40년쯤 지났을까. 서기 70년에 유대인들은 무기를 들고 로마에 항거했다. 그들은 끝까지 버텼지만 처참하게 패배했다. 그 와중에도 이 건물은 온전했다.

614년 페르시아 군대가 쳐들어왔을 때는 사정이 달랐다. 최후의 만찬이 열렸던 건물의 상당 부분이 파괴됐다. 유럽에서 십자군이 내려와 예루살렘을 차지하고서야 다시 지어졌다. 그때 1층에는 '다윗의 묘실'을 옮겨왔고, 2층에는 '최후의 만찬' 장소가 재건됐다. 다윗의 묘실이 있는 1층은 유대교의 성지이고, 2층은 그리스도교의 성지가 되었다. 1층에선 유대인들이 기도하고, 2층에선 그리스도교인들이 기도한다.

1333년부터 1552년까지 200년 넘는 세월 동안 프란치스코 수도회가 이곳을 맡았다. 그러나 오스만 제국이 이스라엘을 장악하자 상황이 달라졌다. 이곳은 이슬람 사원으로 바뀌었다.

그 흔적들은 지금도 고스란히 남아 있었다. 2층의 홀 안에는 이슬람 모스크의 흔적이 곳곳에 있었다. 이슬람 문자가 벽에 새겨져 있고, 스테인드글라스에도 이슬람 특유의 문양이 그려져 있었다. 반대편 구석에서는 그리스도교 순례객들이 찾아와 두 손 모으고 기도를 했다. 나는 방 가운데 서서 눈을 감았다. 2000년 전 바로 이 방, 바로 이 자리에 있었을 예수의 마지막 밤을 묵상했다.

그날은 무교절이 시작되는 첫날밤이었다. 유월절과 무교절은 유대 역사에서 결코 잊힐 수 없는 절기다. 그 유래는 구약의 모세 시대까지 거슬러 올라간다. 당시 유대 민족은 이집트에서 노예 생활을 하고 있었다. 유대 지도자 모세는 이집트 파라오에게 유대 민족의 해방을 요청했으나 파라오는 거절했다. 그러자 모세는 "이집트 땅에서 처음 태어난 것은 모두 죽을 것이다."라고 경고했다. 왕의 첫 아들을 비롯해 노예의 첫 아들까지, 모든 가축에게서 태어난 첫 새끼도 다 죽을 것이라고 예언했다.

하지만 유대인들은 예외였다. 모세가 이를 피할 수 있는 묘책을 일러 주었다. 집집마다 양이나 염소를 잡아서 그 피를 우슬초(팔레스타인 지역에서 자라는 박하과 식물, 영적인 정화를 상징함)에 묻혀 대문의 틀에 바르라고 했다. 유대인들은 모세의 말을 따랐다. 유대 달력으로 1월 14일 밤이 되자 파라오의 장남이 죽었다. 감옥에 갇힌 죄수들의 첫 아들도 죽었다. 처음 태어난 가축 새끼들도 모두 죽었다. 문틀에 피를 바른 유대인들의 집에는 변고가 없었다. 이날이 유월절이다. 넘을 '유(逾)'＋건널 '월(越)' 해서 유월절(逾越節)이다. 더 이상의 재앙을 두려워한 파라오는 유대 민족이 이집트를 떠나는 걸 허락했다. 이 일이 유대 민족이 이집트를 탈출하는 결정적 계기가 됐다.

유월절 저녁부터 7일간은 무교절(無酵節)이다. '교(酵)'는 '누룩을 넣어 삭히다'라는 뜻이다. 무교절에는 누룩을 넣지 않은 '무교 빵'을 먹는다. 유대인들은 무교절 첫날과 마지막 날에 모여서 예배하고 함께 음식을 먹었다. 예수가 12사도와 함께 음식을 나눈 최후의 만찬도 그랬다. 그날의 만찬은 유월절 저녁 식사로, 유대 달력으로 1월 14일이다. 요즘 우리가 쓰는 태양력으로 따지면 3월이나 4월에 해당한다. 그러니 최후의 만찬은 봄날 저녁에 있었던 셈이다. 물론 이스라엘의 봄볕은 한국의 한여름만큼 따갑지만 말이다. 예수가 십자가에 못 박힌 달도 3월이나 4월이었으리라.

제자들이 예수에게 물었다. "파스카(유월절) 음식을 어디에 가서 차리면 좋겠습니까?" 예수가 답했다. "도성 안으로 가거라. 그러면 물동이

를 메고 가는 남자를 만날 터이니 그를 따라가거라. 그리고 그가 들어
가는 집의 주인에게, '스승님께서 '내가 제자들과 함께 파스카 음식을
먹을 내 방이 어디 있느냐?' 하고 물으십니다.' 하여라. 그러면 그 사람
이 이미 자리를 깔아 준비된 큰 이층 방을 보여줄 것이다. 거기에다 차
려라."(마르코 복음서 14장 13~15절)

　집주인은 누구였을까. 예수를 아는 인물이었겠지. 예루살렘 도성에
집이 있었으니 경제적인 여유도 있었을 터이다. 그는 왜 예수를 후원했
을까. 유월절 저녁 식사 자리를 왜 자신의 집에다 차려주었을까. 그는
어디서 예수를 처음 만났을까. 어쩌면 시장 모퉁이를 지나다가 우연히
예수의 설교를 들었을까. 그래서 자신의 묵은 상처를 씻어 내리기라도
했을까.

　저녁때가 되자 예수는 제자들과 함께 그곳으로 갔다. 그들은 식탁에

앉아서 음식을 먹었다. 이집트 노예 시절 유대인들이 먹었던, 누룩을
넣지 않은 빵이었다. 그 빵에는 '그때 그 시절'을 잊지 말자는 의미도
담겨 있다고 한다. 유대인들은 유월절 저녁 식사에서 누룩을 넣지 않은
빵과 쓴 나물, 구운 양고기와 포도주 등을 먹었다. 예수의 식탁에도 그
런 음식들이 놓였을까. 식사 도중에 느닷없이 예수가 말했다.

"너희 가운데 한 사람, 나와 함께 음식을 먹고 있는 자가 나를 팔아넘
길 것이다."(마르코 복음서 14장 18절)

그 말을 들은 제자들은 어땠을까. 그들의 표정은 어땠을까. 복음서에
는 이렇게 기록돼 있다. "그들은 근심하며 차례로 '저는 아니겠지요?'
하고 묻기 시작하였다."(마르코 복음서 14장 19절)

최후의 만찬을 했다는 이층 방. 그 구석에 가서 나는 쪼그려 앉았다.
2000년 전 이곳에 열세 명의 남자가 있었다. 한 명은 예수, 나머지 열
둘은 사도였다. 그 장면을 그리며 눈을 감았다. 예수의 말을 듣고 제자
들은 왜 근심했을까. 왜 차례대로 돌아가며 "저는 아니겠지요?" 하고
물었을까. 그들은 무엇이 불안했을까.

만약 지금이라면 어떨까. 이 자리에 예수가 나타난다면 말이다. 그리
고 이 방에 서 있는 순례객들을 향해 "너희 가운데 한 사람, 이 방에 있
는 사람이 나를 팔아넘길 것이다."라고 말한다면 어떨까. 우리는 담담
하게 그 말을 듣고 있을까. 아무렇지도 않게 예수를 바라보면서 말이

다. 아니면 성서 속의 사도들과 똑같은 반응을 보일까. 저마다 걱정에
차서 예수에게 묻게 될까. "그게 저는 아니겠지요? 설마 저는 아니겠지
요? 제발 아니라고 말씀해주세요. 그게 저만은 아니라고 말입니다." 그
렇게 말하며 예수에게 매달리게 될까.

　눈을 감은 채 나는 물었다. '나라면 어땠을까. 예수를 향해 나는 뭐라
고 말을 했을까.' 식탁에 앉아 있던 제자들이 크게 동요했다. 그들은 근
심하며 차례로 물었다. 왜 그랬을까. 찔리는 데가 있었기 때문이다. 그
게 자신일 수도 있다는 걸 자신이 먼저 알았기 때문이다. 그래서 예수
에게 물었을 터이다. "그게 저는 아니겠지요?" 스스로 걸리지 않았다
면 굳이 그렇게 물을 필요도 없다.

　레오나르도 다빈치의 〈최후의 만찬〉(164쪽 참고)을 보면 그 장면이 실
감나게 되살아난다. 제자들은 세 사람씩 무리 지어 앉아 있다. 욱하는
성격의 베드로는 예수 쪽으로 고개를 쭉 빼고, 오른손에는 식탁에 놓여
있던 나이프를 쥐고 있다. 베드로가 어깨를 짚은 사도 요한은 고개를
늘어뜨리고 있다. 그 둘 앞에 돈주머니를 손에 쥔 가룟 유다가 식탁을
짚은 채 예수를 쳐다보고 있다. 다들 "저는 아니겠지요?"라고 할 때 유
다만 속으로 "어떻게 아셨죠?" 하고 묻는 얼굴이다.

　식탁의 왼쪽 끝에도 세 사람이 있다. 안드레아는 두 손바닥을 펼친
채 깜짝 놀라고 있다. "세상에 그런 일이!" 하는 표정이다. 가운데 앉은
야고보는 베드로의 등을 치고 있다. 뭔가 메시지를 전하려 한다. 왼쪽
끝에 앉은 나타나엘(바돌로매)은 자리에서 벌떡 일어나 있다. 격분한 모

습이다. 예수 오른편에도 세 사람이 있다. 도마는 한 손가락을 치켜세우고 있다. 필립보는 자신의 가슴을 가리키며 "저는 아니겠지요?" 하고 묻는다. 둘 사이에 앉은 야고보도 당황한 표정이 역력하다. 식탁 오른쪽 끝의 세 사람은 마태오(푸른 옷)와 타대오(다대오), 시몬이다. 그들도 서로 묻는다. "대체 누구를 두고 하시는 말씀이지?"

레오나르도 다빈치의 걸작 〈최후의 만찬〉을 다시 들여다본다. 예수와 12사도. 그림 속에는 정말 13명의 인물만 있을까. 안드레아와 베드로 사이에, 사도 요한과 예수 사이에, 필립보과 마태오 사이에 우리도 앉아 있는 건 아닐까. 그래서 예수에게 묻고 있지 않을까. "그게 저는 아니겠지요? 설마 저는 아니겠지요?"라고 말이다.

실은 우리도 알고 있다. 그 인물이 나일 수도 있다는 걸 너무나 잘 알고 있다. 그래서 묻는다. "그게 저는 아니겠지요?" 스스로 알기에 더 크게 묻는다. 예수에게 등을 돌린 사람은 가룟 유다뿐만이 아니었다.

*예수를 바라보는 제자들의 표정이 눈길을 끈다.
우리도 저 그림 속 인물 중 하나와 닮지 않았을까.
프리츠 폰 우데의 〈최후의 만찬〉.*

겟세마니에서 예수가 체포됐을 때 제자들은 모두 도망쳤다. 끌려가는 예수를 버리고 달아났다. 베드로만이 멀찍이서 예수를 따라갔다. 그랬던 베드로도 결국 부인했다. "당신도 한패가 아니오?"라는 말에 베드로는 "나는 예수를 모른다."라며 세 차례나 부인했다. 닭이 울기도 전에 말이다.

그러니 "너희 가운데 한 사람, 나와 함께 음식을 먹고 있는 자가 나를 팔아넘길 것이다."라는 예수의 한마디는 누구의 가슴을 찔렀을까. 12사도 모두의 가슴을 찌르지 않았을까. 2000년이라는 세월이 흘렀는데도 그 말이 우리의 가슴을 찌르듯이 말이다.

제자들은 음식을 먹었다. 예수는 빵을 들고 축복했다. 그 빵을 떼어서 제자들에게 주며 예수는 말했다.

"받아먹어라. 이는 내 몸이다."(마태오 복음서 26장 26절)

"이는 너희를 위하여 내어주는 내 몸이다. 너희는 나를 기억하여 이를 행하여라."(루카 복음서 22장 19절)

또 잔을 들어서 감사를 드린 뒤 제자들에게 주며 말했다.

"모두 이 잔을 마셔라. 이는 죄를 용서해주려고 많은 사람을 위하여 흘리는 내 계약의 피다."(마태오 복음서 26장 27~28절)

"이 잔은 너희를 위하여 흘리는 내 피로 맺는 새 계약이다."(루카 복음

서 22장 20절)

예수는 말했다. "내가 떼어서 주는 이 빵이 나의 몸이요, 내가 주는 이 잔의 포도주가 나의 피다. 모두 이것을 받아 마셔라. 이것이 너와 내가 맺는 새로운 계약이다." 무슨 뜻일까. 누룩을 넣지 않은 소박한 무교절 빵을 왜 예수는 '나의 몸'이라고 했을까. 또 잔에 담겨 있던 붉은 포도주를 왜 '나의 피'라고 했을까. 그걸 왜 받아 마시라고 했을까.

우리는 종종 예수의 정체를 착각한다. 2000년 전 이스라엘에서 태어나 가르침을 펼치다 십자가에 못 박혀 죽은 예수. 그게 예수의 전부라고 생각한다. 그래서 '실존적 예수', '역사적 예수'에만 방점을 찍기도 한다. 동전의 한쪽 면만 보는 셈이다. 눈에 보이는 바깥 풍경만 보는 셈이다. 동전에는 양쪽 면이 있다. 둘을 모두 알아야 비로소 우리는 동전을 안다고 말할 수 있다. 예수의 정체도 마찬가지다. 겉으로 보이는 '역사적 예수', '실존적 예수'는 동전의 앞면이다. 땅 위에 올라와 있는 나무의 밑동과 줄기와 가지와 잎이다.

그런데 그게 다가 아니다. 보이지 않는 동전의 뒷면이 있다. 나무로 치면 땅속에서 나무를 받치고 있는 뿌리다. 나무의 뿌리는 눈에 보이지 않는다. 그러나 뿌리가 없다면 나무는 서 있을 수 없다. 뿌리로 인해 몸통과 가지와 잎도 서 있다. 예수에게도 뿌리가 있다. 그 뿌리까지 알아야 우리는 비로소 예수를 안다고 말할 수 있다.

예수는 "나를 보는 것이 아버지(하느님)를 보는 것이다."라고 했다. 왜 그럴까. 예수의 내면에 '아버지'가 있기 때문이다. 예수라는 아름드리 나무의 밑동을 파보면 '신의 속성'이라는 거대한 뿌리가 받치고 있기 때문이다. 그러니 '역사적 예수'와 '복음적 예수'는 둘이 아니다. '역사적 예수'라는 동전의 뒷면에 '복음적 예수'가 있다. 또 '복음적 예수'라는 동전의 앞면에 '역사적 예수'가 있다. 예수는 동전 자체다. 하나의 예수를 둘로 쪼개는 건 사람들이 '땅 밑의 뿌리'를 보지 못하기 때문이다. 땅 위에 솟아 있는 부분, 즉 자신의 눈에 보이는 것만 나무의 전부라고 생각하기 때문이다.

그러면 예수가 말한 '나의 몸'은 뭘까. 예수가 설한 '나의 피'는 뭘까. 그게 정말 예수가 손으로 집어서 떼어준 한 조각의 빵일까. 아니면 잔에 담겨 있던 한 모금의 포도주일까. '최후의 만찬'을 열었던 방을 거닐었다. 나는 첫 단추를 묵상했다. 예수는 왜 나의 몸, 나의 피를 받아먹으라고 했을까. 거기에는 이유가 있다. '우리의 몸, 우리의 피'를 바꾸기 위함이다. 예수의 몸이 나의 몸이 되고, 예수의 피가 나의 피가 되라고 말이다. 그렇게 바뀜의 순간을 경험한 사도 바울로는 이렇게 고백했다. "이제는 내가 사는 것이 아니라 그리스도께서 내 안에 사시는 것입니다."(갈라티아서 2장 20절)

그러니 예수의 몸과 예수의 피는 예수의 정체성이다. 그것이 바로 '신의 속성'이다. 그래서 예수는 "내 피로 맺은 새 계약"이라고 말했다. 율법으로 맺은 형식적인 계약이 아니라 속성으로 맺은 본질적인 계약이기 때문이다.

"나의 몸을 먹고, 나의 피를 마셔라." 예수의 이 말은 물음이다. 1000년 아니 2000년이 흘러서도 녹슬지 않고 날아와 꽂히는 화살 같은 물음이다. 그 화살은 지금도 우리를 쏘아본다. "너는 예수의 몸을 먹고, 예수의 피를 마셨다. 그렇다면 너는 누구인가. 너의 주인공은 무엇인가." 예수는 그렇게 묻는다. "나의 몸이 너의 몸이 되고, 나의 피가 너의 피가 되었다. 그럼 너는 누구인가?" 지금 이 순간, 바로 이 자리에서 예수는 우리에게 묻는다.

"네가 사는 것인가, 아니면 네 안의 그리스도가 사는 것인가."

흔들림 없이 두려움 없이

1판 1쇄 발행 2016년 11월 30일
1판 4쇄 발행 2017년 12월 26일

지은이 백성호
펴낸이 김영곤
펴낸곳 아르테

문학사업본부 본부장 원미선
책임편집 김지영 박민주
문학기획팀 이승희
문학마케팅팀 정유선 임동렬 김별 김주희
문학영업팀 권장규 오서영
홍보팀장 이혜연   제작팀장 이영민

출판등록 2000년 5월 6일 제406-2003-061호
주소 (우 10881) 경기도 파주시 회동길 201(문발동)
대표전화 031-955-2100 팩스 031-955-2151

ISBN 978-89-509-6648-5 03810
아르테는 (주)북이십일의 문학 브랜드입니다.

(주)북이십일 경계를 허무는 콘텐츠 리더

아르테 채널에서 도서 정보와 다양한 영상자료, 이벤트를 만나세요!
네이버오디오클립/팟캐스트 [클래식클라우드] 김태훈의 책보다 여행
페이스북 facebook.com/21arte 블로그 arte.kro.kr
인스타그램 instagram.com/21_arte 홈페이지 arte.book21.com

성경 ⓒ 한국천주교중앙협의회
교회인가 2016년 9월 20일